长歌行

刘冠琦 著

中国出版集团
東方出版中心

图书在版编目(CIP)数据

长歌行 / 刘冠琦著. —上海 : 东方出版中心,
2019.7

ISBN 978-7-5473-1506-4

Ⅰ. ①长… Ⅱ. ①刘… Ⅲ. ①散文集-中国-当代
Ⅳ. ①I267

中国版本图书馆 CIP 数据核字(2019)第 138479 号

长歌行

出版发行：东方出版中心
地　　址：上海市仙霞路 345 号
电　　话：(021)62417400
邮政编码：200336
印　　刷：山东鸿君杰文化发展有限公司
开　　本：890mm×1240mm　1/32
字　　数：263 千字
印　　张：10.25
版　　次：2019 年 7 月第 1 版第 1 次印刷
ISBN 978-7-5473-1506-4
定　　价：38.00 元

目　录

序

应冠琦之约，为其文集写几句话。心里很是感慨，既感慨时光流逝，又感慨青年之中多俊杰。

仔细品读一篇篇质朴且不乏睿智的作品，我的思绪徜徉在不同的意境、不同的景致之中。手捧厚厚的文集，自己仿佛置身于苍茫的原野中，感受到春风拂面的惬意；又像登上层峦叠嶂的秦岭山峰，感受不畏浮云遮望眼的豪爽；也似漫步在细柔绵软的沙滩上，惊喜于那一枚枚造型独特的贝壳；又恰如置身于清晨的荷塘，晶莹的露珠在碧叶上滚动，幽微的荷香在晨风中酝酿，沁人心脾。

冠琦在小学时，就在语言文字的运用上有自己独到的一面。刚接这个班的时候，并未注意到他，因为他实在太不出众。然而，几篇习作下来，就不得不对他刮目相看了。他的习作在选材、下笔角度、用语上总是和同班甚至和全年级的学生不一样。他对事物有自己的认识，这源于他善于观察生活；他有自己独特的立意，这源于他喜欢深入地思考；他那超乎同年龄学生的语言积累，源自他勤奋好读……再次翻阅他的手稿，选材范围极广，但几乎篇篇文章以小见大，语言平实，于无声处现奇思，写出自己对生活的感悟。正如他在《简单生活》中所写：人生太短，简单生活才能快乐，把生活过得简单，就是种智慧。至于他讲述我上课的事情，我基本上也都忘却了。

作为他的老师，我深深为之高兴、为之激动。同时，也期冀冠琦一如既往，将自己融入现代信息社会的主流之中，在徐徐前行中领悟人生真谛，创作出更多的佳篇！

陕西省中小学学科带头人，西安市大雁塔小学教导主任　胡军

自　序

——趁热打铁

我们常常有这样的感觉，比如钓鱼时，钓上了一条后，觉得还能钓上来，于是接着钓，没有一会儿工夫，鱼果然就上钩了。登山的时候，开始走了一点路就觉得累，坚持着继续走，走着走着就忘记了时间，等猛然回头，发现自己已走了很远。

许多事情慢不得，不是放不下，实在是干一件事情容易，但进入干事情的状态太难。人闲的时间久了，身子容易懒散，等再去干繁重的工作，就会觉得力不从心。

现在我才真正明白了，少年时可读书，因为少年时记性好悟性强，书看一遍就能记住。少年时杂七杂八的事少，父母起居不用照料，正是一生中读书最佳的时候。

运气来了，就多干些事，这时成功的概率高。写文章也一样，趁着手顺，就可以多写，写完了小说还可以再写些散文。

人这一生，可能要分几段过，有顺心也有坎坷的时候，所以要趁热打铁。时机错过了，等下一次时机到来，可能要等一段时间，也可能永远等不来了。

很多年前，我在一位友人家中，见到这样一副对联：

乾坤容我静，名利任人忙。

当时我就记下了这副对联，至今把这副对联挂在嘴边。

父亲树

几年前的夏天去秦岭，我在朋友的引领下，见到生长在河边的一片树林，这是当地一道有名的风景。朋友向我介绍，这片树林都是从一棵大树繁衍出来的。我仔细地观察这片树林，发现中间的这棵大树遮天蔽日，树干又粗又壮，需要五六个人手拉手才能抱住，这棵大树的周围是十几棵较矮小的树。朋友对我说，当地人把这棵大树叫父亲树，把小树叫儿孙树。

自那次从秦岭回来后，我总会不由自主地想起那片树林，我对那棵父亲树发自肺腑地敬仰，它给我的印象是那样强烈。不知那棵大树当初为何要在湍急的河流边上扎根，不知它抵抗过多少次洪水冲击，才繁衍出这个枝繁叶茂的大家族。一定是父亲树对这片土地的坚守，才使得这个家族生生不息。

这片树林使我想到我们一家人。

我爷爷自响应中央号召支援大西北建设，就一生扎根西北。爷爷离开北京后，去太原又到汉中，最后在西安长久落户。这样携家带口的迁移，在支援大西北的浪潮中根本微不足道，但对家族史而言却意味着崭新的历程。

说到我的爷爷，他虽然去世已十几年了，我经常想起他的为人处世，他生活中点点滴滴的小事对我的影响，就让我一生受用不尽。

记得我小时候，我们家每年春节要来一位客人，他称呼我爷爷为恩师，我爷爷和他聊一整天都不疲倦，我认为这位客人和我爷爷的关系应该很亲密，是非常要好的朋友，他们说话我就坐在旁边，偶尔我和这位客人还会说上几句，他总爱摸我的头。后来，家里人告诉我，这位客人“文革”期间曾批斗过我爷爷，在会场上拿皮带抽爷爷，把爷爷的衣服都抽烂了，还把爷爷关起来，不给饭吃也不给水喝，直到爷爷不省人事才罢手。后来“文革”结束后，这个人要被当作“文革”坏分子处理，我爷爷出来为他说了很多情，他不仅没有受到处理，还在我爷爷的帮助下进入政府工作。我得知这件事，十分气愤，那位客人春节再来的时候，我躲在卧室不见他。那位客人走后，爷爷问我原因，我说：“他这么坏，拿皮带打你，不给你饭吃，你为什么还见他呢?”爷爷沉默了，过了一会儿，他对我说：“什么是好人，什么是坏人呢？爷爷给你讲一件事，你看爷爷是好人还是坏人?”

爷爷对我讲，“文革”期间，他从国家第二机械工业部下放到合阳县干校劳动，和他一起下放的还有一位同事。这位同事毕业于辅仁大学，非常有才华，他们经常在一起谈天说地，有次他们谈到“文革”不能再继续搞下去了，他们列举了“文革”的很多问题，决定一起写信，要以共产党员身份向党中央反映情况。这封信寄出后落到“四人帮”团伙手里，北京来了调查组，信是爷爷同事写的，对比所有人字迹，马上就逮捕了他。这位同事被定为“现行反革命”，临死前头发被抓光，手脚被打断，还在大骂“四人帮”一伙人，最后被拖到黄河边枪毙。

爷爷讲完后，对我说：“这个朋友和爷爷关系这样好，事情又是和爷爷一起做的，最后他出事死了，爷爷却独活了，爷爷面对朋友出事不能帮助，也不能站出来与朋友一起去死，爷爷真可谓坏极了。但是你想想，爷爷如果死了，这个冤屈就不能伸张了，我们两个就白死了。这位朋友敢于舍生取义，宁死不出卖朋友，真可谓中国的脊梁，中国只要有这样的人，国家就不会灭亡。但是，他的死亡对于国家是个巨大的损失!”

有一年冬天，我和爷爷一起出门，走到家属院不远的地方，发现很多人围在一起，我们走上前，发现人群中有一位农村妇女抱着孩子，正跪在路上希望有人捐钱给她的孩子治病，她的脸上淌满泪水。大家众说纷纭，都在议论此事。爷爷走过去，用手摸摸孩子的额头，马上把他们带到家属院旁边的卫生所，让医生给孩子看病，并交代花钱算他的，关键要让孩子好起来，那个农村妇女跪下来千恩万谢。爷爷回到家，对家人说：“新中国成立快五十年了，农村条件还是差，有些孩子看病都没钱。孩子发烧头都烫成开水了，再烧下去脑子就烧傻了，旁边的人还议论真假，其中还有几个干部，说真的假的你上去摸摸就知道了，居然在那里空谈，都是狗屁干部。”爷爷说完很气愤，一整天都没有吃饭。

爷爷生活中这类的小事数不胜数，他的为人处世深刻地影响着我们一家人。如果说家是一片树林，爷爷就是那棵父亲树。生活纷繁的遭遇是激流，他高尚的品质就是树根，抵御着来自生活的方方面面的冲击。他在生活一天天的考验中没有倒下，而是越发强壮起来，他成了一道风景，一棵真正的父亲树。

你活你自己

很多年前，一位著名作家在席间夸赞自己的新书，像一枚重磅炸弹一样，猛烈地轰炸了古城。当时，楼下就是人流汹涌的地铁口，人推着人进，人挤着人走，好像一只大水壶烧开了，人流就咕噜咕噜地从壶嘴喷涌出来。这位著名作家对我们一席人说，他要是站在楼下，不知有多少人认识他。有人马上恭维，人们见了您，一定是相拥而来，请求签名、合影。作家自信，也借机消食，亲自到楼下走了一圈，然后上楼对我们讲："这些路人不爱文学，一满认不出我，只有一个妇女急火火朝我跑过来，我以为她认识我呢，结果她是来问我厕所的，我又不管厕所。"大家听后，哈哈大笑。后来，一位女明星在此处夸她的新剧热播，好评如潮，万人空巷，言语十分得意。我便讲这个故事。她听后惊讶，也执意去楼下走上一圈，结果深受打击。我有所悟，便写了句话：长安闹市无人识，坐在书斋有相知。我们总想去人稠众广处找朋友，其实真正是你的朋友，冒大雪顶大风也会来找你。因此，我喜爱我用了十几年的大茶杯，杯子上有句诗：雪漫溪山候知音。

人活于世，为名利所困，为名利所惑，名利把世人染成了五颜六色。子曰：四十而不惑。我认为，孔老夫子并非说什么都不惑，人困惑的事物实在太多，这里所说的不惑，是不惑于名利了。自己活到四十岁，认识了自己，就该坦然接受自己的生活了。如果说这时候还困惑在花花世界里，还不接受现实而想入非非，就是自讨苦吃。著名作家路遥生前有言：人一生要干成一件最重要的事，一定是在四十岁之前。最终，路遥把大事干成了，这件大事就是写出《平凡的世界》。

人的时光是多么的有限，如果到处晃荡，可能很快就用完了。但是如果专心干一件有意义的事，时间也足够了。你看那些小蚂蚁、小蜘蛛，它们筑巢结网，在你看来是卑微摆不上桌面的事，对于小蚂蚁和小蜘蛛而言，这就是一个伟大的工程，要用它们整个生命去完成。因此，做事不论大小，关键是要享受做事的欢乐。

记得很早的时候，我和一位大老板在拉面馆里吃面，大老板就感叹经营拉面馆的夫妻俩生活艰辛，说自己干一单生意就挣几百万几千万，这一碗拉面才八九元，能产生多少利润呢！也不知要卖多少碗拉面才够买一套房，够买一辆车，难得这夫妻俩还傻乎乎乐呵呵。前不久，我不知不觉就走到那家拉面馆门前，看见那对夫妻依旧忙忙碌碌，有说有笑。我触景生情，走进去要了碗拉面，就想起那位大老板，他已不在人世了，他死后公司负债上亿，父亲生气病死，子女流落街头。如果他当时知道自己命不久矣，怎会发那样的感慨，他如果甩开名缰利锁，抛下整肚子的麻烦，也许现在还能像我一样，舒舒服服地吃上一碗拉面。

人究竟如何生活，这个问题我曾经也迷惑。有一年下大雪，我心烦，便上南山，顺着覆盖积雪的石板路向山上走，见到一座很小的庙，尽管天寒地冻，庙前的植物依旧青翠可爱。我忍不住驻足欣赏，恰好这庙里的和尚走了过来，我问他这么冷峭的天气，为何植物还活得生机勃勃。和尚对我说，这些植物也有生命呢，我每天清晨诵毕经书，都出来开导它们：你活，你活你自己！我听了和尚这话，心里顿觉畅快。

朋友聚到一起时，我便喜欢饮酒，所有酒中我最爱青稞酒。这酒喝后头不痛口不渴，而且醒酒出奇快，往往醒来是清晨时分。我感觉身体舒服，精神愉悦，便坐在书桌前写作。当我写完一篇文章，舒一口气时，清爽的晨光投入我的窗户，新一天的生活开始了。我想起朋友建成给我说过的一句话，每天醒来最幸福的事，莫过于发现我还是我。

欢喜的一次

庙在半山腰上，山是秦岭的无名山，庙自然也是无名庙。

庙的门前若不是摆着香炉，还以为这是山里人的院子；房里若不是供奉着佛像，真以为这是隐逸者的庄园。

一位穿着僧袍的中年和尚从房里出来，对我说：阿弥陀佛。

我对和尚说：我路过这里，顺便看看。

和尚说：顺便看看，何不看仔细些。如果不看，可以上山去，也可以下山去。

我便跨进庙门，走进这座小庙。庙门正对的房子是佛殿，庙门两边是吃斋、念经、休息的地方，绕过佛殿，走过一扇小门，门外是和尚开垦出的一片绿汪汪的菜地，地里种着茄子、豆角、西红柿之类的蔬菜。

我对和尚说：你一个人在这深山里不孤单吗？

和尚说：我有人陪伴，不孤单呢。

我疑惑不解，对和尚说：今天那个人不在吗？

和尚说：他一直都在庙里，他正是我佛如来。

我愣住了，笑着对和尚说：我虽然不烧香，但我想给庙里布施。

和尚对我说：布施什么呢？

我对和尚说：除了钱之外，还能布施什么呢？

和尚笑了笑，他对我说：给人微笑是和颜施，给人鼓励是语言施，给人真诚是心灵施，给人欣赏是眼睛施，用行动帮助别人是身体施，给别人让座位是座位施，给别人自己宽裕的东西就是欢喜施。

我认真听了，不禁笑了笑，对和尚说：说了这么多，还真没有布施钱的，看来我今天是要欢喜施了。

和尚双手合十，对我说：既然欢喜，多少随缘。

我走到佛殿，拿出一百元钱放进庙里的功德箱里，和尚并没有跟着我，他走到外面给菜地浇水。

我从佛殿出来，走出庙门对和尚说：师傅，我走了。

和尚说：施主，喝点水吗？

我说：我口里不渴，就是心里很烦。

和尚说：向上是上山，向下是下山。上是一样的路程，下也是一样的路程，不必烦呀。

我笑了笑，对和尚说：上山如何，下山如何？

和尚说：上山看道，下山看心，一上一下，其实一样。

我说：大师，你来这里多久了？

和尚说：你没来的时候，我就在这里了，你来了之后，我待多久不好说。我在这庙一天，我就为佛在这里多执一天法事，仅此而已。

我与和尚告辞，走在路上想，这真是欢喜的一次。

敬畏时间

少年时可以藐视一切，唯独不敢藐视时间。

上学时，总觉得时间过得真慢，那是因为自己受着学校日常安排。等走向了社会，时间由自己安排，掌握不好节奏，就容易造成时间的荒废。平日里事情太杂太乱，生活的负担又沉又重，一个人恨不能分成几个人，更叹息没长出翅膀来飞。

我的一个同学结婚的时候，我很是惊讶，即便她是女孩，我还是惊讶。我说，这么早就结婚呀？她回答：我不结婚总有人要结婚的，苹果不红怎么熟。

我认识的许多朋友，进步很快，犹如刚才还在山腰，一会儿就站在山顶了。我问原因，他们说事情干得多了，就能摸清方法，有了方法干事情就快了。但这其中有个规律，就看你能不能忍受探索规律的寂寞，掌握规律就如坐上飞机火车，进步自然就快了。

读《荀子》时记住一句话：自知者不怨人，知命者不怨天，怨人者穷，怨天者无志。我读后很有感受，就用毛笔写了出来。每天想一想，都会有收获。于是感叹，世上的道理太多，人能做到的太少。

眼看秋天来了，农村的朋友打来电话，说今年天气先是旱后是涝，他们只怕要颗粒无收了。我一阵感慨，过去总说土地不亏人，土地是不亏人，但能不能有收获，还要看天意。农夫四季忙碌，挥汗如雨，尚且没有收获，我没有农夫的辛苦，怎敢奢望自己一定有收获呢。

敬畏时间就是敬畏自己，花些时间干自己想干的事情，往往就能得到尊严。烧香是为了敬神，敬畏时间就是自敬。

秋风真好，于是想起一座庙里的对联：

山僧不解数甲子，一叶落知天下秋。

我喜欢早晨

一天之中，我喜欢早晨。

睡了一晚醒来，人生就如书翻到崭新的一页，仿佛整个人经历了一次重生。只要早晨眼睛睁开，我就要感激上苍，让我的生活得以延续。世上的道理说一千道一万，没有比活着更大的道理，活着就有希望，活着就有光明。

二十年前，院子里面一个大孩子欺负另一个小孩子，小孩子被大孩子踩踏在脚下，踢来踢去，满身是土，活像一个泥猴子，却就是不服软。小孩子曾对大孩子说：打不死我，我就有长大的那天。一天、两天、三天过去，一月、两月、三月过去，大孩子害怕了，他感觉到了来自小孩子无形中的压力，主动来给小孩子赔礼道歉。很多人听了这个故事，问小孩子是谁。我告诉他们，这个小孩子就是我。

早晨早起，莫睡懒觉。这是爷爷从小培养我的习惯，回忆我的过去，竟少有睡懒觉的时候。之所以早晨早起，就是为了有充足的自由。如果起得晚了，急急忙忙穿衣洗漱，狼吞虎咽吃下早饭，火急火燎赶着上学上班，整个人都似乎被时间牵着鼻子在走。你不要小看早晨的这段时间，如果利用好了，就能做很多事情。我的读书和写作，有三分之二都是在早晨完成的，这就是早晨带给我的收获。

我上学的时候，住的卧室在二层，窗外正对着一片茂密的梧桐。每天早晨醒来，鸟儿便叽叽喳喳开始鸣叫，从独唱到合唱，从三两声到群奏。这些可爱的生灵，曾带给我多么美好的感受，我的笔尖忍不住淌出一行文字，我的喉咙忍不住涌出一首诗词。白天里更多的是热闹，我们和别人交往，看到更多的是别人，往往看不到自己。唯有早晨，我们拥有不同于夜晚的轻松，更易审视自己，清楚地发现自己，我原来是这个样子。

最奇妙的感觉，当数在一个陌生的地方早晨醒来。

我曾在北京的早晨醒来，走过寂寞的景山后街，一路欣赏故宫的红墙黄瓦，遂想起明代吊死在煤山的崇祯皇帝和清朝奋发有为的康熙皇帝，我眼前仿佛看到历史的黯淡与辉煌。

我曾在杭州的早晨醒来，一路从岳庙走到孤山，满脑子是岳飞、林逋、苏小小的故事，内心悠然，得来对江南水乡的眷恋。

我曾在泰山的早晨醒来，趁着天光向上攀爬，爬到山顶已是满头大汗，此时太阳出来，发现自己站在刻着“五岳独尊”字迹的石头前，不禁激动地流泪。

我曾在北戴河的早晨醒来，一路跑到海边，发现“莫道君行早，更有早行人”，海滩上三五成群赶海的人，早已收获一袋袋海鲜，奔涌不息的海浪让我思考人活在世上的意义。

我曾在秦岭的早晨醒来，走到屋外发现一只大得出奇的鸟儿，在木栅栏上如绅士般走动，仿若置身世外的高人。一只山鸡从草丛窜了出来，眼看快冲到我的跟前，又如犯了错误的孩子，慌里慌张地钻入草丛，跑得无影无踪，此刻我感受到了人和自然的和谐完美。

诸如这样美好的感受，还有很多很多，三天三夜也说不完，甚至可以把早晨的故事写成一部厚厚的长篇小说。这些感觉闪着宝石般的光芒，把我的生活照耀得五光十色。人生短暂，我们不知从哪里来，更不知死后到哪里去。诸如金钱名誉更是说不清也辩不明，唯有感觉如此真实，好像一个人大脑里的矿石。

我喜欢早晨，愿你也喜欢。

认定一件事

上学的时候，教室黑板顶端的墙上贴着一行字：认定一件事，必然会成功。每天上课时看看这句话，就觉得心里踏实。

长大后进入社会明白了，事情成与不成，首先取决于做事的心态。于是每做一件事，就带着最大的诚意，就如拜庙烧香，不求佛祖显灵，明白我们拜的其实是自己。写文章想要别人感动，首先要能感动自己。

孩子的时候，为了拿放在柜子上的零食，摔倒在地上，痛得哇哇直哭，大人们生怕哄爱不够。长大之后，为了工作奔波，为了事业奋斗，风里摸爬雨里滚打，牙碎在嘴里，一口就咽下了。过去自己曾恨别人做事没信用，一起往坡上推车，推了很长一段路还看不见尽头，他们退缩了，留下我一人继续往前面推，没任何退路，恨不能大哭一场。过去我和很多人合作，荒废了时间和精力，最后还一无所获，恨不能学屈原投江，现在全然没了那种感觉。

三年前去兰州，一路走到黄河边，站在黄河大铁桥上看河流东去，所有浪花都在喊：向东流，向东流，流向大海，流向宇宙。我心里受鼓舞，悟出很多坎坷都是命数，从此再不埋怨别人。

我和许多朋友比起来，头脑不聪明，口舌不伶俐，长相不俊秀，这些我心里都明白。很多年来，这些缺陷，并没有成为我与朋友交往的障碍。比如唐僧取经，也是一路上收徒弟，不论遇到任何难处，能团结起来的原因就是大家一致认同去西天取经这件事。孙悟空神通广大，但他有严重的自由主义，总想回花果山做美猴王。过去读《西游记》，我说干脆不救唐僧，让妖怪去煮去杀，孙悟空一个筋斗云就到西天雷音寺了。可是孙悟空就算取到真经，没有一路上的降妖除怪，取经就无任何意义。我的一个同学，和我讨论终极和终极目标的时候，说如果人生的终极目标是一场国家级的葬礼，但人一生下来就举办这样的葬礼然后去死，没人会愿意。死是终极，死不是人们想要的，于是就有大家说得顺口的话，“好死不如赖活”。活着就要做些事情，做自己喜欢而大家不反对的事，就能安稳地活着；做自己喜欢大家也喜欢的事，就能活出精彩；做自己喜欢大家反对的事，那么这件事就可能做不下去。

读《离骚》里的《渔父》篇，有“新沐者必弹冠，新浴者必振衣”，又有“沧浪之水清兮，可以濯我缨；沧浪之水浊兮，可以濯我足”。很多人总认为，我必须如何，我必须怎样，但现实没有满足你的如何，也没有让你怎样，不能适应环境，就会被社会淘汰。

现在是“心灵鸡汤”泛滥的时代，“鸡汤”的盛行，就是因为做的人太少，说的人太多，看的人更多。没有担当，没有精神，拿大锅做小饭，拿大锅不做饭的人比比皆是。古人讲，秀才造反十年不成；我爱说，文人思维，一事无成。遇到针锋相对的问题就不敢干了，遇到真刀真枪的场面就溃败了，遇到别人的冷嘲热讽就脸红了，遇到社会的一些反对声音就放弃了。

上学时读墙上的那句话，我当时只想着成功，如今走上社会，只想着认定一件事。树木之所以高大，是认定头顶的天空；竹子之所以根深，是认定脚下的水源；蜜蜂之所以受到赞美，是认定花朵的甜蜜。

昨晚，我和郭兄一起讨论《道德经》的“名”和“道”，我是这样理解的，我们来到世界，因父母而有了“名”，因追求的事业而有了“道”啊！

我的小学语文老师

人一生之中会遇见很多老师，往往对少年时的启蒙老师印象最深。我今天能走上文学创作的道路，首先要感激我的小学语文老师胡军。

胡军老师，如不见其面只闻其名，往往使人误认为男老师，我们那时也不例外。胡老师是从三年级才正式教我们语文的，我们班前面还有两位语文老师都是女老师，同学们听了胡老师的名字，以为是男老师，觉得有点扫兴。没想到见了她本人，才知道她是女老师。她虽然是女老师，言谈举止却比男老师还爽朗率直，她相貌身材并不出众，却令人过目不忘，举手投足都流露着读书人的气质。

三年级的语文课，开始教习作，不同于一二年级写流水账日记。胡老师上作文课，并非让我们老老实实坐在教室里。当班长通知同学们在操场集合时，邻班这节是体育课，与我们同属一个体育老师，邻班学生看见我们班来操场很诧异，以为两个班课程对调了。等胡老师来到操场，两个班的学生都惊讶于胡老师要在操场上语文课。但是胡老师手一挥，我们班的队伍就顺着她指的方向去学校大门口，所有人都不知胡老师要把我们带到哪里，我们一直走到大门口的喷泉边，胡老师才让队伍停下来。原来，胡老师要带我们观察池塘边的两棵柿子树，她对我们说，这两棵树天天注视你们上学放学，你们难道对它不想说些什么？我今天早已忘记小学语文课的大多内容，却对胡老师教我们观察事物和思考事物的方法记忆犹新。那天，我们有的同学收集柿子树的落叶，有的去摘柿子树上的柿子，有的观察柿子树下面的蚂蚁窝……大家围着柿子树忙得不亦乐乎。下午上课人人都写出了作文，有位同学发挥想象，还写了一篇关于蚂蚁和柿子树的童话故事。

我上小学语文成绩很好，几乎每次都考前三名，但是胡老师从不表扬我，也几乎没有单独表扬过班上的某位同学。胡老师经常念我的作文，但却从不说这是我写的，只是说这是篇好作文，她也不说好在哪里，而是让同学们说好在哪里。胡老师唯一一次表扬我，是作文课要写自己最喜欢的水果，她让我们全班每人带一种自己最喜欢的水果来上课。当时是夏天，大家都喜欢吃西瓜，但是西瓜不便携带，只有我带了切好的一瓣西瓜。第二天上课，胡老师看见只有我带了西瓜，就问同学们难道不喜欢西瓜吗？同学们都说西瓜不便携带，胡老师表扬了我，说我能想到带切好的西瓜。这时有同学就反驳，说我的西瓜切开就不完整了，不能算数。胡老师正色说道，世上的水果有许许多多，可是作文是要写自己最喜欢的水果，同学们说话做事一定要诚心诚意，不能因别的原因就违背我们的真心。

胡老师虽然平时和颜悦色，但批评人也很凶，而且出口成章，妙语连珠。有次上英语公开课，班上的两位有名的调皮大王却在看漫画书、说闲话，让校领导看见直皱眉头。下一节是胡老师的课，她用了十分钟批评这两位同学，她说：我刚才坐在办公室，就觉得眼睛直跳，心神不宁，原来咱们班两颗小卫星发射成功了，老师真后悔没能去现场祝贺……四年级的时候，我和班长闹了矛盾，班长负责登记成绩时，撕了我的语文卷子，别的同学急急忙忙跑到操场告诉我这个消息。我心里委屈流泪，红着眼睛去找胡老师告状，胡老师还不知道，她笑着对我说："男子汉，哭哭啼啼，真有出息！我的乖乖过来，老师给你擦擦眼泪吧。"听了胡老师的话，我顿时笑了。第二天发卷子，我看见卷子用胶带纸粘好了。后来班长的母亲还来过学校找胡老师告状，说我有意和班长过不去，胡老师却没有和我提起过这件事，大概她认为孩子的世界用不着大人干预。

小学毕业的时候，胡老师给我的评价手册写过这样一句话："请把你自信的风帆扬起来吧，总有一天大家会为你出色的成绩叫好！"

去年夏天，我听说胡老师已是陕西省学科带头人，小学里的正高级教师，相当于大学正教授，我从心底为她骄傲。又听说她由于常年劳累，腰椎不好，请了几个月的假。

最近，我给她介绍了一位中医大夫看病，她给我发来信息：这几年工作繁重，身体劳累，且得慢慢调理……读完她的短信，想起她上课时的真情流露、工作时的一丝不苟、对待学生的勤勤恳恳，我的眼眶不禁湿润了。

胡老师对我的教诲之恩，也许我今生今世都难以报答。

简单生活

今年冬天刚下过雪，我和朋友晓刚去沣峪口。车开到了山前，我们下车沿河走。这时的河流如此平静，没有夏天时水流的喧哗，沉在水里的石头显露出来，我这才清楚河流里的真相。边走边想，走了一路，往日心里的许多矛盾都清晰了。我们整日说生活烦生活累，纠结于生活的人人事事，内心的烦恼都被生活的表面现象所掩盖，等这些烦恼不存在了，自己竟也能活得如此自在，这正是真实的自己。

平日里，许多人在酒桌上，说这个关系如何亲密，说那个关系如何牢固，其实等到需要帮助的时候才感到关系的寡淡、自己的无能为力。其实生活就是这样，真正能给你在生活事业上大有帮助的人，和你的关系都是平平淡淡的，不搞山盟海誓，不互相利用，甚至很久都不来往，但是每当你落难的时候，他们定会伸出援手。

很多年前，一位高官曾对我说起我爷爷和他的一段往事，让我明白什么是人世间真正的交情。

他年轻时在我爷爷手下当办事员，跟随我爷爷十几年，我爷爷退休时他正是省上关键部门的处长，这时的他真可谓春风得意。没过几年时间，单位新调来一位领导，领导要给这个关键部门安排自己的人，于是就借着一件小事整他，在整个单位说他的是非，把批评他的文件让人用毛笔抄了，贴在单位的门口，以贯彻上级文件的名义将他的问题升级。那段时间，他心情十分郁闷，走到楼上几次想跳下去。他突然想起我的爷爷，觉得自己不活了，也要和帮助过自己的老领导见上最后一面。他提着茶叶、点心上门拜访我爷爷，刚进门在沙发坐下，爷爷就对他说："你的事我很清楚，像我这样干了一辈子工作的人，受了不知多少次冲击，多少次都是死里逃生，你的遭遇根本算不得什么。现在多少人都在看呢，你要是起来了，他们依旧笑脸相迎，你要是起不来了，他们敢落井下石！"爷爷拿出一封信，交到他手上，对他说："××是我中国人民大学时的同学，你拿着信去找他，他会安排你学习，你利用两年时间正好避过这件事，同时学习也能让你沉潜下来，你这几年在关键部门，自己变得骄傲了，要不然也不会让人抓住你的把柄。他们这样整人，和'四人帮'搞的那套没什么两样，这是种倒退！×××，也不会当一辈子领导，最多就是三五年，等他下台了，你再看是什么情况，你怕他什么！"他听了我爷爷的话，脸上淌满泪水，不能言语。爷爷接着对他说："多少次我在院子里看见你意气风发，你火急火燎和我打招呼，别人都是找你办事，我却总问，你有困难吗？你似乎觉得我看低了你，其实不然，当局者迷，旁观者清，多少人都是担任关键角色时倒下的，自以为搞了一辈子政治，形成了自己习惯性的思维，这种思维从古至今不知害了多少人，你的职务和他们比算什么呢？"他听了爷爷的话，泪水更加汹涌，我爷爷让他回去休息，他临出门问我爷爷，去北京给这位领导用不用带什么话。我爷爷说，从我们从中国人民大学政治经济学毕业算起，已经整整四十年了，我去北京只见过他几次，匆匆忙忙，没顾上说话。我给你一张我们年轻时的合影，这张照片是在颐和园照的。他拿着我爷爷的信和照片，去北京见这位领导，受到领导热情的接待，两年后他回到西安担任要职，后来调到省上担任高官。他当时觉得心里没底，曾问我爷爷，说去北京用不用带上礼品，我爷爷对他说，我和××之间的情感是真挚的，如果你拿了礼品反而变味。这件事我爷爷在世时对家里人都没说过，我也是从他口中才得知的。他担任各种要职期间，我爷爷没给他说过一件事，见了他的面，还是问他，你有困难吗？他将自己曾经的遭遇当作生命的泉源，每当面对喧嚣的生活，他能心如止水，将人看得明明白白。

我们生活在人的群体中，每天要面对形形色色的人，很多人与事都纠缠着我们，让我们的思维变得复杂，让我们的心灵变得世俗。很多时候，我们看到的都是生活的假象。这些假象，影响着我们生活的质量，是生活的累赘。

简单生活，就是把生活过得简单。生活中的很多关系，当断则断，不必藕断丝连；生活中的很多人情，当还则还，不必各自亏欠。我们总爱做加法、做乘法去积攒，生活因此沉重起来，我们应该适时做减法、做除法去消除，享受我们的生活。

简单生活，就是让人过得不累，就像好朋友说话不费劲，就像真正的友谊经得起时间考验。人生太短，简单生活才能快乐！把生活过得简单，难道不是一种智慧？

享受等待

人们说，世间最漫长最令人焦虑的莫过于等待，也正是经历了漫长的等待，人们才不会计较收获的多少。我们抱怨自己没有这没有那。与其说没有，不如说是还没有等来。我们笑话守株待兔的农夫，是因为农夫要捕获的是野兔而不是老虎，中了五元的彩票和中了五千万的彩票都是中奖，却有着本质上的差别。

如果单纯靠努力就能成功，世间就不会有这么多的庙宇。若是自己不努力，香火烧得再多，怕也是无济于事。饼就算挂在脖子上了，还要自己动嘴去咬。

能知难而进，岂不就能知难而退？我记得那年和几位朋友去陇县河滩捡石头，途中要过一条河，那条河看似水流平缓，等走到了河中间，才感觉到了河水的湍急、脚下泥沙的松软。我是小心再小心，谨慎再谨慎，气不敢喘，慢慢移动身子。其中有位朋友在河中间滑倒，高高大大的人钻进河里，只剩下一缕头发飘在水面，大家顿时都把心提到嗓子眼了，还好朋友像鱼儿一样钻了出来。有了朋友的意外，我更加惊慌。大家都过了河，我还在河中间摸索着，过了好半天才过到河的对岸去。

我的朋友民仓哥说过，看我上山下河的姿势，就知道我一辈子出不了大错。我从小体弱，恹恹不振，像只病老鼠，院子里的孩子不怎么喜欢我。我家里的长辈，当时也不看好我，加上我父亲下海经商失败，我母亲又丢了工作，我在人前也就抬不起头了。我是不敢触犯谁的，人家让我蹲着我就不敢站着，人家用我什么东西，我不仅要无条件送，还不敢不高兴。俗话说，走路怕跌，吃饭怕噎，我是连跌带噎地一路走了过来。人家本就看不起咱们，咱们再不会察言观色，岂不成了背着鼓到处找槌。进不能进，退还可退，退不能学混混，人本就胆小，不敢聚众滋事，怕被人打得一瘸一拐；长得粗粝，口又笨拙，难讨女孩欢心，也就吃不成软饭。于是作文章，在笔下称王称霸。人常说医者不能自救，这本是没办法的办法。

桃李等春风，宝剑待英雄。每个人都在等待中消磨着时间，收获是等待嫁接了结果，收获本不值得喜悦，是漫长的寂寞等待美化了收获，升华了喜悦。再懒惰的人，也难以忍受无事可做的寂寞。如果没有了钞票，社会上一些人的精神真的就要崩溃。社会或许剩下了最本质的事业，种粮就是为了吃，造布就是为了穿，写文章就是为了传道解惑。

活着的人是要死亡，但没人说活着是为了等死。富贵者骄傲，贫穷者卑微，这是社会价值观扭曲的结果。当了官就威风八面，小老百姓就颤颤巍巍，这是封建王朝巩固政权的手段。假若没有了当官的特权，就能吸引一批真正为百姓服务的人参与政治，这样的社会就是古代圣贤终生追求的社会。人最大的满足，在于满足人的兴趣。许多人放弃高工资的职业不干，去干低工资的职业，他们没有犯傻，这些工作满足了他们的兴趣。衡量一个人是否幸福，就看他有没有干自己喜欢的工作，许多职业看似光鲜，其实是获得利益者稳固自己利益所营造的结果。好比我搞文学，我自然希望全社会的人都对文学感兴趣，把文学说得多么神圣美好，就成了给文学做的广告。假如没有了读者支持，文学自然就不景气，作者就不能挣到很多稿费，搞文学的人也就显得有些狼狈。

有了少年，曾经的少年就变成老人，有了坟墓就有新生儿的产房，这就是协调，社会需要这样的协调。可以这么说，人生最大的收获就是死亡，人生的过程就是等待的过程。人们都不希望死亡，那么干事情也就不需要结果。没有结果也是结果，有了结果应该抛开结果。太想追求结果，往往没有结果。

我是在等待，但我不是多么渴望我的等待有什么结果，即便有了结果，喜悦过后也该忘记这个结果，继续等待新的结果。

于是要赞美人生。一次次的播种后收获，收获后再播种。这一年收获的果实，就包含着来年播种的种子。父亲有了儿子，儿子有了儿子又成了父亲。这样周而复始的循环，就构成了完整的记忆，完整的记忆构成完整的历史。

人最幸福的不是创造出成果，而是享受等待的过程。享受了这个过程，就是享受了我们的人生。

足 迹

儿时下雪的日子里，雪花在天空中飘飘洒洒，世界到处银装素裹，我们这帮孩子的是多么希望在洁白的雪地上留下自己的足迹啊。那时候，我在雪地上欢快地行走，时不时要回头看一看身后的雪地，然后放心了，毕竟我的足迹还在！遗憾的是我只能看见身后的足迹，当我走了很久之后，我并不清楚新落的雪已经覆盖我此前的足迹，我的足迹也被别人的足迹改变着模样。何况雪融化之后，所有的足迹都将消失得无影无踪。

长大之后，下雪的时候，我再也不会像儿时那样，渴望自己的足迹留在雪地上。我爱惜雪的干净，我敬畏雪的纯洁，我害怕洁白的雪被我丑陋的脚印玷污。不过，这种担忧最近几年没有了，我总是急匆匆地赶路，还来不及关心自己的足迹。

儿时心中有过一个又一个梦想，总以为长大之后都能实现，那时我并不懂得现实与梦想的落差，只是幻想未来生活的美好，那时候总怨叹时间过得太慢。当我工作之后，时间变得急匆匆的，我总觉得自己赶不上时间，更看不见自己的梦想。

是的，我赶不上时间，我守不住时间的分分秒秒。我正愣神的时候，时间就从我身边悄悄溜走了。我急匆匆地赶路，我为了自己赶路，我为了别人赶路，我为了工作赶路，我为了生活赶路……我总是赶路，何曾顾及自己留下的足迹。

我不曾顾及自己的足迹，别人却将我的足迹看得清清楚楚。我是勤快还是懒惰，我是聪明还是糊涂，我是走对还是走错……似乎别人最清楚我的足迹。有人在我的身后议论我，好事之人添油加醋再告诉我，我听了之后思考，别人说得似乎有道理，似乎又没有道理。他们也许看清了我的足迹，可是他们并不清楚我的追求，又怎知我这样走的用意呢？

世上万物似乎都有自己的足迹，唯独人的足迹最难以琢磨。太阳清楚它要从东方升起，在西方落下，太阳的足迹就是给地球带去温暖的轨迹；河流清楚它要向东流，东边就是波澜壮阔的大海，河流的足迹就是流向大海的历程；种子清楚它要向上发育，上面就是风轻云淡的天空，种子的足迹就是爬向天空的阶梯。人看不清自己的足迹，更不清楚自己要去哪里。很多的时间，茫茫然地过，每天似乎干了很多事，可是夜里躺到床上思索，觉得这一天并没有留下自己的足迹。

每个人来到世间，难道不应该留下自己的足迹？

生命岂能如雪一样，悄悄地来，悄悄地去。有时候，去自己曾走过的城市，去自己曾读书的校园，去自己曾路过的街巷，想起种种往事，好像自己来过，可是一切又都觉得是新鲜的味道。也许，我早忘了当初为何而来，可是我见过的人、我经历的事，宛如昨日一般清晰。我好像是留下了自己的足迹，否则我的心里怎会这样熟悉。

儿时的梦想或许难以实现，可是我清楚自己要走的路。我曾遭受过误解和屈辱，我也获得过掌声和鲜花。我曾经泪流满面，我曾经仰天大笑，我曾经蓦然回首，现在我更多的时候是心平气静。我知道自己的追求，我要走的路并不平坦，可能还充满曲折艰难，但是对我而言是最美好的享受。我走在这条路上，我的心中时不时会激起幸福的涟漪，好像是儿时放学肚子饿，急着回家去吃母亲做的饭菜，好像是风雨无阻去见我的初恋女友，好像是在无数人的注目之下起身走向领奖台。

我不知自己会留下怎样的足迹，但是我清楚，留在雪地上的足迹会无影无踪，留在石碑上的足迹会漫漶斑驳，留在人心里的足迹会被永远铭记……

摆摊老人

我上小学的时候，头发花白腰身佝偻的她，就在学校门口摆摊。十多年后，我去小学旁边的饭馆吃饭，再次见到这位老人，她依然在学校门口摆摊。

她的头发全白了，身体还算硬朗，动作也麻利。她毕竟是老了，思维不如过去清晰，讲价钱的口舌也不如过去伶俐。她应该快六十岁了吧，我一直记着她那个智障的儿子，十多年前三十好几，现在也该四十多岁的年纪，也不知她的儿子现在是什么情况。

那天，我注视着她，看她在夕阳下弯腰收拾摊位上的东西，她的腰一弯，就露出她外衣里包裹着的已破烂如老鼠啃咬过的毛衣。面对这位年近六十岁的老人，我是多么难过。我的理智告诉我当年我没有做错。正由于我没有错，我的心里才不禁泛起一阵又一阵的酸楚，这种感觉并非犯错之后的悔过。

我上小学的时候，是学校管纪律卫生的少先队干部。在我“上任”之前，这位老人在此处已摆了很多年的摊。每天上学放学都有一群孩子，叽叽喳喳地围着老人摊位买东西。但是，老人卖的东西大都来路不明，家长、老师经常讲这些东西是“三无”产品，报纸、电视也在报道这些东西的危害。当时大队辅导员饶老师为了全校同学的健康，在这个问题上想了很久，都没有找到合适的方法处理这个问题。我曾试着向这位老人说明，这些东西是不卫生的，是有害健康的，吃了身体要出毛病。像玩具、文具这类东西你可以卖，只要对人体没害的东西你都可以卖，但有害健康的东西你不能卖。

这是十一岁的少年，第一次劝说一位成人，虽然说话底气不足，甚至有些结巴，但还是把自己的意思讲得很明白。少年为了这次谈话竟准备了整整一个晚上，直到他躺到床上睡觉的时候，脑子里想着的还是明天与摆摊老人的谈话。他没料到的是，这位老人的态度很不友好，她神情激动、声音很高，说区政府、工商所、教育局都不来管她，我有什么资格管她，她在学校外面卖东西又没到学校里面卖，就是区长、工商所所长、教育局局长来了也管不着她。她歇斯底里地喊叫说，赶快让派出所把我抓走啊。她和我说话时实在太激动了，吐沫溅了我一脸，紧锁的双眉并在一起，如一条蚯蚓盘踞额间，双眼向我射来恼怒的火焰。我明白自己无法和她交流，只好失望地转身离开。

血气方刚的少年，无法忍受那种赤裸裸的挑衅。少年想了很久，一条妙计顿生心头。我管不了卖东西的商贩，但我可以管买东西的学生。假如没有人买你的东西，你岂不是自讨没趣，不用我再劝说，你也会主动离开。一个少年要是认认真真干一件事情，就会用比大人更多的精力和时间。使这个少年感动的是，全校家长会上，所有家长都支持学校的禁止学生在校园吃垃圾食品的规定，爱子心切的家长，还授权学校可以没收学生买的垃圾食品，并且可以给买垃圾食品的学生班级扣除当日的分数。有了学校和家长的支持，事情自然水到渠成，每天只要派一位戴着“值周”袖标的学生站在摆摊老人的不远处，她的摊位自然不会有任何学生光顾。

老人傻眼了，她没想到少年从源头断了她的顾客，她自然也就没有了任何收入。曾经热闹的摊位，转眼变得冷冷清清，老人茫然无措，一阵风吹过，她花白的头发随风抖动，她此刻就如一只刚刚失去巢穴的老麻雀。她也曾试图搬到离学校很远的地方摆摊，但是失去了地理位置的优势，她的顾客少得可怜。

少年受到许多人的表扬，来自学校的、来自老师的、来自家长的，有的学生也为少年的奇思妙想而佩服。少年的心中莫名感到一阵激动，他驱逐的似乎不是一位摆摊老人，而是驱逐一伙流氓恶棍。一些关系好的同学在作文里这样写道，垃圾食品侵害我们的身体，流氓恶棍无非抢劫我们的钱财。人最宝贵的是健康，钱财都是身外之物，这样说来，卖垃圾食品的人比流氓恶棍还要危险。

摆摊老人没了生意，自然不来这里摆摊了。有天，少年经过另一所学校的门口，发现不远处有很多人围观，原来摆摊的老人和一位妇女厮打在一起，这位妇女又黑又壮，老人怎会是她的对手，没有几下老人就被妇女推倒在地，妇女拿起自己塑料板凳，在老人的头上敲打了几下，当然这种敲打并不会有多大的痛苦，无非是胜利者对失败者精神上的羞辱。妇女恶狠狠地对老人说，你要是来我的地盘卖东西，看我把你的老腿给你卸了去。老人可谓输得一塌糊涂，地上摆放的零食文具被妇女踩得七零八落，有的明显已经损坏。我觉得老人可怜，但是妇女喋喋不休地向路人讲述自己在这里摆摊七八年了，谁都知道这里是自己的地盘，老人却要来这里抢占她的生意。老人痛苦地蜷曲在路边，路人对老人和妇女谁对谁错不置可否，他们觉得“表演”似乎结束了，于是匆匆离开。

很多年后，少年经过菜市场，发现摆摊的老人在捡地上的菜叶。少年从一位卖菜的人口中得知，老人每天都来捡菜叶，她的生活非常困难，她住在西八里村租来的民房里，她的家中还有一位三十多岁的智障儿子……

当少年多年后再次遇见老人的时候，老人的摊位如往日一般热闹，老人的摊位依旧卖着垃圾食品，少年对自己曾经引以为傲的做法哭笑不得，他感到自己的不合时宜，竟不知当年自己做的是对是错。

老人早已不是当年的老人，少年也非当年的少年。

小　丑

一

我国广阔的西北地区很多县城的婚宴上，有一种供来宾取乐的角色。他们并非像一般的艺人那样享受最起码的尊重，人们不会知道他们的姓名，他们共同的称呼就是小丑。

小丑是一种很不稳定的职业，不属于任何剧团或戏班子，跑场也基本靠熟人介绍。西北人的婚宴规模很大，动辄能摆四五十桌，小丑在其间表演，往往能使一些来宾印象深刻。当来宾要举办婚宴的时候，他们会想起之前见过的小丑，于是通过熟人邀请小丑演出，小丑正是凭借这样的关系网谋生。

小丑不需要歌声美妙，不需要演技高超，甚至身材、体重、年龄、长相都不重要，关键在于通过自己出丑来博得大家的欢乐。

如果这样去想，小丑真不是谁都可以做的，人最宝贵的就是脸面，小丑需要以自己的出丑换取别人的欢乐。如果小丑像一般的艺人那样，只是登台吹拉弹唱那样简单，小丑的作用就大打折扣，也失去了所谓的存在价值。小丑虽然不需要多高的艺术水准，也没有明确的演出内容，他们更多的时候是临场发挥，通过怪诞的打扮、丑陋的化妆、夸张的动作、扭曲的体形、滑稽的语言，换取大家对他表演的认可。小丑如果一次演出不能获得认可，就意味失去未来无数潜在的客户，他们用尽脑筋、出尽丑相，为的就是能维持自己的一份生计。

如果说世上有最难的职业，小丑大概就是其中之一。

小丑成为婚宴的佐料，如果没有小丑的演出，大家觉得似乎少了喜庆的元素。

二

我在陕西的很多县城，都有自己关系很好的朋友。我居住在西安，但是外县朋友的婚宴只要邀请我，哪怕路途再远、工作再忙，我都尽量参加。在这样的场合中，我见过很多小丑的表演。其中有一位年近五十、外号叫“阿福”的小丑，与我成了无话不说的朋友。他曾向我讲述他的小丑生涯。

阿福曾经是县剧团的演员，也有过很风光的演艺生活。当家家户户有了电视后，县里也修建了电影院，县剧团的生存岌岌可危。没过几年，县剧团就解散了，阿福成为下岗人员。他的老婆没多久和他离婚了，他要抚养上学的小孩，生活将他推上风口浪尖。为了生存，他必须找到一份工作。就在这时候，剧团曾经的师兄介绍他去婚宴上唱戏，他因此有了收入来源。

没过几年，当婚宴上开始出现浓妆艳抹的女歌手唱流行歌曲，阿福的生意就一天天冷清了。开始他没有留意，以为是结婚的人少了，可是当他发现街道上时不时响起婚礼的鞭炮、经过婚礼的花车，他终于找到了生意冷清的答案。他曾做过一些努力，去说服一些有孩子要结婚的家长，有的家长觉得传统的东西不该丢失，也为了照顾他的生意，就请他在婚宴上演出。婚礼只是仪式，婚宴目的是让宾客尽兴，当宾客尝到了流行乐现代舞的新鲜，对他的演出就丧失兴趣，最后还责怪家长婚礼办得不体面。

阿福此时才发现，自己再次面临生存的危机。也就在这个时候，他的孩子马上要进入初中，到了学习的关键阶段，教育上的投入要超过从前，除了学杂费之外，还要经常买一些资料或者英语磁带，还要上辅导班，处处都需要花钱。现实问题如十万大山阻挡他的去路，他身后生活的滔滔洪流又逼着他不得不做出选择。

有天，剧团曾经的同事约阿福去小饭馆喝酒，他们谈起生活的遭遇深有同感，说了很多愤世嫉俗的话语，心里十分痛快，可是谈到如何养家糊口，燃起的火焰如泼一桶冰水，唯有长吁短叹。同事告诉他，既然有婚宴演艺经历，当个小丑也可以考虑。他瞪眼看同事，在他心中小丑这样的角色，就和女艺人袒胸露乳、卖弄风骚的下流演出没区别。他宁可去搬砖卸货，也不愿成为供人取乐的小丑。

阿福决定去县劳动市场找一份工作，等到了那里，他才看见劳动市场不大的地方挤满了人。一些脚上穿着皮鞋、腰上挂着手机的雇主，像买牲口一样在里面对民工上下打量。论出体力，他的演员身份决定他要身材苗条，这本是演员的优势，但是在劳动市场，他就如同不合格的劣质品。整整一天下来，劳动市场差不多的民工都被雇主们领走了，只有他坐在原地无人问津。他为自己感到深深的悲哀，自己十几岁就到艺术学校练功，不知吃过多少苦受过多少罪，才有了今天的成绩，现在竟然沦落到这般地步。

阿福害怕孩子为自己失去了工作而担忧，每天还装作平日里那样忙碌，告诉孩子他最近演出很多，其实他整天无所事事地游走在街道上。有一天，阿福在街道上意外遇见了自己小学时的班主任曹老师，他觉得自己落魄潦倒，不好意思见曹老师，就低着头装作没有看见。可是他刚走了不远，就听见曹老师亲切地叫他的名字，那声音就像慈父呼喊儿子，他收住了脚步，身后曹老师再次呼喊他的名字，他的眼眶湿热了，他揉了揉湿润的眼睛，转身向曹老师奔去。

曹老师年龄也有六十好几了，他的头发花白，腰身也有些伛偻，不变的是炯炯有神的双眼。他走到曹老师身边，与曹老师紧紧握手，曹老师问他：“你最近的生活还好吗？”

阿福憋不住了，他好像有万般委屈，哽咽着对班主任说：“曹老师，说起我的事，真是一言难尽，还是不说了。”

曹老师看出他的辛酸，就拉着他的手说：“走，到老师家里坐坐吧，老师现在就一个人，你师母早都去世了。”

阿福听了曹老师的话心里自责，这么多年自己都不知道看望曹老师，自己当年在剧团红火的时候，都不知给曹老师送张门票，让曹老师看看自己的演出，现在自己落魄了，就是想演出也没有地方了。

阿福来到曹老师家中，向曹老师讲述自己坎坷的经历，诉说自己现在所遇到的困难。曹老师对他说：“卸货搬砖不是你能干的，如果现在没有合适的工作，就是当小丑也未尝不可。人生如戏，戏如人生，戏就是生旦净末丑，人为何不能当回丑角？”

阿福用颤抖的声音问曹老师：“老师，您说我当小丑不丢人吗？”

曹老师说：“小丑其实是一面镜子，观众看见的是自己，他们对着自己发笑，你有什么好丢人呢！”

曹老师的话，打消了他的顾虑。

没过多久，阿福正式成为一名小丑。

三

阿福重新开始活跃于婚宴间，新的身份是一名小丑。

刚开始的时候，阿福还不能适应小丑的角色，演起来有些生硬别扭。小丑的角色，没有固定的装扮和服饰，完全要听从婚礼主办者的意见。他有时化妆成老头子，有时化妆成老太太，有时化妆成小伙子，有时化妆成大姑娘。他有时要戴上假头套扮演秃子，有时要装上假肚子扮演大胖子，有时要一瘸一拐扮演残疾人，有时要戴上墨镜扮演盲人……

阿福渐渐明白，观众要的是欣赏变态的演出，你越变态观众们就越能得到心理满足。如果让学者来研究这一现象，一定会有重大的收获。

阿福只要扮演小丑，有时就会受到宾客们的各种戏弄。比如有人将点燃的香烟塞进他的鼻孔，比如有人将油腻的鸡腿塞进他的衣服，比如有人用沾水的手掌摸花他脸上的油彩。人一旦成为小丑，就意味要忍受各种目光、忍受各种戏弄、忍受各种侮辱。

阿福摸索着小丑的表演技巧，他将数来宝融入表演之中，赞美新娘、新郎，竟然取得了意想不到的成功，许多人都对他赞不绝口，他说完一段，又让他再说一段。通过小丑的演出，他受到了热烈的欢迎。婚礼毕竟是人生大事，不论男方女方，对于婚礼的付出都是慷慨的，这其中包括给小丑的演出报酬。

阿福在当小丑的过程中，总是思考为什么近些年来，观众爱审丑而不爱审美。每次他演出的时候，扮成残疾人竟惹得观众哄堂大笑，扮成智力低下的人就让观众前俯后仰，扮成不男不女的形象就让观众目不转睛……

阿福本来就有演艺功底，扮演小丑自然受到大家的欢迎，他的报酬节节攀高，请他演出的人络绎不绝，他终于不再为钱而忧虑，他现在一次演出的报酬，就是普通人一个月的工资。

阿福的儿子，最终考上了西安的一所大学，虽然不是重点大学，但是他对儿子也很满意了。儿子离开他后，他竟有些不舍，儿子刚去西安没有一个月，他就迫不及待地要去看望儿子。

他对西安的街道很陌生，要靠着儿子的带领才不至于迷路。他们父子经过广场，一家大型商场正在广场上搞活动，围观的人群挨肩擦背，大家踮起脚尖、伸长脖子、咽着口水，等待上演的节目。儿子很兴奋，往人群里挤。这时，歌星蔡依林的《舞娘》音乐响起，台上出现一位歌手，他一头飘逸的长发，穿着艳丽的上衣，紧身的超短裤，脚踩近乎十厘米高的黑皮靴。他边唱边跳边扮可爱边和台下打招呼，劈叉、下腰、扭胯、摆臀让人目不暇接，舞蹈跳得十分专业，几乎和蔡依林一模一样，如果不是他凸起的喉结和他男性的声音出卖了他，大家真以为他是位能歌善舞的女孩子。

围观的人群里，有人如痴如醉，有人手舞足蹈，有人吹着口哨，有人转身离开。儿子突然发现父亲不见了，他四处张望，发现父亲站在人群外面，脸上似乎流淌着泪水，好像是被风沙迷住了眼睛……

摩的司机严刚

严刚是西安城里的一位摩的司机，年龄大概四十多岁，我结识他是因为坐过他的摩托车。

盛夏的傍晚，我第一次坐他的摩托车，他得意地对我说："西安城堵成马了，汽车都开不到跟前去，我这摩托见缝就钻，管它汽车道人行道，都是我的绿色通道。"我当时急着办事，就听他那么一说，没心思回应他。他说归说，开摩托车的技术一点不含糊，交通堵成了一锅粥，他的摩托车却能在车海间任意穿梭，不一会儿工夫，他就把我送到目的地，给我救了难场。

严刚对我嘿嘿一笑说："快吧，西安的汽车都成蜗牛了，我这摩托快得像飞机。"从省历史博物馆到我要去的建西街，全程大概有 6 公里，打车一般花 16 元，一般摩的司机去，不拥堵的时候要 15 元，像这个时候有些摩的司机会翻一倍两倍，谁让你有急事要用车呢。

我心里想着他肯定要狮子大张口，不会少要钱，没想到他笑着说："你就给 15 元吧，我这个价钱还公道吧?"

我给严刚敬了一根烟，向他道谢，拿出一张 20 元的纸币递给他，他接过钱笑着对我说："你是个文化人呢，文化人才会这么客气。"

严刚在口袋里摸了半天，找不出5元钱，而我恰好也没有零钱。我急着要走，就对他说："没有零钱就不用找了。"严刚脸上竟有些歉意，对我说："下次我遇见你，我把钱给你，说实话，我今天只拉了几单生意，兜里正没钱呢。"

我对严刚说："没关系，你不用还了，今天这么堵，给你20元也是应该的。"

严刚对我说："你给我留个电话吧，哪天我经过你家楼下，我把钱找给你。"我连忙摆手，表示不用还钱。

大概过了快一个月时间，我早把这件小事忘到脑后。有天下午，我在回家的路上碰见严刚，他正在翠华路十字路口招揽生意，四处张望看谁要坐他的摩托车。他在我身后喊我，我朝他走了过去，他对我说："我拉你去过建西街，还欠你5元钱呢。"话音刚落，他从牛仔裤兜里掏出5元钱塞给我，我表示不要了，他说什么都不肯，说："哪有店里跳蚤吃客人血的道理呢！"

我对他这句话来了兴趣，就问他："这句话是什么意思呢？"

他说："我还以为你知道呢，这是我们家乡的土话，意思是客人住旅店给老板交了钱，旅店就不应该有跳蚤去吸客人的血。"

严刚一再坚持，我只好收下钱。他跨在摩托上，我站在他身边，我们聊了一会。我这才知道他从周至县来西安五六年了，靠拉摩的为生，父母都去世了，就剩下他一个人，平时住在青龙寺旁边的城中村。我们说了没几句，来了一个人要坐他的摩托车，我怕影响他的生意，就和他告别了。

日子过得不知不觉，转眼夏天过去了。第一场秋雨降临西安的时候，人们才意识到天气转凉，开始穿上长袖长裤，大街上卖煮玉米、炒栗子、烤红薯的小贩生意好起来，摩的的生意明显不如夏季。每当我走到翠华路口，我都要注意有没有严刚的身影。时令到了深秋，西安的雨水越来越多，有时雨一下就是一星期，人们的双脚踩在深秋的雨水里，裤腿似乎就没有干过。

我每次经过路口，不仅见不到严刚，也见不到一位摩的司机，下大雨对于他们而言就意味着歇业。我开始为严刚担忧，也不知他这段时间过得怎样，像他这样父母双亡，靠摩托为生的人，遇到这样漫长的雨季，生活也不知如何维持。

雨季终于过去，西安出现了久违的晴天，街上的人多了起来，摩的司机纷纷出来招揽生意。有一天，我在大雁塔小学门口打车，恰好严刚骑摩托过来，大家都穿上了外套，他骑摩托却只穿一件长袖，他不变的是笑容。我给他敬了根烟，他摇手说自己戒烟了，我问他："你几个月前还抽烟，怎么突然就戒烟了？"

严刚说："前段时间没有生意，我整天待在屋子里，有天没事算了笔账，我一天早中晚抽三根烟，一星期就是一盒烟，一个月就是四盒烟，一年就是五十盒烟，二十年就是一千盒烟，买最便宜的烟要五元，我就花掉五千元了，这些钱如果买书，要买多少书啊。"

我听了严刚这话，就问他："你喜欢看书吗？"

严刚对我说："过去不爱看书，现在爱看书了。过去爱去网吧，一晚上花十元钱，脑子昏昏沉沉的，钱花出去自己还没有任何收获，我越想越可怕，就不去网吧了，现在喜欢看书了。我去旧书摊买书，问老板什么书能看的时间长，老板给我拿了本余秋雨的《文化苦旅》。"

我笑了笑说："读书是件好事，你要坚持。"

严刚说："你去哪里呀，我送你过去吧。"

我对严刚说了要去的地方，就上了他的摩托，路过小寨的时候，他对我说："你能不能用你的手机号给我拨下电话，前面那条街可能有交警查摩的，如果交警看咱们不认识，车子就要没收，如果是认识的就没有事。"我听了他的话，答应他的要求，让他告诉我他的电话号码，我给他拨了过去，他的手机响了起来，他对我说："你可以挂了，这下我就放心了，刚才我一直不好意思告诉你，咱们毕竟认识时间短，我又是一个拉摩的的人。”

我沉默了，就在他刚才问我要电话的刹那，我确实对他产生了怀疑，我能感到自己的脸有些发烫。摩托车在大街上行驶，路两边是喧闹的人流。我主动打破沉默，就说了一句可谓多余的废话：“前段时间下雨，是不是影响你的生意？”

严刚苦笑着对我说：“下雨天摩的司机哪里有生意，我一个人待在屋子里就是看书，咱没有文化，只上了初中，读余秋雨《文化苦旅》里的一篇文章就要用一天时间，我是读一段有时就停下思考十几分钟，读书累呢，但是读下去就有快乐的感觉。”

我随口问了句：“平时一个人做不做饭？”

严刚对我说：“咱能挣多少钱，还敢去饭店吃？还不就是自己做点饭，我有个电炉子可以煮面条，最近除了吃面条，就是买馒头夹辣子酱吃。”严刚说这话的时候并没有难为情，和我说话就像朋友敞开心扉，让我将他的一切看得清清楚楚，包括他生活的困顿，他也没有一丝伪装。正当我愣神的时候，严刚对我说：“其实吃点苦没什么，我们家原本就不富裕，吃苦吃惯了，我来到大城市见了世面，脑子比过去更灵活了，刚来城市时谁都能骗我，现在我也能分辨人了。”

我问严刚：“你怎么分辨人呢？”

严刚对我说：“像你这样客客气气的人就好着呢，瞧得起我们下苦人。那些咋咋呼呼的人见了我们眼睛朝天上翻，好像我们是臭虫、垃圾，这样的人穿得再体面也好不到哪去。我给你讲一个例子，有次我深夜路过夜总会，拉了一个女的，她穿着漂亮的裙子，满身散发着浓烈的香水味，把我熏得恶心快吐了。她说要去一家快捷酒店，她一路搂着我的腰，我以为她没坐过摩托心里害怕，我就告诉她，我骑摩托稳着呢，她还是搂着我的腰。结果到了地方，我问这女的要车费，她反而打电话叫了一个东北男人从快捷酒店出来，她拽着男人的胳膊说，我刚才故意摸她的大腿。我对他们说，天爷呀，我骑摩托还能腾出手摸她的大腿，那车还不翻到二里地了？那个女人根本不管我说什么，那个男的大吼大叫让我滚，我就这么不明不白拉了人家半小时，最后一分钱都没挣，还挨了一顿骂，这些人可恶极了！”

我问严刚：“你来西安五六年了，不会都是遇见这样的坏人，有没有遇见过好人？”

严刚笑着说：“好人还是大多数，我头年来西安快入冬了，当时刚拉摩的生意不行，我连件过冬的衣服都没有。省历史博物馆里的一位大姐见我可怜，就送了我一件武警穿的军大衣，我穿在身上别提多暖和了。后来，这位大姐经常叫我去博物馆干些杂活挣点钱，我就这样度过了最艰难的一个冬天，这位大姐是我的恩人。再就是我现在的房东，是一位六十多岁的老太太，看我穷有时交不起房租，她并不说难听的话，对我还是笑呵呵的，后来她经常让我打扫楼道和厕所，到了月底交房租，她说我给她打扫了卫生，房费就免了，只让我交点水电费。我过意不去，有时路过商店就给老太太买些点心，路过市场就给老太太买些水果。我每次给她拿回去，她就一个劲感谢，咱免费住人家的房子，人家不要咱的房租还这么客气，这难道不是咱的恩人。”

我们一路上聊天，不知不觉就到了我要去的地方，我想多给他一些钱，他就是不要。他对我说：“我只挣我该挣的，多余的一分钱都不敢要。”当我和他告别的时候，他对我说：“我能记下你的电话吗？”我对他说：“可以的。”

此后，我有时能遇见严刚在翠华路口拉车，他忙的时候我们互相点头打个招呼，他不忙的时候我们就聊上一会儿。有次，我有箱西凤酒要马上送到一家饭店，朋友急着请客要用。我叫的车走到半路出了故障，我急得没有办法，我打出租车又正值出租车换班，就在这时候我想到严刚，我就打通了他的电话，把事情告诉他。他告诉我，他就在附近，马上朝这边赶。过了有十分钟，他过来了，我把详细地点告诉他，他把酒捆到后座上立刻出发。大概过了半个小时，朋友问我酒怎么没有送来，按说二十分钟就该到了，我把情况告诉朋友，朋友在电话里训斥我说：“这种人你也敢信，那箱酒价值一千五百元，他说不定到哪个烟酒店已经卖了。”我的心里一阵惊慌，头上冒出汗珠，我连忙给严刚拨电话，结果总是没人接听，我对严刚产生了怀疑，加上朋友问我联系怎么样了，我说打了三次电话没人接听，朋友连声大叫，说我看错人了，酒叫人卖了。我再打电话，严刚的电话竟然关机了，我对严刚绝望了，我心里有说不出的滋味，我觉得严刚不是这样的人呀。

这时，朋友又打来电话，我心里烦闷，不知怎样应对这位朋友，一箱酒没了就没了，关键是耽误朋友的事情。朋友打的电话我没接，马上又打来了，这次我硬着头皮接了电话，我正想对朋友道歉，朋友在电话里高兴地对我说：“严刚把酒送来了，刚才长安路出了连环车祸，所以耽误了很长的时间，严刚绕路才赶过来的。”我的内心激动、自责、惭愧，我的朋友让严刚接了电话，严刚对我说，他一直在抄近路，害怕耽搁我的事情，一门心思就是往这边赶，所以没顾上看手机，到了饭店上了电梯，他想给我打电话，可是电梯里手机没有信号。听了严刚的话，我真想把我可怜可笑的灵魂拧成一团，放进盛满沸水的大锅里煮上三天三夜，直到洗净所有污泥为止。

那件事过后不久，严刚告诉我，他要回老家和同学开一家小吃店，他说安顿好后会给我消息。

从此，严刚瘦高的熟悉身影消失在喧闹的街口；从此，我一直等待着他的消息……

良师难求

人一生中会遇见很多老师，能从良师为徒，自然是可遇不可求。

什么样的老师能称为良师，似乎没有标准，应是仁者见仁，智者见智。我的朋友王超，毕业于清华大学，如今是航天飞机的设计师，他曾向我讲述他的一位高中数学老师。这位老师给我留下难以磨灭的印象，以至于后来说到良师，我的脑海就不由自主地浮现出这位老师的形象。

这位老师姓李名忠，甘肃人，性情豪放。李老师有时候正说着，嘴里就蹦出几句方言，骂人时爱把“你滚”说成“你鬼”，让人一头雾水。有时候正说着就唱起来了，爱唱《花儿为什么这样红》《草原之夜》《金瓶似的小山》，但只唱三句半就不往下唱了。

这位李老师不修边幅，尤其不怎么梳头，有很多家长第一面见他，都把他当成烤羊肉串的师傅。李老师爱喝酒，酒量极大，喝醉后走路摇摇摆摆，据说是按正弦曲线走的。

李老师有句口头禅整天挂在嘴边：我是教数学的老师！说这话时，精神抖擞，满怀使命，一脸严肃认真。

常人认为，能被称为良师的老师，必然与众不同。讲课要么诙谐幽默，妙语连珠；要么慷慨激昂，扣人心弦；要么花样迭出，新奇独特。可是在王超看来，李老师讲课并不突出，平平淡淡，就像一杯白开水。

王超刚上高中，就将李老师不放眼里，他如此骄傲，是因为自己初中的数学成绩出类拔萃，无人可比。转眼间，迎来高中学习的第一次月考，王超的数学考了年级第一。王超对李老师更为不屑，他自高自傲的态度，引来同学们的议论，有人给他起了个外号叫“王骄傲”，预言他肯定要失败。

让大家没想到的是，期中考试王超又是年级第一。更让大家没想到的是，王超的期末考试还是年级第一。王超已经成为上课不认真听讲，考试却总能拿第一的反面教材。这对于李老师的教学是种莫大的讽刺，好像昭示其他同学，李老师讲课不过如此。这种情况，如果换了别的老师，早就要打压王超了。就算你的成绩再好，你也不能骄傲自满，目中无人。学习态度不端正，老师就可以严厉批评。但李老师并没有批评王超，每当王超取得第一的时候，李老师都意味深长地看着他，然后伸出大拇指朝他晃几下，有同学说李老师彻底服了王超。

春去秋来，寒来暑往，高中的时光过得真快，转眼就到了高三的最后一学期。这时候大家都铆足劲投入到紧张的备考中，王超也不例外。第一次模拟考试，让大家真正有了大敌当前的压力，很多同学在这次考试中铩羽而归，众多哀声之余，让大家称奇的是，王超的数学还是位列年级第一。王超数学考了130分，这是很多同学无法企及的好成绩。将近三年的高中生活，同学们改变了对王超的看法，大家认为，王超是当之无愧的数学天才。

这天，李老师上完课，对王超说：“请你晚自习结束，来一趟办公室。”话音刚落，王超还没有回过神，李老师已大步流星地走出教室。

王超带着万千疑惑，走向李老师的办公室。这间办公室很大，各科老师都在这里办公。王超平时经常来办公室问其他老师问题，却从没有光顾过李老师，他并非对李老师有什么成见，而是确实觉得没有问题可问。王超照例先敲了两下办公室的门，然后推开门走进去，发现办公室灯亮着，里面空无一人。

王超来到李老师的办公桌前，看见上面有张纸条，写着“王超，你在这里等我，我马上回来。”

王超打量起李老师的办公桌，这张桌上不光有与数学相关的书籍，还有语文、音乐、美术、书法相关的书籍，书垒得像小山一样。桌上有一个很大的青花瓷杯，里面泡着很浓的茶，茶水还冒着热气。瓷杯旁是一个烟灰缸，里面放满熄灭的烟头。

突然之间，王超的目光凝住了，他的眼睛像探照灯一样，意外发现了一张对折的答题卡复印件，那上面的字迹无比熟悉，就是他的答题卡，李老师把它复印了一份，此刻它安静地躺在桌上。王超拿起那份答题卡，只见答题卡的另一面，用红笔写了一行字：“可惜！可惜！可惜!”王超将那份答题卡放回原处，内心再不能平静，他千思万想，不明白李老师为何对他三叹可惜。

王超苦思冥想之际，李老师已走到王超身边，王超对李老师的出现猝不及防，差点从椅子上摔下来。王超连忙站起来，李老师笑着让他坐下。

王超受了刚才的刺激，脑子有些麻木，随口对李老师说：“你不必客气。”

李老师看着王超失魂落魄的样子，觉得有点奇怪，就把话题转移到学习上。这是高中三年，李老师第一次和王超正式谈话。

李老师对王超说：“你的成绩很好，像你这样有数学天赋的学生也是凤毛麟角，我带了三十多年数学课，像你这样天资的学生，也就遇到过七个，你是第八个。”王超听了李老师的夸奖，受宠若惊，他连忙谦虚地说：“是李老师数学教得好。”

李老师突然大笑起来，这笑声让王超很是意外，他为此深感不安。

“你觉得你的数学学得如何?”李老师收起笑容，严肃地说。

“我还不够努力，我过去上课不认真。”王超连忙回应。

“哈哈哈，你这话一半对，一半错。上课不认真说对了，不够努力说错了。再说努力是对于中等资质的学生说的，你这种资质的学生，应该超越努力这个范畴。你刚才说我数学教得好，我的课你都没有认真听过，怎么知道我教得好与不好呢?”说完话，李老师的眼睛饶有意味地注视着王超，好像雕刻师在打量一块尚未雕琢的璞玉。

王超脸色苍白，低着头无话可说，他觉得自己心中的堤坝快要垮塌，他受不了李老师如火炬一般耀眼的目光，他无颜面对李老师，甚至想逃出这间办公室。

时钟好像停止了摆动，办公室的空气似乎凝固了。王超用眼睛偷偷看了一眼李老师，发现李老师还在注视着他，目光耀眼，就如电焊时发出的弧光，让人不敢直视。

这样的场面，大概持续了三分钟，最多五分钟。王超却觉得时间漫长，漫长得可以踢完整场足球赛。王超心中的堤坝垮塌了，他的自高自傲都付之东流。

王超无比惭愧，他对李老师说：“我错了，今后一定认真听课。”

李老师端起茶杯，抿了口茶，对王超说：“你要是听课的问题，我早就把你叫来了，认真听课决定一个学生的成绩，但是对于你这样的学生要想提高，不单是认真听课的问题。”

李老师点上一根烟，深深吸了一口，然后朝窗外漆黑的夜色吐了出去，他遗憾地说：“王超，就算你现在想认真听课，我的课也已讲完，我今天和你谈话，并非想谈论关于听课的问题。”

王超听到这里，才稍感轻松，脸上有了血色，他诚恳地对李老师说：“老师，有什么话您尽管说，我努力去做。”

李老师清了清嗓子，可是话到嘴边，似乎又咽了回去。李老师又深吸一口烟，然后把烟掐灭，他对王超说："这或许是一个不该问的问题，你可以不作回答。"

王超心里着急，他期待着李老师的问题，他对李老师说："老师，您有什么问题尽管问我。"

李老师转动手里的签字笔，似乎在沉思什么，然后愣了会儿神，李老师对王超说："老师想问问你，你对报考的大学有什么想法？"

王超听了李老师的问题，觉得这并非多么复杂的问题，以他现在的实力，冲击省内顶尖的交通大学自然不在话下，但是如果放眼清华、北大，自己还差很多。何况任何考试都有运气的成分，一个很小的意外都会导致自己与目标失之交臂。他想了想，对李老师说："老师，我想报考交通大学。"

李老师听了王超的回答，神色有点怅然若失，但是很快就调整到自然的状态，他对王超说："你在数学上不用下工夫了，你现在的分数冲击交通大学没有问题。"这句话说得斩钉截铁，就像一位手到病除的大夫给患者做出准确的判断。

王超满脸惊愕，他的大脑一片空白，他听到李老师的声音，那声音好像从很远的地方飘来，这次他听清楚了，李老师是让他回宿舍休息。

王超的双腿像被注满了铅，怎么也迈不开，他觉得李老师应该还要和他说些什么，比如刚才那张答题卡，李老师为何做出那样的评价。王超疑惑地看着李老师，他觉得李老师绝非他过去认为的那样简单，直到今天，他才发觉李老师的高深莫测。李老师依旧用以往真挚的笑容面对王超，他的确不想再说什么，他对王超说："快回宿舍吧。"

王超失魂落魄地朝外边走，他每走一步都很吃力，心中疑窦重生，他在思考该不该问李老师那个问题。王超拉开办公室的门，清爽的晚风拂面而来，他不舍地回头看着李老师，百感交集。这时，李老师对王超说："你是不是有什么问题问我？"

王超站住了，他想要说的话，如骨鲠在喉不吐不快。李老师亲切地笑着，好像一位慈爱的父亲看着自己的孩子。王超快步走到李老师身边，对李老师说："老师，我想问您一个问题。"

李老师用鼓励的神情看着王超，等待着王超的提问。

"我刚进来发现您桌上有我的答题卡，那上面有您的一行评语……"王超说到这里，不知该如何说下去，索性就等待着李老师的回应。

李老师愣住了，他对王超突如其来的问题，似乎不知如何回应，师生陷入沉默。

答题卡上的三个"可惜"，仿佛三个无可奈何的问号，三个痛心疾首的惊叹，组成一个老师对学生三年学习的总结。

王超按捺不住，他对李老师说："我让您失望了。"

李老师一改豪爽的风格，神态竟有些扭捏，他长叹一声，对王超说："你理解错了，老师是为自己可惜，但是老师不能因为自己的缘故强求于你，作为一位老师，应该尊重学生的意愿。"

王超有些不解，他对李老师说："老师，您能告诉我您'可惜'的缘由吗?"

李老师示意王超坐下，他对王超说："我之前遇到过七个像你这样天资的学生，他们都有考清华、北大或者国外名校的强烈愿望，最后他们都实现了自己的目标，现在你有冲击清华、北大的潜力，但是这需要你在最后这个阶段发掘潜力，这无疑十分痛苦，如果你没有强烈的意愿和坚强的意志，一定会陷入痛苦的折磨，最后甚至影响你的正常发挥。你一定见过电视上的长跑比赛，那些进入决赛的选手都是非常优秀的运动员，我认为他们的天资都不相上下，可是最后的冠军，一定是毅力最强大的人。任何一门学科，要想登上高峰，当然需要很强的能力，可是要登上巅峰，除了能力之外，还需要个人品质和学科品质相融合，这需要摆脱过去的自己，这是一门学科最奥妙的地方。"

王超听了李老师这番话，觉得自己内心燃起熊熊火焰，他觉得这番话比三年来所有老师的话都重要，能让他受用无穷。王超对李老师说：“老师，我有心冲击清华、北大，无奈分数差得太远，如果对于一般的学生，提高几十分很轻松，对于我这个分数段的学生，提高几分都很困难。”

李老师注视着王超，他认真地对王超说：“其他课我无能为力，但是数学这门课，我还可以再让你提高十几分，但是你要摆脱过去的自己。”

从那天谈话之后，王超如同脱胎换骨，整个人都被点燃了。

李老师究竟用什么方法教育王超，不得而知，大家只知道高考成绩公布的那个上午，王超查完成绩后，迫不及待地拨通了李老师的电话，告诉他自己的成绩离满分只差两分。众人对这样的成绩感到不可思议，问李老师教他的方法是什么，每当这个时候，王超神情严肃，认真地回答道：

“数学精神。”

面壁十年

丁酉年春天里，朋友送我一尊崖柏刻成的达摩，我闲下来就欣赏，愈发敬佩达摩面壁十年的伟大。

十年，对每个人而言，不是一段短时光。人从出生开始，时间用一点就少一点。更可悲的是，人还不知道在何时何地用完自己一生的时间。对每个人而言，怎样活，是不可回避的大难题。

从古至今，人的活法无非两种，要么身子向下去求活得平淡，要么身子向上去求活得出众。平淡的好处是自在安闲，坏处是要面对各种欲望寝食难安。杜绝自己的欲望，这是求平淡的人过好一生的功课。出众的好处是扬名显亲，坏处是纠缠于各种麻烦不得安宁。应对别人的麻烦，这是求出众的人过好一生的功课。糟糕的是人们求平淡而不想杜绝欲望，求出众而不想应对麻烦，于是陷入自我矛盾之中。我们身边经常有人嘴说求平淡，心里却眼红着别人的富贵；有人嘴说求出众，却不敢应对任何麻烦。这些人在平淡和出众间痛苦地彷徨、周旋、挣扎、煎熬，上也不能，下也不能，人生的烦恼如影随形。

历史上那个叫达摩的印度人，他和梁武帝讨论佛法，两人总是意见不合。达摩有达摩的道理，梁武帝有梁武帝的道理。达摩不能为了迎合梁武帝，改变自己的道理，于是一苇渡江，到了洛阳上了嵩山，在山里找了一个约三米高五米深的石洞。达摩在洞里整日双眼紧闭，五心朝天，日复日年复年参悟佛法，每天就做三件事：坐禅、打拳、吃饭。传说达摩思想投入，以至于鸟儿在他的肩上搭巢做窝，他也是浑然不觉。

达摩一坐十年，当为众生开悟出佛法的时候，他从石洞中出来。达摩寻找到解决众生烦恼的办法，自然也就名扬天下，这就是达摩面壁十年的故事。

记得我上小学时，教学楼四楼的楼梯口正对着的墙上有一幅书法，上面写着："愿乘风破万里浪，甘面壁读十年书。"后来，我悟出一个道理，上学读书是为了求知识，毕业读书是为了求事业，一生读书是为了求真理。求知识容易满足，求事业容易功利，唯有求真理才是读书最高的境界。

朋友送我这尊达摩，不用石头雕刻，不用一般的木头雕刻，而是选择在山崖缝隙中艰难生存的崖柏雕刻，真可谓用心良苦。朋友说，他看到这块崖柏的时候，他的第一感觉就是要刻也只能刻成达摩。随后，雕刻下来，果然没浪费一点材料。朋友听了面壁十年的故事，恍然大悟，这块崖柏原本就是要成达摩呀。我不禁双手合十，参拜这尊带着天意而来的达摩。

很多来我家里做客的朋友，看到这块崖柏都会惊呼这是老和尚。我问老和尚是谁？他们想了半天，喊出达摩的名字。

这时候，我就开始向他们讲述达摩面壁十年的故事。

读书随笔八篇

序

我总觉得读书如恋爱，你我情愿就甜蜜，生拉硬拽就苦涩。拿到一本书，能读下去且能读得畅快，这种感觉就不亚于和心上人约会。有人说，性格影响着人的一切，这话是有道理的。莽莽壮壮的汉子就爱读《三国》或《水浒》，文文静静的女子就爱读《西厢记》或《红楼梦》。

我的个性是见不得谁有一点勉强，有时想给人说件事，人家口气脸色不好，也就懒得动嘴说了。我小时候随母亲去亲戚家，一旦察觉人家的不情愿，就浑身不舒服，非要离开。为人如此，读书亦如此，不想往下读，索性扔下不读了。什么事都能急，唯独读书不能急。真心读书，六十岁读也不嫌胡子白；无心读书，二十岁读也白费工夫。

世上有这么多的书，人生短短的几十年，岂能将所有书读完。买一盒火柴，随便抽出两根划出火，差不多就能验证一盒火柴的好坏，何需把每一根都划了。评价一个人，只要看他一生中办的大事，就知道了他的人品。有人还说了，一个作者有什么风格，就去看看他书房里摆着什么书。我读书这么杂乱，真不知说这话的人如何评价我。我不敢说自己是作家，敢说的是自己爱读书。高中学了三年英语，我只记住英语老师的一句话：不动笔墨不读书。现在我手中不拿笔，不能边读边写，就像士兵上战场拿了枪没装子弹。我把高中三年英语老师教我的英语单词快忘光了，唯独记住她说的这句话，我就觉得这三年还是有所收获。我们学生时代学了这么多，真正能用的有多少呢。一场战争打下来，发挥关键作用的往往是一小部分人，剩下的大多数人都是围绕这一小部分人服务。但没有大多数人，这一小部分人也发挥不了作用。

我喜欢文学写出混沌的感觉，几十种声音、几十种颜色、几十种形状在一起，给你强烈的震撼，又让你不知道该说些什么。我不敢说我记住了每本书的细节，但我至少知道某本书整体的感觉，就如我们知道辣子辣、蜂蜜甜。

我写这篇文章，要说明以下几点：

一、不是炫耀我读了多少书，论读书多少，和许多人比，我也许是小学程度。

二、不是向读者推荐我读的书，一个人读什么书受很多因素影响，何必跟着别人跑。

三、不是介绍自己读书的方法，有的英雄使剑，有的英雄用矛，武器好坏的关键，在于用的人是否顺手。我的好方法，就可能是你的坏方法，学太多的方法，最后什么方法都不会了。

朋友一起的时候，我们评价谁，总是听别人的多，自己认知的少。我们和朋友多年不见面再回忆，脑海里只有整体的感觉，也许这才接近本真。把最直接最本真的感觉写出来，便是我写这篇文章的目的。

读《安徒生童话》

孩子读童话长成了大人，就如植物结果前需要开花。

我父亲在我很小的时候，就给我买了童话书。我上小学之前，就知道安徒生是丹麦人。上了小学，我知道了安徒生小时候家里穷，他的父亲是鞋匠、母亲是佣人。天下自然是富人少穷人多，如果安徒生家里单纯是贫困，这根本就不足为奇，关键是安徒生十一岁那年，父亲去世、母亲改嫁，小小的孩子一夜就成了孤儿。上天喜欢折磨天才，就像好的父亲要让儿子吃苦。没了父亲的安徒生，给裁缝当过学徒，在香烟厂干过。更有记载，他害羞不爱说话，曾被大家捉弄说他是女孩子，并脱了他的裤子，众目睽睽下检验有没有长男人的东西。那些同事当然是在知道他是男的的情况下才敢脱他的裤子，脱他的裤子，无非耻笑他白长了男人的东西。安徒生长大后也不顺利，他发誓要在大剧院里唱歌，并且他的嗓子音质好，受到了剧院的雇佣。也许上天不甘让自己造就的大作家去唱歌，安徒生的嗓子莫名其妙地坏了，他失业后对生命产生了怀疑，各种举动都疯且狂，人们就把他当成了戏院里的疯子。后来他被国王看重，意外地上了大学，却因为不合群，遭受同学讥讽老师责骂，不受任何人喜欢。他一生谈过几次恋爱，没有一回不是失败的。第一次是和翻译家的女儿，这个善良的姑娘关心他的生活，供他吃穿，按理说安徒生该找到幸福，不料这个姑娘却意外去世了。后来他决心从事写作，一位深深爱他的富家女子向他表白，没想到他竟然拒绝了，他为了写童话放弃了童话般的生活。

读安徒生的作品，就想着他出身于王宫贵族，风度翩翩，是女孩心中的白马王子。等读过他的生平经历，才明白穷苦人靠幻想也能过着富贵的生活。于是天地间有了公平，世界上一部分人精神富裕、物质贫穷，另一部分人物质富裕、精神贫穷。丑小鸭可能变不成白天鹅，但丑小鸭的梦想可以比白天鹅豪华。安徒生作品最大的贡献，就是让人读后心生同情。关心自己再关心别人，这个人的情感境界就上升了。如果长大后，觉得安徒生的童话幼稚，只能说明还没有长大。如果只是嘲笑没穿衣服的国王，没有心生对国王的关怀，可能就还没有真正感悟到安徒生的伟大。

读《搜神记》

生活无聊，就爱翻一翻《搜神记》，从短短的故事里品味出感觉，大脑里就有了色彩。焦躁的心安定下来，真的就能“识盈虚有数，觉宇宙无穷”。

书的作者干宝活在晋朝，他的祖父是三国时吴国的将军，他父亲当过官，到了他还是当官，不能说家豪业大，但也不愁吃穿。《搜神记》可谓大成，他著的《周易注》《春秋序论》《周官礼注》等十多本书，就更证明他的才华。写《聊斋》的蒲松龄，曾说过“才非干宝，雅爱搜神”。

我们生活里有许多无法解释的事情，我们总爱轻易地给出结论，有些说法看似科学，实际上并不科学。从文学角度讲，实验的意义有时比实际的创作要影响深远。没有干宝，白居易的《长恨歌》和蒲松龄的《聊斋》也许无法创作，俄国文学少了陀思妥耶夫斯基，文学整体质量就要大打折扣。

我们呼唤敢于在文学上创新的勇士们，他们或许每一步都走得跌跌撞撞，让人看了想笑。但时间久了，他们却能给我们摸索出一条坦途。

读《道德经》

我过去进山避暑，总要在包里装本《道德经》。

也许是感悟不深，我说不出老子最终要表达的思想。短短五千字的书，蕴涵的哲理如此丰盈。我曾经抄过十几遍《道德经》，十八岁抄是十八岁的感觉，二十岁抄又有了二十岁的感觉。道也许是只可意会不可言传之物，那么过多的解释就破坏了整体的雄浑。

唯有包容对立，才能达到统一。白天和黑夜对立，又构成了一个整体，一个白天加上一个晚上就是所谓的一天。高低互相对立，就有了长度来统一。大小互相对立，便有了体积来统一。消灭一个差距，会产生新的差距。不上一楼就到不了二楼，到了顶楼要么跳下去要么往回倒退，跳下去就从生到死，退回去就完成了一个循环。

"企者不立，跨者不行，自见者不明，自是者不彰，自伐者无功，自矜者不长。"这是多么富有哲理的句子！做什么事情都要顺其自然，违反了规律也就是违法老子所说的道，就办不好事情。

有些书我看过就再不想看了，《道德经》是越看越喜欢。西天诸佛坐的是莲花宝座，我们读《道德经》，就有了收获莲花的感觉。

读《复活》

读托尔斯泰的《复活》，是在去上海的列车上。

我常给关系好的朋友说，多读些俄国、法国的文学作品精神上将得到升华。俄国能有十二月党人的革命，法国能有震惊世界的热月政变，是因为他们的民族是有骨头的民族。热爱祖国，所以畏惧祖国因为腐败而沦陷。

《复活》主人公聂赫留朵夫所有的工作，就是为了还玛丝洛娃一个公平。以他当时的身份，他认为此事十分容易。他不知俄国溃烂的官僚统治不可能承认自己的判决有任何不对，整个俄国的官僚都在维护所谓不可侵犯的权威，就算是沙皇的兄弟姐妹被这个体制误判，也很难得到这个体制正式的道歉，更别说当过妓女混迹于底层的玛丝洛娃。

玛丝洛娃从贵族夫人的侍女沦落为妓女，青年贵族聂赫留朵夫有着不可推卸的责任，他对爱情的不负责任使得玛丝洛娃怀孕被赶出家门，聂赫留朵夫反倒溜之大吉。我们自然会谴责聂赫留朵夫的不负责任，我们也会指责玛丝洛娃的自轻自贱。他们并非罪大恶极，也不会有谁对他们恨得咬牙切齿。他们身处的社会环境，就使得他们做了可以说是应该会发生的事情。在那个社会，不知有多少贵族富豪玩弄女性后抛弃她们，甚至为了自己的名声害死她们。

玛丝洛娃因为服务于贵族家庭，而鄙视向他求亲的劳动人民，她已经过惯了地主家里的舒服日子。聂赫留朵夫见的漂亮女人太多，所以心里一直想要寻找刺激和新鲜。他们两人的一见钟情，都怀着不正常的目的。聂赫留朵夫和玛丝洛娃发生关系后，本能反应是给了她一张一百卢布的钞票，以此来减轻自己的罪恶感。聂赫留朵夫从前线回来后，去她的姑姑家找玛丝洛娃，得到的消息是玛丝洛娃已经离开姑姑家去生孩子，姑姑说她学坏了，本性和她母亲一样淫荡。聂赫留朵夫明明知道玛丝洛娃怀了自己的孩子，心里却自我安慰地说那个孩子不是自己的，姑姑既然说玛丝洛娃天性淫荡，那个孩子就不是他的。如果一直这样安慰自己，他就能心安理得地过一辈子。后来玛丝洛娃陷入谋杀案后，他鬼使神差地成了该案的陪审员之一，在他们一群人的马虎大意下，玛丝洛娃被冤枉。聂赫留朵夫良心发现，要拯救玛丝洛娃，当他走上了为玛丝洛娃平反的道路时，才发现自己的能力，相对于整个体制，办这件事就如蝼蚁搬山一样没有任何可能。当一个人进入某个体制，就被这个体制所左右，和体制作对就要抛弃一切。这种挑战的后果，就可能如十二月党人发动革命一样，被剥夺自由、剥夺生命。如果说饥民造反是为了保全自己生命，那么富贵荣华的贵族造反，就是为了拯救自己的灵魂。蚕作茧自缚，茧就成了蚕身体的一部分，要想蜕变为蝶，就要抛弃厚厚的茧才能生出翅膀。

读完《复活》，我敬佩俄国的贵族阶层。一个民族要想进步，首先要有一批有良心的知识分子，其次要有一批觉醒的贵族阶层。

读《三国演义》——刘备逃亡的一生

在小说《三国演义》中，刘备是个悲剧性的人物，他的一生仿佛在展示他高超的逃亡能力。刘备怎么看都不像来认真打仗的，倒像是来跑马拉松的。从小说开头到结尾，刘备一直跑呀跑，当了皇帝也还是免不了逃亡，最后死在白帝城，彻底跑不动了，算是为逃亡的一生画上了句号。

面对实力强大的敌人，逃亡不丢人，甚至可以说是谋略，就如电影《南征北战》里的台词：你告诉同志们，不要怕跑路，不要怕家里的坛坛罐罐给敌人打烂，不要去计较一城一地的得失。

世界上的小动物都机智灵敏反应快，只有老虎这样的兽中之王才整日懒洋洋。在老虎看来，整个丛林里的动物就像自己放在冰箱的火腿，想什么时候吃拿出来就是了。在《三国演义》里，曹操无疑就是兽中之王的角色。因此在“煮酒论英雄”时，曹操评论天下英雄都不足挂齿，尽是他囊中之物，那感觉又得意又满足又酸爽，就像老虎在思考，今天的晚餐该捉个什么动物吃。

曹操的确是人杰，但是一辈子没能统一天下，原因就在于碰见刘备和孙权这两个克星，一个能逃亡，一个能求饶。你武功再高也枉然，一个敌人永远追不上，一个敌人不打就跪地求饶。追不上的，想打早没影了；跪地求饶的，打了又胜之不武。在长坂坡，曹操追得刘备丢了老婆和孩子，但归根结底还是没追上刘备。曹操走下长坂坡，心情也是够凉的，可惜刘备逃走了，曹操顿时明白，无敌是多么寂寞。

在《三国演义》中，大家知道的是诸葛亮的六出祁山，却未必清楚刘备的六次逃亡。下面我为大家讲述刘备这六次逃亡，分析这六次逃亡都能给大家带来哪些启示。

第一次逃亡：祸起督邮

话说刘备、关羽、张飞三人结义后，聚集了兵马，参与了三十场打击黄巾军的战斗，并且立了功劳。但是到了论功行赏时朝里无人，刘备只当了中山府安喜县县尉，相当于县公安局的局长。刘备上任没有四个月，就遇到了要淘汰虚报军功官员的整风运动。这个举措本是好事，目的是清理那些假冒军功、花银子买官的人，也是为了平息民愤，安抚有军功没当上官的人。可是东汉朝廷从上到下都烂完了，上面的好政策，到了下面就变成祸害，这个行动沦为各地督邮发财的机会。

所谓督邮，不是现在的邮递员或者外卖小哥，而是汉代有实权的监察官员，是专门负责监督地方官员的重要官职。督邮到了安喜县，就是来压榨刘备的银子的，这个道理别说刘备，就连刘备身边的小吏都清楚。《三国演义》中安喜县小吏说，“督邮作威，无非要贿赂耳”。刘备知道督邮要贿赂，但是刘备就不给督邮贿赂，因为刘备的自尊心受了打击。在此之前，刘备对督邮说，我乃中山靖王的后代。督邮说，你哄人。刘备对督邮说，我有军功。督邮说，你又哄人。督邮要钱就要钱罢了，问题是还要侮辱刘备的人格，刘备最怕谁说他哄人。结果张飞出头，把督邮鞭打一通，要杀督邮，被刘备拦住。鞭打上级长官，这放在古代是要掉脑袋的呀，刘备三兄弟只能逃亡，随后朝廷就差人捕捉。不过当时天下动荡，所谓抓捕也不会有结果，如果捕快有用，那么黄巾军早灭了。

刘备三兄弟从安喜县逃亡，去代州投奔刘恢，刘恢收留了他们。很快天下有变，三兄弟得以再次施展身手。

故事启示：刘备的第一次逃亡，说明了一个问题，在东汉末年的官场，上面有人是多么的重要。刘备军功不小，但是上面没人，所以只给了安喜县县尉这个小官。朝廷搞整风要淘汰贪官墨吏，这本是好事，可惜这是个烂朝廷，上面所有的好事都会被下面搞成坏事。刘备上面没人，即便是爱民如子、军功卓著、百姓拥戴，也沦为被清理的对象。一个腐朽的朝廷，任何的举措都于事无补，反而任何折腾都将加速自己的灭亡。上面有人，成了东汉末年的通行证。同时，我们可以看出，刘备志向不小，他是决心要当大英雄的，所以看不上安喜县这个小地方，更不屑于和督邮这样的赃官费口舌。像督邮这样的人物，在刘备眼里猪狗不如。因此，张飞要杀督邮受到刘备的强力阻拦，因为张飞本来就是屠户，杀督邮像杀猪一样容易，说杀就杀了。刘备好歹对外的牌子是中山靖王之后，杀督邮就太掉身价了。张飞要杀督邮的锅，刘备不背。

第二次逃亡：吕布陨落

刘备从陶谦手中得到徐州后，就遇到了一个棘手的问题：被曹操打败的吕布前来投靠。吕布是世人皆知的三姓家奴，路人皆知的狼心狗肺之徒，认丁原和董卓为义父，最后又杀丁原和董卓，这样的人没有基本的原则和是非。因此，糜竺说：“吕布乃虎狼之徒，不可收留；收则伤人矣。”

所谓虎狼之徒，就是凶狠残暴、无情无义的人。这样的人从人格上可以小看，但是放在具体事情上不能小看。如果说刘备看不起吕布，刘备还真不敢，在虎牢关刘、关、张三人合一起也打不过吕布。当年十七路诸侯打董卓，最后无功而返，成了年度最大的笑话，天下诸侯都拿董卓没办法。偏偏董卓这样的大角色，是被吕布这样的小角色干掉的，这就是吕布不可小觑的地方。

人们常说，养虎为患，却只说虎的残暴，没有想到养虎之人本就是要利用虎残暴的秉性去威慑别人。虎能伤人也能伤己，这是虎和狗的不同之处。狗对自己的主人忠心耿耿，但是狗和虎的实力相比是天壤之别。说到底，还是董卓的格局小，为了美人得罪吕布这样的一介武夫，最后导致吕布这只老虎被王允驱使来吃掉自己。

刘备收容吕布，从动机来看，必须有两个条件，一是吕布不足以为患，二是吕布有利用的价值。吕布恰好满足这两个条件，刘备收留吕布，也就在情理之中。吕布被刘备安放在离徐州不远的小沛驻扎，这就相当于陶谦让刘备在小沛驻扎，实际上起到的是给徐州看门护院的作用。

不久之后，刘备接到曹操假借汉献帝之名而下的旨意，让刘备讨伐袁术。这本是驱虎吞狼之计，以刘备的智商怎会看不出来，但是刘备还是收整兵马去讨伐袁术。因为刘备打的是效忠汉室的旗号，曹操却是挟天子以令诸侯，正是用刘备的招数制约刘备，以其人之道还治其人之身。从决心去讨伐袁术的时候开始，刘备就有了一个清楚的认识，必须要向皇帝所在的许昌靠拢，不能整天和吕布、袁术、公孙瓒这样有勇无谋的军阀胡混在一起。曹操的第一桶金，就是见了皇帝才有的，刘备此时已深谙曹操的成功之道。天下虽乱，皇帝还在，只有亲近皇帝才是正路，否则地盘再大也都是野路子。因此，张飞喝醉酒鞭打了吕布老丈人，惹得吕布占了徐州，刘备一点都没慌，脸色平平的，对张飞很镇定地说："得何足喜，失何足忧。"倒是把老婆丢在城里，让刘备有些失落。就在刘备无语时，张飞要自刎，刘备说出了那句广为人知的话："兄弟如手足，妻子如衣服。衣服破，尚可缝；手足断，安可续。"吕布果然如刘备所料，并没有加害他的家眷，只不过这一事件让刘备和吕布地位颠倒。本来是吕布驻扎小沛给刘备看门，现在成了刘备驻扎小沛给吕布看门。

刘备到了小沛，袁术来报仇，刘备请吕布帮助。吕布辕门射戟，解了小沛之围，但是刘备并不会感激吕布。之后，刘备开始逃亡，投奔曹操消灭吕布。在白门楼上，吕布要投降曹操，曹操咨询刘备意见，刘备不愧是老江湖，话够狠，话关键在狠不在多，只一句"公不见丁建阳、董卓之事乎"就扒光吕布的黑历史，断送了吕布的性命。刘备则进了许昌见了汉献帝，被封为左将军、宜城侯。刘备的这次逃亡，从结果上看取得了巨大的收获，具体过程就是纳吕布、攻袁术、投曹操、献吕布、见皇帝、受封赏。吕布自以为聪明，却不知刘备给他挖了一个坑，埋葬了他。

故事启示：人们常说没有永远的朋友，也没有永远的敌人。这就说明，联盟的智慧要胜过斗争的智慧。吕布吃谁的饭砸谁的锅，自然不会有好的下场。刘备收容吕布，等于是给自己增添了资本，手里多了筹码。在拿实力说话的乱世，没人谈感情。刘备联合吕布，自然让人不敢小觑。同时，吕布是曹操的仇敌，收容吕布，关键时刻把吕布献出去，这是刘备算计好的谋略。吕布本就是不仁不义之徒，他自然不会有真正的盟友。唯一信任他的丁原被他杀害之后，所有的人都是在利用他，董卓是利用他，王允是利用他，刘备同样是利用他。但是董卓和王允在利用吕布的同时，自己也丢掉性命。看来养吕布这样的虎狼之徒，也是需要一定智商的，不是谁都可以养虎。刘备讨厌吕布，刘备也看到了吕布的利用价值。吕布以为自己得了徐州，却不知刘备即将踩着他的鲜血，完成自己人生的逆转。看来，在丛林法则横行的世界里，人的眼界和格局是个大问题。

第三次逃亡：借兵曹操

刘备的第三次逃亡，发生在曹操“煮酒论英雄”之后。刘备一向觉得自己善于伪装，可是生生让曹操在“煮酒论英雄”时撕开了面具。但是老江湖都是演技派，恰巧天上一声雷响，刘备马上安抚自己慌乱的内心，然后装出自己是被雷吓得筷子落地。曹操是何等人，当然不相信。可是曹操的智商高，高不过刘备的演技，任你曹操信与不信，刘备不乱场，只管演他的，还引出“圣人迅雷风烈必变，安得不畏”这样的台词，再聪明的观众也拿好演员无可奈何。

就在第二天，刘备的转机出现了，公孙瓒被袁绍消灭，等于袁绍再也没有后顾之忧，更可怕的是袁术要给袁绍献传国玉玺，并准备和袁绍联合在一起。这个消息，对于曹操等于晴天霹雳，他的智商高，但遇到这样万分危急的事情，也早就慌了神，智商可以忽略不计。刘备看得很清楚，自己的机遇又来了，于是向曹操提议，率领军队在徐州截击袁术。曹操同意了刘备的主意，让刘备率领五万兵马去截击袁术。曹操之所以放心刘备，就是因为给刘备派了朱灵、路昭两位将军，起到监督和牵制刘备的作用。但是刘备是何等英雄，怎会被朱灵、路昭所牵制？当张飞、关羽还疑惑时，问刘备出征为何如此慌速，刘备说："吾乃笼中鸟、网中鱼，此一行如鱼入大海、鸟上青霄，不受笼网之羁绊也！"当曹操察觉刘备的计谋时，派许褚去追赶，但是刘备既然决心已定，岂是许褚能够追回的。刘备的这次逃亡，不费吹灰之力，得到了五万人马，也得到了徐州，可谓是胜利大逃亡。

故事启示：人的行为应具有一定的连贯性，因此自己选择的路跪着也要走完，戏只要开始唱就没有暂停的道理。曹操虽然揭下刘备的面具，无奈刘备演技高，装傻充愣假装害怕，而且还能伪装得一本正经。人们常说无法叫醒装睡的人，大概就是这个道理。刘备是英雄，英雄的第一品质就是完全的人格独立，寄人篱下时哪怕锦衣玉食，也不能忘记自己是有远大志向的。英雄与英雄之间，必然是排斥的，曹操的榻侧岂容他人鼾睡？刘备在曹操身边，要么是英雄主义的自我阉割，承认自己是个奴才，死心塌地地供曹操驱使，要么就是杀掉曹操，自立为王。当奴才刘备极不情愿，杀掉曹操可能会成功，但是自己先投靠曹操再杀曹操，无论结果如何，自己会和吕布一样臭名昭著。因此，英雄是先具备英雄人格，然后才能称之为英雄的，否则就是耍流氓，这就是三国时期成为英雄的逻辑。

第四次逃亡：忽悠袁绍

话说刘备得了徐州不久，曹操在许昌发现了衣带诏政变，遇到了人生最大的政治危机。为了震慑皇帝和百官，曹操斩草除根，杀了董承、王子服等五人全家老小七百余口，连怀着身孕的董承之妹董贵妃也没有放过。曹操不愧是政治家，做事绝不拖泥带水，更不相信眼泪。皇后为董贵妃求情，希望董贵妃生了儿子再杀不迟，曹操说："欲留此逆种，为母报仇乎？"说完，就让武士把董贵妃勒死。

参与衣带诏政变的人，逃脱的只剩下刘备、马腾。曹操早就知道刘备是人杰，自然先要对刘备下手，于是起兵二十万，分五路进攻徐州。刘备知道自己的实力不足以和曹操抗衡，于是派孙乾向袁绍求救，也该刘备倒霉，此时袁绍最小的儿子患重病，马上就要死了，袁绍根本顾不得刘备的死活。当时田丰劝袁绍攻打许昌，这可是千载难逢的好机会。无奈袁绍是个草包，儿女情长，哭哭啼啼，错失良机。

袁绍不肯救援，刘备只能硬头皮上去和曹操打，张飞出了一个劫曹操营寨的主意，刘备只能死马当活马医。殊不知曹操是断人粮道、劫人营寨的专业户，论这个本事，完全可以当刘备、张飞的师傅。这场仗是铁定打不赢的，张飞和刘备在乱军中分散，张飞逃进芒砀山，刘备目标大，是曹操的头号仇敌，一般的诸侯自然靠不住，只能投奔袁绍。这一场仗，刘备把家底输了个一干二净，兄弟、老婆、孩子通通没了，换了一般心理素质差的人，早就上吊自杀了，但是刘备这么多年，什么阵势没有见过，只要自己活着，说不定明天机会就来了。

刘备投了袁绍，就开始煽动袁绍攻打曹操，上次袁绍不是说小儿有病，不能攻打吗？现在春天到了，正是用兵的时候，袁绍似乎也不好再拒绝刘备。袁绍出兵攻打曹操，手下的两员大将颜良、文丑都被关羽杀掉，这本是曹操谋士程昱的计谋，目的就是借袁绍之手铲除刘备。果然，袁绍知道是关羽杀了颜良、文丑，大发雷霆，马上就要杀刘备。对于袁绍这样犹豫不决之人，刘备自然不会给袁绍杀自己的理由。刘备对袁绍讲，这是曹操的计谋，目的就是让你杀了我，你杀了我就让曹操的阴谋得逞了。关羽是我结拜兄弟，我现在派心腹之人去告诉关羽我在这里，让关羽也来辅佐你，一起诛灭曹操。袁绍听了，心里美滋滋的，说只要关羽来了，要胜过颜良、文丑十倍。刘备随后又煽动袁绍和刘表联盟，袁绍说自己没有和刘表联络过，就害怕刘表不肯。这时，刘备早把袁绍绕进圈子里了，于是展露出他的本意，没人说我去说呀，我和刘表是同宗，我去说他不会不听的。袁绍听了这话，放走了刘备，刘备就这样再次从袁绍手中逃脱。刘、关、张三兄弟相聚古城，又开始了新的征程。刘备从袁绍那里逃亡后不久，袁曹两家就发生了官渡大战，随后袁绍集团一蹶不振，无可挽回地走向覆灭。

故事启示：任何时代都是要靠实力说话，实力中有很多因素，其中智力因素显得尤为关键。刘备集团在军事指挥和军事谋略上，远远不如曹操集团，因此在徐州被曹操集团打败是很正常的事。关键是刘备能够清醒认识到自己与曹操的差距，因此面对失败，也就显得十分从容。认识差距的目的是接受差距，这是每个人不可回避的问题。刘备投奔袁绍，成功煽动袁绍攻打曹操，只要是对手的麻烦，闹得越大越好。随后，自己则像轮船上的老鼠，知道大船进水要沉，先选择了逃亡，这就是刘备的智慧。

第五次逃亡：悲情长坂坡

刘备从袁绍集团逃亡不久，袁绍卒。

刘备投奔刘表集团没多久，刘表卒。

如果换了别人，一定会怀疑自己的运气，靠山山崩，靠水水断，自己难道是命带灾星，注定干不成事情？其实不然，袁绍和刘表，一个草包，做事犹犹豫豫，一个老头，做事没有魄力，他们的死和刘备自然扯不上关系。

当刘表的儿子刘琮给曹操献了荆州，曹操的军队就直逼刘备，刘备又一次面临全军覆灭的危险。不同于过去的是，现在的刘备有诸葛亮这样足智多谋的军师，在智力因素上胜过曹操几层楼。但是有智力没实力，也是十分危险的。我们看诸葛亮有什么主意，看了半天才知道，还是要逃亡。不过这次是有组织有计划的逃亡，不是之前那样丢盔弃甲、屁滚尿流的狼狈逃亡。

诸葛亮发了一道告示，内容是城中男女老少即日去樊城，如果不愿意去的，后果自负。《三国演义》的小说里的告示只有二十五个字，内容越少事越大，从古至今都是如此。后来果不其然，诸葛亮要引曹兵进城，然后放火烧城，类似之前陈宫的火烧濮阳一样，古代的房子都是木质结构，基本上烧完也就剩下灰了，留一座废城给曹操，这就是诸葛亮的谋略。

话说刘备转移到樊城，曹操大军马上追了过来，刘备脚未站稳，又向襄阳逃亡，无奈襄阳守将蔡瑁不接纳，于是又向江陵逃亡。此时，刘备的队伍真是像极了逃难，光老百姓浩浩荡荡就有十多万，大小车数千辆，挑担背包的不计其数，这个逃亡的场面类似冯小刚拍的《1942》。

曹操的大军毕竟不是电视剧里的鬼子，他们不会等着刘备慢悠悠地走。很快，曹操的大军就碾压过来，走在正规军前面的一定是“伪军”，也就是刘琮的降军，头领是大将文聘。刘备此时死战，估计也是打不过了，就破口大骂文聘投降曹操不要脸，文聘毕竟是个要脸的人，于是放刘备一马，自己不战而退。

此时，刘备身边只有张飞，随行不过百余人，其他人都不知去向。徐州的逃亡又一次上演，刘备怎能不肝肠寸断。现在的形势已不是徐州的形势，那时候还有袁绍、刘表这样的人能依靠，现在只能靠自己了，这就是把桥走塌，无桥可走的尴尬。就在心慌意乱的时候，糜芳说赵子龙反投曹操去了。刘备还是很相信赵子龙的，要问有没有具体的理由，我觉得应该没有，因为某些政治家的感觉是比较准确的，往往不会看走眼。

赵云的武艺真是世所罕见，从长坂坡的战斗来看，似乎还要胜关羽、张飞一筹。赵云先是救了简雍，然后杀了曹仁部将淳于导，救了糜竺和甘夫人，然后碰见给曹操背宝剑的夏侯恩，一刀杀了，夺了曹操的青釭剑。赵云在一处房屋废墟中找到了糜夫人和阿斗，糜夫人把阿斗托付给赵云，自己跳井自杀。赵云抱着阿斗，一路冲杀，枪刺剑砍，共计杀死曹将五十多员。多少英雄和赵云打了个照面，就血喷三尺，人头落地，到死都不知被谁所杀。

赵云怀抱阿斗见到刘备，说阿斗刚才还啼哭，现在不哭可能是死了。于是解开衣服，发现阿斗正在熟睡，赵云把阿斗双手献给刘备。戏剧性的一幕发生了，刘备竟然把亲儿子阿斗扔到地上，这番动作之后自然会有句精彩的台词，意思就是为了你这臭小子，差点损了老子一员大将。赵云估计已经懵了，等反应过来，连忙抱起阿斗，拜泣说自己肝脑涂地，也无法报答刘备的恩情。读者可能会疑惑，刘备对赵云到底有什么恩情？刚才明明是赵云救了刘备的老婆孩子，怎么反过来成了刘备对赵云有恩情？刘备摔自己的儿子，为何让赵云如此感动？我们通过分析可以得出一个结论，刘备用摔自己儿子的方式说明一个问题，就是赵云要比儿子重要，等于通过这个行为，表达了赵云是自己的兄弟，摔孩子就是他们的结拜仪式。这样的行为古代还有人干过，而且不是一个人，应该是有一定数量的人干过。春秋时期，齐桓公说自己尝遍天下美食，就是没吃过人肉，易牙就把自己的儿子杀了做成肉汤献给齐桓公，这个行为让齐桓公十分感动，认为易牙爱他胜过爱亲骨肉，从此开始宠信易牙。战国初期，吴起为了与齐国划清界限，就杀了来自齐国的妻子，以求当上鲁国的将军。这些行为，在弄权者看来是高明的手段，在老百姓看来实在太残忍、太变态了。

刘备在赵云和张飞的帮助下，成功逃亡到江夏，开始了他和孙权结盟、共同抗击曹操的战争，也为“赤壁大战”的发生拉开了序幕。

故事启示：从刘备这次逃亡的经历来看，老百姓相信的往往是流言蜚语，比如曾子的母亲三次听说她儿子杀人了，内心动摇，跳墙跑了。

政治家与一般人的不同之处在于相信自己的直觉，这种直觉就是对一个人的判断——这个人靠得住或靠不住。当赵云抱着阿斗归来，刘备摔孩子的行为，可谓有一定的历史意义。古代的易牙烹了自己的儿子来证明自己对国君之爱胜过对儿子之爱，刘备是摔了孩子证明自己对赵云的爱胜过对儿子之爱。这在易牙可能是种谋略，但刘备的反应很快，不太像是谋略，至少别人不认为是谋略，因此易牙受到了后世的谴责，而刘备则得到了后世的赞美。中国人常说大恩不谢，为何不用谢？能为你去赴汤蹈火的人，那种情感就超过了自己的父母、妻子、儿女，也就是人们常说的，谢什么谢呀，我们是一家子，这句话就值千斛珍珠、万两黄金。中国自古的价值观就是建立在家庭基础上的，一旦超越了家庭这个层面，这种感情就是可歌可泣的生死之交。刘备能有赵云这样的兄弟为他赴汤蹈火，又怎能不成就一番大事呢？

第六次逃亡：含恨白帝城

刘备一生之中，由自己主导打的最大的一场仗就是南下征讨孙权。战争爆发的理由是孙权杀了自己异姓兄弟关羽，夺了荆州。关羽死后不久，曹操搞了场历史上最早的一场医闹，杀了他的主治大夫华佗，之后自己也死了。曹操的儿子曹丕逼迫汉献帝把皇位禅让给自己。这个事件的发生，使得蜀汉的大臣中出现了分歧，一方认为应该打魏国，因为魏国篡汉，是天下的公贼；一方认为应该打吴国，因为吴国杀害了关羽，夺了荆州，这是奇耻大辱。

关羽是刘备的兄弟，刘备是吃哥们义气这碗饭起家的，他的朝廷就像是一个大江湖，二当家的被杀，大当家如果不报仇，这个江湖就散摊了。

从小说来看，刘备发动的这场战争更像是一场大制作的电影，可谓投入巨大，动用人马达七十五万，实力派演员如张飞、赵云、黄忠等数百员将领上场，各种先进道具如战车、舰船轮番上场，甚至还重金请了外籍演员蛮王沙摩柯带五万蛮兵助阵，光下寨连营就达七十余里，可惜这场戏演砸了，砸得连锅碗瓢盆都没了。

刘备尽管阵势很大，可是也只能吓唬外行，打仗靠的是战术，不是靠声势，官渡大战就是个例子。结果，刘备的大军被江东书生陆逊一把火烧了个精光。这次，刘备可谓输光了家当，再也没有翻盘的可能，自己一大把年龄，本来就是该退居二线抱孙子的时候，非要逞强来打仗，结果就可想而知了。

刘备此时已是皇帝，追杀刘备的吴军遮天盖地，都想抓住刘备立头功。刘备这时才明白，御驾亲征可不是好玩的，自己眼看就这么被玩死了。关键时刻还要靠赵云，若非赵云拼死相救，刘备就有被吴军抓获的风险，一国之君被抓住，就成了古往今来的大笑话了。

刘备到了白帝城，自知无颜见蜀国的大臣，便把儿子们和大臣们叫到白帝城托孤。刘备在临死前，上演了一出托孤的好戏。刘备对诸葛亮说，我的儿子你能辅佐就辅佐，辅佐不了你就取而代之。这话换了曹操和孙权是不敢说的，但是刘备敢说，因为刘备是演技派，他在长坂坡已经收买了赵云的心，此时在白帝城收买了诸葛亮的心，使得蜀汉政权得以延续，这和刘备托孤的高超表演密不可分。

刘备闭上眼的那一刻，一定埋怨自己，自己明明是个演戏的，跑去打仗干什么，专业活要专业人士干，这个道理什么时候都不过时。

故事启示：人们常说，没有金刚钻就别揽瓷器活。这句话的意思就是，没有专业的技术和工具，势必干不成事情。刘备的兵败，并非偶然，而是必然。因为刘备对军事可谓一窍不通，欠缺基本常识。任何行业和任何学科都有它一定的规律，如果达不到基本要求就去做，肯定要无功而返。关于刘备托孤，还是可圈可点的。刘备读透了人心，敢把最不敢给的东西给别人，当然只是嘴上说，而非实际去做，但这就足以打消别人的疑虑。有时候，从心理学上讲，人们渴望的东西不一定是人们真实想得到的东西，就像古时候的叶公好龙，叶公好的是图画上的龙，而非真实的龙。从诸葛亮的角度讲，刘备敢说把皇位给他的话，他就已经知足了，因为对诸葛亮而言，取得皇位也非难事，他更需要的是一种内心的满足。

读《红楼梦》

没有读过《红楼梦》，在中国就不敢说自己是个读书人。读了《红楼梦》，再读外国的文学，心里就没有卑微的感觉。

干编辑的孔明先生有天和我说《红楼梦》，他有一个观点我是赞同的，只有曹雪芹才能写出《红楼梦》，确切地说是大作品选择着作者，而非作者在选择着大作品。我们总爱说什么写作技巧，《红楼梦》里有技巧吗？答案是没有。几个家族、几百个人物，书中描写的人物和事情都像是真人真事，没有一点刻意雕琢的痕迹。

曹雪芹生在清朝强盛的时候，他在那个时候能敏锐地观察到封建体制的垮塌，我们就要敬曹雪芹是中国古典小说的泰斗。他借冷子兴、秦可卿、焦大、探春等人之口，表达了自己的观点，封建体制要亡于内部争斗，百足之虫，死而不僵，内部杀将起来，就会一败涂地。整个封建社会，看似礼仪森严，实则没有任何道德可言。封建社会可以在晴雯自由泼辣的性格上大做文章，却不会说色胆包天的贾赦一句不好。封建社会的残酷还在于无情无义，为了维护封建权威谁都有可能成为牺牲品。昨天你是刀，别人是鱼；后天你是鱼，别人是刀。

“好一似食尽鸟投林，落了片白茫茫大地真干净！”

中国人都爱大团圆，曹雪芹拒绝大团圆，但他命短，书没写完就死了，高鹗写完了剩下的《红楼梦》，像工匠给房子盖好了屋顶，但这屋顶盖得太好看，也就不是曹雪芹的本意了。我一直坚持红楼梦只有一个作者，高鹗写的是别的什么梦，不是曹雪芹的《红楼梦》。毕竟没有思维不统一的两个作者，写成过一本好书。

做个爽利人——谈《水浒传》第三回

读明清小说，尤其是读写英雄的小说，经常读到一个词语，“爽利”。爽利不难理解，即爽快利落、索性干脆的意思，类似北京方言“麻溜儿的”，陕西方言“科利马擦”。在我国民间有这样一句话，说爽利话易，做爽利人难。

《水浒传》是写英雄的小说，可是真正完美的英雄寥寥无几，有的是浪得虚名，有的是欺世盗名，有的还偷鸡摸狗。不说人一生的经历，单说一个细节、动作，就足以看出他是不是英雄。就像鉴定字画真假，远看像那么回事，近看则漏洞百出，鉴定家只要抓住一处细节，就足以论证这是假货。在小说家施耐庵笔下，爽利与否，很大程度上已成为衡量一个人做事为人的标准。

《水浒传》一开篇，隆重推出的人物是鲁智深。但写这样的重要人物，不宜直接抛出，自然先要铺垫过渡，于是先写八十万禁军教头王进，再写九纹龙史进，然后才将鲁智深推了出来。史进是王进的徒弟，本来是为了寻找王进，无意中撞到了鲁智深。两人见面，比亲兄弟还要亲热，不光是嘴上亲热，还要挽着胳膊一起去喝酒。我读到这里，很难想象两位高大威猛的男人是怎么挽着胳膊，一起在街上走路。我们现在到大街上，常看见男人和女人挽胳膊，女人和女人挽胳膊，很少看到两个大男人挽胳膊，最多看见小学低年级的男孩和男孩挽着胳膊。但是古代兄弟的情感表现就是如此，古时候女人不能抛头露面，在男人的社会里，最亲密的情感就是和自己兄弟的情感。

史进和鲁智深走了三五十步，只见一簇人围着，史进走进人群发现，原来是自己武术的启蒙师傅“打虎将”李忠在卖艺，目的是卖膏药挣钱。史进上前和李忠打招呼，鲁智深便邀请李忠一起喝酒，李忠表示自己要卖完膏药，才能一同去喝酒。鲁智深并非不耐烦李忠，而是根本就看不上李忠的武艺，因此说“谁耐烦等你，去便同去”。李忠还是坚持要卖完膏药再去，让鲁智深和史进先去喝酒，这时候鲁智深生气了，他对看热闹的人群说了句很难听的话："这厮们夹着屁眼撒开，不去的洒家便打。"从这里，我们可以看出，在鲁智深的眼里，李忠的武艺有多么糟糕，简直是丢人现眼，既然是出丑，还不如赶快收手。李忠无奈，只能和鲁智深、史进一同去喝酒。

三人到了酒店，喝了几杯酒，鲁智深就听见隔壁阁子里有人哭哭啼啼，便发火找酒保询问，得知是父女在哭泣，便让酒保把父女叫过来。经过一番打听，得知女子被镇关西霸占做妾，后来没过三个月，被镇关西的娘子赶出家，镇关西却反倒要问父女俩要三千贯钱，父女俩只得每日卖唱还钱，最近因为酒客稀少还不上钱，害怕镇关西来讨钱，受他的欺辱，因此在这里啼哭。鲁智深听了这话，气不打一处来，看着李忠、史进就说要打死镇关西，两人三番五次劝说，才劝住鲁智深。按道理，鲁智深已经对父女俩表示了自己的同情，这对于陌生人已经是很大的安慰，可是鲁智深毕竟是英雄，他还要给父女俩更实质的帮助，那就是慷慨解囊，要给父女俩路费，让他们回老家东京去，远离这个是非之地。

于是，鲁智深拿出五两银子，他觉得少，又问史进借银子，史进从包裹里取出一锭十两的银子，并说值什么，不用哥哥还。要知道，《水浒传》前四十回成书时间大约在明宣德初年，按当时的购买力，一两银子相当于 150 斤大米。(《明史・食货志》）通过《水浒传》第六回可以对比，林冲买宝刀价格一千贯，折合为白银就是二十两，林冲当时的俸禄大概是五石，折合白银为五两，二十两银子也就是四个月的俸禄钱。当鲁智深把目光投向李忠时，李忠去身边摸出二两银子，鲁智深说了一句经典的话："也是个不爽利的人"，并把二两银子丢还给李忠。鲁智深的这句话并非带有侮辱李忠的色彩，而是对李忠做事为人的评价。我们可以想象，鲁智深是因为李忠的慢慢腾腾、扭扭捏捏得出这样的结论。在小说中，李忠是摸出银子，史进是取出银子，摸与取虽一字之差，但是读者发挥想象可以得知，两人当时的表情、动作必定全然不同，结合鲁智深对李忠初次见面的感受，鲁智深便有了这样的评价。

一个人爽利与否，成了英雄人物的一种评价标准，这是《水浒传》第一次出现一位好汉对另一位好汉的评价。可见，即便后来同样都是梁山好汉，但是好汉间也有着自己的评价标准。从一个人爽利与否，我们可以读出一个人物的情感和思维，具体来说，爽利就是发自内心的赤子之情，就是人没有沾染世俗的自然之性。

后来的故事我们都知道，鲁智深既然是爽利之人，自然要爽利到底，他打死镇关西，避祸五台山出家，辗转去大相国寺，又历经波折上梁山，后来随宋江出征方腊，在六合寺圆寂，修得正果。鲁智深是《水浒传》中浓墨重彩刻画出的人物，他的言行一定程度上代表了作者对完美的英雄人物的认识。

爽利，就是一个人很快作出反应，就是行为上的直截了当，就是一个人的真心实意。我们从一个人爽利的动作和语言，自然不难发现他纯净的情感世界。

读《呐喊》

西方社会黑暗的时候，薄伽丘写出了《十日谈》；中国社会黑暗的时候，有个叫鲁迅的作家在写《呐喊》。你研究人类的历史就会发现，社会进步时是众声喧哗，社会退步时是一片沉寂。

读了《呐喊》，我们就永远记住了中国人里有个阿 Q。中国差不多所有人都知道阿 Q，我年少时不谙世事，书读得再多，也理解不了阿 Q 这个形象。

当我走向社会后，才发觉阿 Q 这个人物无处不在，他就像我们身边的许多人，包括我们自己。愚蠢又圆滑，自尊又自贱，天真又保守，好胜又屈从，顽固又革命，憎恶权势又巴结权势，蛮横又懦弱，敏感又麻木，厌恶现状又离不开现状。阿Q的性格这么复杂，他本身就是矛盾混合体，骨子里生长着中国小农思想的自私自利，也有着小农思想的朴实厚道。他希望出人头地，没有娶妻就敢叫嚷着自己的儿子有多么厉害。如果单纯说他是精神上的自我满足，那似乎也是说不通的，他敢用手摸小尼姑的脸，就说明他身体的本能促使他要实现自己的目标。只不过有些目标是能够实现的，有些目标一辈子也实现不了。

我读鲁迅的《呐喊》，就喜欢上这个名字，在陕西的很多乡村，人们把喊不叫喊，就叫作呐喊，这个词语本身也有助威助阵的寓意。我在上海见到鲁迅的塑像，才知道鲁迅是个矮个子，他虽然矮却是顶天立地的男子汉，他如日如月在宇宙当中，侠肝义胆，也柔情似水。我对鲁迅的第一感觉是尊敬，有德方尊，有功方敬。中国讲究人一生要立功立德立言，鲁迅《呐喊》中的《狂人日记》对中国文学是有大功的，鲁迅对青年的提携是有德的，鲁迅对中国文学有他的雄文二十卷，是真正的立言者。

司马迁读过《论语》就发想见其人的感叹，我读过《呐喊》，路过上海虹口的鲁迅故居，就进去对着先生的遗像叩了三个头。

常宁宫

第一次听见这个名字，就觉得这里会是个好地方。我相信我的感觉，就像我第一次去上海，当时身体和精神都不好，可是知道住的地方叫长宁，精神开始振奋，身体变得舒服。

世人所爱的一切，都需要身体安宁才能享用，陕西人说最痛苦的不是有牙没锅盔，而是有锅盔没牙。消化自己能消化的就是享受，消化不了胀在肚里就成了折磨。我第一次去常宁宫是夏天的晚上，到处黑漆漆，什么都朦胧，各种声音在空气中飘荡，水流声、虫鸣、鸟语、马嘶混杂在一起，整个山庄宁静不冷清，美丽不孤寂。

西安城有我家的房子，除了陪人或有事，我几乎不住宾馆，要住就只住常宁宫。在这里我能找到自己的感觉，就像种子埋入土壤，喜悦发自内心。有时心烦，召集三两好友，来这里骑马、游泳、射箭、打保龄球。有时也去蒋介石的行宫转转，登一登旁边的神禾塬，在高处欣赏农田、眺望远处的村庄，有时还会看见河边走过一群洁白如雪的羊。

我记得曾经有个十六七岁的女孩子，荡着秋千，黑色的长发一甩一甩，女孩的声音清脆如山泉，那黑色的长发就像是流动的瀑布。我看得出神，听见女孩对站在旁边的同伴念一句诗：不管睡在哪里，都是睡在夜里；不管走在哪里，都是走在路上。

我记住了这句诗，并且接了句：不管怎样活着，都是活着；不管怎样死去，都是死了。女孩似乎听见了，对我木木然发愣，之后抛来一个妩媚的笑。

春晓园

每当我走进春晓园，就觉得记忆像铜镜，只会越擦越亮。

二十年是并不短暂的时间，它能让咿咿呀呀的孩子变得风度翩翩，也能让绝色的美女衰老了容颜。在二十年里，我家附近的所有建筑都在变化，有的拆了，有的翻新重盖，唯有春晓园还是过去的样子。

我小的时候，西安像样的公园，除了兴庆宫外，就应该是春晓园。那个时候，春晓园是多么的偏僻，周围是村庄，远处是农田。这里最冷清的时候，是白天更是晚上。天色暗下来，这里就黑成一片，唯有大雁塔每层的孔洞亮着，和尚在塔里点了酥油灯，站在远处望，是七个亮点，火苗一晃一晃，好像天上的星星摇着头在背书。

曾经的春晓园，附近的农民忙于生计不会来，僧人看破了红尘也不会来，城里的市民嫌路远不会来，来得最多的便是附近居住的老人和孩子。这公园是不怎么大的，却春天有樱花、夏天有莲花、秋天有桂花、冬天有蜡梅花。进入正门是一座假山，好像大户人家的影壁，让人看不到里面的景致。游人急匆匆地走过曲折的路径，从假山钻出来时，眼前便豁然了。向东行是一片银杏树，银杏林中隐藏着供人休息的石桌石凳。向西去是一丛竹子，竹丛旁有方方正正的牡丹苗圃。穿过眼前草坪的路径，便到了一座高耸的亭子，亭子旁环绕着柳树。亭子旁是有水潭的，要寻这水的来历，就得一直沿着水流向上走，便到了叫白石滩的地方。

在我小的时候，每到节假日，我的祖父便带着我来这里游玩。整个西安所有的地方，唯有春晓园我来的次数最多。现在的我，不仅没有腻烦这座园子，反而更喜欢来这里走走转转。每当我进入这座园子，多少往事便涌上心头，面对熟悉的风景，我的感情竟难以自已。我有一个奇怪的感觉，好像自己还是当初的那个孩子，还被祖父疼爱着，难道我的祖父真的就离开人间了吗？我呼喊着没有，他没有离开人间。要不然我怎么会感到他真切的存在，他不在我前面走着，就一定走在我的身后，也许他是像从前那样和我捉迷藏，故意躲在哪里逗我开心呢。那亭子，我过去是经常和他一起在上面下棋的，他让我一车一马一炮，我依然输得一子不剩。那石桌，我过去和他经常在上面摊放捡来的银杏叶，最后一次他挑出好看的说要为我做书签，但书签没有做好他病倒了，之后就再不能来这座园子了。那水潭，我过去夏天和他一起在上面赏莲，他说莲出淤泥而不染，人活在世上就要为人正直公道。我抚摸公园石桥上光滑的扶栏，我抚摸公园里每一棵树的躯干，我抚摸公园里冰凉的石碑。这里的一切，都似乎记录着往昔的故事。对于春晓园，我是过客，也是归人。每当我走进春晓园，就好像是受委屈的游子回到了家，有多少贴心话想说，却又默默咽下。每当我不舍地离开，仿佛神奇的魔镜从手中打落，我明白许多事只能回想，却无力挽回。

现在的春晓园，周围变得热闹而不再荒凉。许多人说它变了，可在我眼中，它像一盆盆景，只是把陶土的花盆，换成了青花瓷，没有变的是它最初的好。

今夜，我来到园子里，游人是那么多，我走累了便坐到长椅上休息。这时我抬起头，看见今夜的月亮是那么丰满、那么明亮。多少年了，走过这么多地方，我都没有认认真真地看过月亮。就像多少年里，我以为自己熟悉了春晓园，其实我并不熟悉它。我熟悉的只是我的记忆，甚至连这记忆我都怕丢失。春晓园，我还要经常来的，我要像擦拭铜镜那样，不断擦拭我的记忆，避免时间太久落灰生锈。记得祖父曾对我说过，人要是没有了记忆，就什么也不是了。

留坝县城记

留坝县山环水绕，即使没有张良庙，这里也有道家出世的味道。山青而水碧，云白而天蓝，家家门前红花绿草，古朴的砖路黑白分明，正是孕育五行，盈而不虚之所在。

县城的街道少有行人，听当地人讲，留坝县城长住的人口不足一万，年轻人出去上学或工作，这里实际人数可能只有六七千人，相当于西安一个大型企业的职工人数。县城人少，就使得这里的居民互相熟识，绝少偷鸡摸狗、欺诈斗殴之事，人们不费心思结交，不养狼狗防盗，就把门前的花圃种得极好。

初到留坝一下车，我就迷上了留坝的河流，想刚才从汉中到留坝一路颠簸，人坐车上如米入筛子，晃得五脏都要从体内出来，见了留坝的小桥流水，便觉得翻山越岭也是值得的。留坝的这条河东西贯穿，人站在桥上以为水不再流动，却分明看见不远处河流中的石上闪着细小的白浪。阳光下的河流倒映出天上的白云，河流两边是白墙黛瓦的楼房，那楼房上恰到好处地长着一丛蔓到楼顶的油绿的爬墙虎。楼上一位长发细腰的女孩正提壶给几盆说不出名字的花浇水，见到大家站在桥上看她，便侧头顺手收拢长发，投来一个妩媚的笑。

留坝县只有几条街道，游人最爱去的自然是建于清代嘉庆年间的老街。街上的石板已磨平如镜，两旁的水渠淌着汩汩清流，人家的墙上别出心裁地挂着各式农具，游人来去并不妨碍孩子们琅琅读书。老街的房屋古老得已成为文物，你绕过雕花的影壁走进老宅，这里的住户会说起他爷的爷有怎样的经历，老街上的每座院落都有一个长长的故事。你用心去记，自然会明白小城故事多。这里游人来得多了，当地人就做起生意。俗话说，靠山吃山，留坝的山里有极多药材，有名的就是老街上商铺经营的西洋参、当归、天麻之类。城市里的人常说吃山珍海味，岂不知山珍就是当地人锅里整日不缺的猴头菇、口蘑、平菇之类。留坝矿产丰富，特别出一种极似翡翠的玉石，当地人叫紫柏翠，近些年已在收藏界名声大噪。

老街上很多人家的门口都有对联，其中有一户人家刻着“百年英雄百年梦，万里长城万里空”，我看后很有感触，就想起归隐于此的汉代开国谋臣张良。汉高祖刘邦大封功臣时赞张良：“运筹策帷帐中，决胜千里外，子房功也。”张良曰：“愿弃人间事，欲从赤松子游耳。”张良功成身退，正如清风拂山岗，明月照大江。人生的智慧如果有十分，在我看来只有三分是得，剩下七分工夫全是舍。舍也有房子和休息的意思，人到老了，一间茅屋就已足安养晚年，尘世上成王败寇的归宿都是一抔黄土。

夕阳渐渐隐入远处的群山，老街笼罩在静谧的黄昏之中。当地人说，太阳上山，读书种田；太阳下山，吃饭睡觉。老街上的饭馆，拿手的菜肴是川味的盆盆鱼和泡姜鸡，麻辣的口味最能驱寒防病。当夕阳收拢了老街最后一抹亮光时，三五成群的孩子在街上嬉戏，拄拐杖的老人在孩子们身后叮嘱，小孩子家家要慢慢走。

留坝山深而物富，地偏而景幽，近水而消暑，人少而和睦，正是热闹之后渴望的平淡，奢华用尽时向往的朴素。这山这水大有留人之意，停下来歇歇脚，不为名而忧，不为利而愁，就像这老街上的流水、天上的明月一样，纯粹简单。

留坝夜凉如水，街上极为静谧，我听见一位老人问身边的另一位老人，今晚做什么，另一位老人笑着说，不如吃茶去。

南戴河的况味

今年临近中秋节，来南戴河观海，途中想起自己儿时的疑问：南戴河究竟是河是海？记得有玩伴为此笑我，其实他们也不懂得古汉语，南戴河是戴河之南，肉夹馍是肉夹于馍。现在，我有了清醒的认识，他们笑的不是这个疑问本身，笑的是我而已。

我住的房子离海很近，走到海边也就几分钟。阳台正对着海滩，位置足够高，好像瞭望哨，将海的动静看得清清楚楚。如果愿意打开窗户，就会听到海浪的声音，闻到海水腥咸的味道。这时候坐在阳台上，什么也不必讲，什么也不必说，抽一根烟，品一杯茶，抿一口酒，听一首歌，就觉得自己是天底下与世无争的人，顷刻有了海阔天空的感觉。

这里的海水足够宁静，就如一位历经沧桑的老者，气定神闲地坐在圈椅上闭目养神，内心不被困惑，也不用困惑。那些岸边玩耍的孩子们，就如老者的儿孙，老者不会被他们惊扰，他们反而衬出老者的安详。事实似乎如此，但这并非事实的全部，这种安详是老人密密麻麻的皱纹给我们的错觉，如果深入他的内心，就明白他远非你想的那样简单。

当然，最好的看景是听景，听得越多就越想去看。这种期待和实际往往不符，造成人们经常性心理错位。也许，北戴河被赋予过多文化，我才选择亲近平民化的南戴河。北戴河的美色早就天下闻名，因此需要南戴河，这或许是开发者的初衷之一。就像有国色天香的牡丹，也须有陶渊明诗里的菊、周敦颐文中的莲。小说写些闲笔，画作留些空白，这不仅符合艺术，更符合大众审美的心理。

久坐在阳台上看海，自然想去海边走一走，毕竟人多的地方就有欢乐。

当我的脚踩在松软细腻的沙子上，这只脚刚拔出来，那只脚又陷进去，想要走快，结果反而慢了下来。直走到被海浪浸湿的沙滩上，整个人才变得轻松起来。这时候，每走一步，身后就生出一个湿漉漉的脚印，好像带着水墨的味道。身边的海浪，一浪接着一浪涌来，有时刚好跑到你的脚边，有时彬彬有礼地退了回去，有时古灵精怪地碰碰你的鞋子，却又不会把你的鞋子轻易溅湿，这就是南戴河海浪的风格。

南戴河的风光，最让人沉醉的是这里的早晨和晚上。

一直以来，我有这样的观点：解读一个地方的气质，就要品味一个地方的早晨和晚上。就如一场戏，开好头结好尾，这场戏自然就会有分量。

记忆中，我曾住过繁华的南京路，曾夜宿过寂静的太白山，曾伴着山村的鸡鸣起床，曾听着集市闹哄哄的吆喝醒来……像这次住在海边，还是人生的第一次。

我要这样形容南戴河的早晨：当你听到窗外传来成群海鸥欢快的鸣叫，出海打鱼的船只就已经靠岸了。如果你观察过渔夫的劳作，就会发现他们和农民种地没有两样。前一天晚上在属于自己的海域里放置地笼，第二天凌晨四点出海，从海里捞起放置的地笼，收获笼里的鱼虾、贝类。当他们满载而归时，大概凌晨五点半，天空已微微发亮，但是海上的太阳还没有出来。此时，城里的街道还冷冷清清，海岸边已热闹起来，海边三三两两聚集起赶海的人。他们大多是附近的居民，提着小桶或拎着塑料袋，低头捡拾退潮后搁浅在沙滩的海鲜，一会儿时间，就能捡到好多，有小螃蟹、皮皮虾、海鲶鱼、牡蛎，还有不知名的小贝壳，足够熬一锅海鲜粥。附近有的居民养成了习惯，早起赶海，不在乎收获，只图闲适，这就是靠海而居的欢乐。

海上日出可谓人间极尽壮美的景观，是大自然创作出的最美的诗篇。

日出开始时，只有一抹微弱的红霞，慢慢地红霞如火山的溶液般喷涌扩散，在海天相接的地方化成一线红光，那就是太阳将要升起的地方。我目不转睛地注视着那里，觉得海平面极尽极远的地方，好像是一条隧道的出口，太阳好像从地球漫长的隧道里，直接从西半球穿越到东半球。太阳露出一小点模样的时候，真像小鸡从蛋里破壳，使足了力气，要见识外面的世界。直到有一点轮廓显出来，太阳的颜色绚烂美丽起来，我的内心被这样壮阔的场面深深地震撼，顿时明白再细腻的语言也无法形容此刻的心情。错过这样的景观，就仿佛枉来一世，白活一生。太阳从海上升起来的时候，光芒如同爆炸一般，在天空上迸溅散开，有规则没规则的光线，渐渐聚拢成几道耀眼的金柱。当太阳跳跃出海面的那一刻，光芒变得统一起来，无处不在的光芒令人激情澎湃，世界变得一片光明。我甚至突发奇想，如果在海边住久了，每天面对这样的美景，人会不会信仰理想主义，懦弱的人是否会自信和勇敢起来？

日出过后，温度上升，南戴河附近的游客才悠悠闲闲地走向沙滩。路边冒着热气的地方，就是早点摊，当地人喜欢吃炸油饼，但不喜欢把油饼炸成圆形，而是炸得四四方方，好像一块规整的木板。那些出海打鱼的渔民，他们的海鲜大多要卖给游客，才会有一个好价钱。渔民们穿着防水的胶皮衣，在沙滩上对着游客们吆喝：大海蟹一斤二十五，小海蟹、虾爬子（皮皮虾）一斤统统十五元，海鲶鱼一斤两元钱。渔民们喜欢有人包他们的船出海打鱼，所谓打鱼就是让游客把地笼子捞起来，收获笼里的海鲜，体验打鱼的欢乐。出一次海大概能捞近十多斤海鲜，这些成果自然也属于游客。值得一提的是，当地的小商贩喜欢出售一种类似打气筒的工具，对着那些冒着气泡的沙子一吸，然后把里面的沙子再倒出来，沙子里就有当地人俗称的虾爬子。虾爬子很小，身体几乎透明，有的当地人拿起来放进嘴里咀嚼，就像嗑瓜子一样。我在南戴河的几天里，经常遇见当地的一位老妇人，她拿着自己的两兜贝壳，见了人就说，看看吧，大妈的贝壳好好了，你好好心，给大妈开开张吧。有的游客和她讨价还价，一会工夫五十元的贝壳，二十元就被游客拿走了，捎带还硬拿走几个小的贝壳。老妇人似乎不善于经营，一早上她的贝壳也卖不出几个。不过只要你见了她，她就会夸奖她的贝壳，那种怪模怪样的腔调，像唱戏一样，让人忍俊不禁。

说完了南戴河的早晨，自然要说一说南戴河的晚上。我不禁想起海明威《老人与海》中的主人公圣地亚哥，人们出海都有自己的收获，唯独他空手而归。现实中，如果真有这样的一位老人，让人无法不动情。人类从事劳动，靠劳动获得尊严，这里面就包含获得劳动成果的尊严。一个人付出了艰辛的努力，最后还是一无所获，这似乎不正常，又似乎很正常。如果主张人性善，面对这样的结果就会愈发使人胸怀博大；如果主张人性恶，面对这样的结果就会愈发使人凶残。这样的文化氛围真有意思，诞生民主，也能诞生暴政。这个理论，类似于有太阳的地方就有阴影，有阴影的地方也一定会有阳光。

南戴河的夜晚说来就来，有时候你不经意间，太阳就坠落到海天相接的地方，整个世界被渲染成迷幻的粉红色，海面上的浪纹一波又一波，大海如一位绝世的美人，正在梳理她动人的长发。此时，正是用海竿钓鱼的好时候，人们将海竿支撑在沙滩上，只等着有鱼上钩，他们就收线。在海边钓鱼，收获的多少，很大程度靠运气，有的人一会儿就钓上一小桶鱼，有的人始终一条都没有钓上来。那些收获多的人乐于展示他们的成果，没有收获的人则小声嘟囔说，这海浪今天好古怪……

明月从海上升起的时候，海上的灯塔亮了。

远处隐约听到轮船的汽笛声，这些船只无法靠岸，只能在很远的海上停留，有时你以为船开走了，等海上的雾散了，这些船还在原地。我记得有这样一对恋人，女孩子长得文文静静，穿着黑白条纹的长裙子，光着脚站在海水里。男孩子站在岸上，能看出他惭愧万分。女孩子抱怨男孩子没有改变自己的毛病，男孩子自责地承认错误，向女孩子发誓自己一定改正错误。我在海滩上走了一个来回，这对恋人并没有和解，他们虽然吵架拌嘴，但是在阵阵海浪声中，他们的争吵显得十分微弱，在南戴河的夜色中，吵架也变得温柔起来。

当我从南戴河回家的途中，我的脑海还在想这对恋人，也不知道那个女孩子，最终有没有原谅那个男孩子。

冬天游了趟崆峒山

2016 年的最后一天，我和朋友们去平凉游了趟崆峒山。

那一天，太阳初升，我们就从西安出发。一路上车向崆峒山去，眼前的天空就越发地碧蓝，明明车向西去，却使人怀疑走反了方向，似乎前面要东到大海了。两千多年前，二十四岁的司马迁，不知有没有这样的错觉。

司马迁来崆峒山之前，秦始皇已登临过崆峒山；司马迁来崆峒山之后，汉武帝便登临过崆峒山。这三个从西安赶来的男人，都是慕名寻觅黄帝的遗迹。翻开《史记》的第一页，我们就会发现司马迁最先抵达的地方是崆峒山，他的历史之旅从崆峒山开启，中国的历史注定从崆峒山起笔。

我们到达崆峒山下的广成大酒店，大家下了车，太阳正在头顶，天上没有一丝云，甚至连一丝风都没有，天空如蓝宝石一般纯粹。中午吃饭，朋友建成知我爱酒，特地带来了十年前的茅台，我拧开瓶盖，酒香四溢，忍不住喝了一杯又一杯，今天我注定带着酒意去游崆峒山。

崆峒山上没有任何庙观，山崖上那些堆放着的巨大石头，好像耸入云天的院墙，将山的内心包围，给人无限遐想。离崆峒山越近，内心越是欢喜。我不禁爱上了崆峒山的树木，它们活着不烦呢，它们活着不累呢，它们是那样无拘无束，那样自由自在，那样放任情怀，那样我行我素。冬天树木的叶虽都凋落了，崆峒山的树木并不颓废，它们显露出一身令人敬畏的钢筋铁骨。有的树木枝条枯黑僵硬，让人误认为已经死去了，却分明在树腰上找到了一丛丛绿苔，用指甲去掐，竟然渗出新鲜的汁液。树的落叶堆积如厚厚的地毯，上面覆盖的冰雪向每个来者诉说，树叶曾经历怎样严酷的抗争。现在树叶完成了使命，安静地躺在泥土里，等待着来年春天生命的轮回。

上山的路并不平坦，陡直的石阶如入云之梯。身子早已前倾，脸面对石阶，脚步必须站稳，不敢向上仰视，唯恐自己放弃。朋友老陈和我一样是胖身子，他却走得飞快。当老陈站在更高处喊我，我听到整个山谷呼应着我的名字，好像崆峒山的呼唤。喝过酒的我，面对层层叠叠的山峦、莽莽苍苍的沟壑，内心再也不能平静。我觉得自己前世就是崆峒山的一棵树，于是在山路上放歌，我要让这里的一草一木听到，我要让前世丢失在这里的记忆复活！

建成在前面等我，他告诉我，他发现了两棵长在一起的树。我走上前去，眼前的景象让我惊呆了，一棵树长在路的左边，一棵树长在路的右边，不知两棵树面对面生长了多少年，终于不能忍受寂寞，于是勇敢地敞开怀抱，在空中紧紧缠绕在一起。从此之后，这两棵树就永不分开，枝干缠绕得越来越紧，渐渐长在一起，就有了我面前令人震撼的景象。这两棵树就像黄土地上的男欢女爱。这辈子来到世间，要爱得轰轰烈烈，要爱得痛痛快快，要爱得死去活来。

我和建成继续向前走，陡直的道路开始变得平缓。站在这里俯视山谷，明媚的阳光照耀在山谷的白石上，山谷好像盛满金光。建成指着对面的山让我看，山巅上有两棵树，直挺挺地刺向天空，一幅唯我独尊的姿态。古人说，木秀于林，风必摧之。崆峒山的树偏就要生长在绝高处，真正的顶天立地，年复一年地对抗雨雪风霜，最终成就了眼前的天下奇观。明知不可为而为之，虽千万人吾往矣，这是世间最大的勇气！

大家经历了一路跋涉，最终在中台会合。我站在启功题写的“崆峒山”匾额下照相，却就是不敢冒昧走进山门。我此行的收获已是如此丰富，内心又觉得空空洞洞，何必再向上攀登呢，留一些悬念，留一些余味，才让人难以忘怀，预示着我还要重游这里。

下山的路上，回想着那些不平凡的树，就觉得今夜会做一个绿色的梦……

平凉龙泉寺记

龙泉寺坐落于崇信县城北的凤山上，离平凉城六十公里。

如果说崆峒山是世间阳刚的男人，龙泉寺就是世间阴柔的女子。这一山一寺，一刚一柔，一阳一阴，构成了平凉风水的奇特。当地人说："凤山有岩，岩生古柏，形似飞龙，柏下有泉，故曰龙泉。"这大概就是龙泉寺其名的来历。

我们一行人去龙泉寺时已是隆冬，正是树叶凋落、群山静寂的时候。大地褪去鲜艳的色彩，万物蜕下荣华的外衣，天地似乎沉沉睡去，谁能想到龙泉寺里竟活跃着汩汩清泉。

我站在凤山脚下，仰视山腰上的龙泉寺，不禁赞叹山的灵秀、寺的清幽。如果没有凤山的存在，龙泉寺从何谈起；如果没有龙泉寺，凤山也将平庸无奇。这就是山和寺的互相补充，相互成全。

我们在来龙泉寺的一路上，看惯了光秃的山川，见惯了干涸的河道，以为此行所见的风光不过如此。来到龙泉寺的山下，看见山上青色的林木、深红的丹霞地貌、崖壁间白色的冰晶、山间流淌的清泉，我们就不敢相信自己身处陇上，以为是来到了江南。朋友们都为龙泉寺的山水精神所振奋，向龙泉寺的山门快步走去。

我们来到山门，映入眼帘的是书法家启功题写的“听雨珠瀑”的匾额。山门背后，一条青石铺就的山道，掩映在青松绿柏之间。龙泉寺的风光，最引人入胜的是那泉水的灵动和澄澈。这条从山上涌出的泉水，曲折蜿蜒，纵横交错，在陡峭处坠落如雨露，在平缓处汇聚成水潭。虽然是隆冬时节，有的水潭结成了冰层，但是山涧里的泉水并未冰冻，水流叮叮咚咚，一路欢歌笑语。寂静的山谷中，回响着一曲柔婉曼妙的乐曲，时而高亢，时而低回，余音袅袅，如诉如泣。此刻，置身于空灵幽静的世界里，体验泉水声带给我美妙的感受，顿消俗虑烦心，使我想起佛经中的话：安忍不动，犹如大地；静虑深密，如同地藏。

凤山不高，山道两旁生长着茂密的植物，大多为松、柏、杨、柳、桦、楝及荆棘杂木，偶尔见到一棵枫树就要欢呼，好像在一群莽汉中看见美女。同行的朋友李初在前面招呼我们，原来沟谷里有一巨龙雕像，身长足有十米，好像要跃身腾飞，若非天寒地冻，龙嘴就会喷珠吐雾，现在龙嘴上挂着几行冻住的冰柱，好像巨龙是为这山水秀色而口齿流涎。我们向前走，路的转弯处是一口水井，名为“洗眼泉”，井中水深不过一尺，清澈可鉴。台阶尽头，出现一片重檐叠角、雕梁画栋的庙宇。通过那座有“双桥步月”美誉的古桥，就来到中台，眼前出现很多间庙宇建筑。据传这里本为佛教圣地，有道士见此美景也想来修炼，于是一山容两教，僧道并存，这正是龙泉寺的包容。

当面对澄澈见底的“贯珠泉”时，我的内心再也不能平静。这泉水来之不易呢，是从山上悬崖里渗透出的，泉水常年涟漪不断，汇聚成悬崖下的这一池清泉。泉水是这样的晶莹澄澈，池底的石块清晰可数，池中的游鱼安闲自得，如果不是亲眼所见，谁会相信贫瘠的西北有这样秀丽的风光。更让人惊奇的是崖上的一棵千年古柏，不沾泥土，扎根岩石，犹如蟠龙盘踞，树皮森然如龙鳞，树冠倒悬扑地，似乎要下来饮泉水，又似乎蓄势冲向云霄。朋友建成对我们说，很难想象这样清澈的泉水，来自粗粝的岩石崖壁，似乎永不会枯竭，真不知山的内心有多么大的包容。

那天，离开龙泉寺之后，我越发敬畏平凉，敬畏大西北的人物。

记水陆庵

蓝田县有个水陆庵，其实就是一座不大的四合院，庙宇三面环水，好像坐在岛上。没来之前谁能想到，这不大的庙里就有三千七百尊佛像呢？我是进殿后才真正感悟了法元广荫，慧日高悬；才真正领略了大千世界，万象包罗。

听导游讲，水陆庵系唐朝悟真寺水陆道场的附属场所。悟真寺殿堂雄伟，规模宏大，能容千人。但悟真寺极盛而衰，水陆庵自明代却渐次而起，声名远播。

水陆庵大殿的三千七百尊佛像都是壁塑，占满所有的墙壁、梁栋。我常与写作的朋友交流这样一个心得，能写一种声音一种颜色是简单的，而要写出怎样喧哗、写出怎样斑斓是极难的。水陆庵的塑像是姿态互异，气势雄浑。来的人无不惊叹南北山墙上的塑像，竟完完整整地讲述了释迦牟尼的本身故事，包括入胎、成道、说法、涅槃等几十个章节。

在水陆庵的这间大殿里，风景有山川桥梁、园林瀑布、亭台楼阁、宝塔大殿等；人物有诸菩萨、天王、力士、飞天、五百罗汉、三教教主等；鸟兽有龙凤、麒麟、狮子等。一间大殿里，包罗这么多的塑像，让人不禁感叹水陆庵塑像形象的丰富、哲理的无穷。

许多人问这些塑像出自谁手，多年来一直没有答案。蓝田县文管所主任樊维岳，多年来找遍塑像周身，最终在释迦牟尼莲花宝座上发现一行蝇头小楷，上书“佛像士乔仲超等山西四人造”十二个字。致敬，伟大的工匠们！正是这些工匠让佛为佛、让佛渡人，这世上才有了佛。

车过龙骨峡

每次经过龙骨峡，我都要为这条峡谷的不平凡而感叹。

龙骨峡在西安黑河，峡谷中大石如楼森然耸立，小石如屋排列整齐。去秦岭的一路，每经过这里就心生敬畏。每次车开到龙骨峡，我们就呐喊起来，下车急忙向峡谷边跑去，如虔诚的佛教信众去拜庙焚香。在龙骨峡边，我们四个虎背熊腰的男人，顿时没了气势，再不敢张狂，大家立在峡谷边喘息。在秦岭龙骨峡面前，人渺小如蚁，龙骨峡的神灵就是天地。

龙骨峡的水流，一股接一股涌入，一股推一股奔流，水流在高的地方猛烈冲击，在低的地方悄然会聚。似乎已经停下来没有气息，实际是默默地蓄势待发；好像要突然地向前冲击，却只是轻轻地擦身而去。我们不禁赞叹，正是这龙骨峡，造就了水的个性、水的智慧、水的秀丽。这力量似乎不能用尽呢，水要过了这个峡谷，百转千回地奔流，最终才抵达目的地。奔流这么长的旅程，经历这么久的时间，如果没有挫折、没有磨难、没有低谷，水流也不会积聚百折不挠、东流到海的毅力。

说起龙骨峡的由来，我问一起来的潘哥。潘哥告诉我，这峡谷里远古时有动物活动，它们在这里生息，在这里死去，动物身体中柔软的地方分解，坚硬的地方以石头的形式保留，同时还留下了它们的形态和结构。过去有人在山间采药砍柴受伤流血，就用这些有着动物图案的石头碾碎成粉末敷在伤口，血流马上止住，伤口很快愈合，人们就把这些有疗伤奇效的石头称为龙骨，将这条富有龙骨的地方命名为龙骨峡。再就是，这条峡谷中有雪白的巨石铺底，状似龙背，从山上俯视下去，好像有万千白龙在这里栖息，龙骨峡名副其实。

我们四人站在峡谷边上聆听，谷底传来的一声声嘶吼，狂烈的风声和奔腾的水声交织在一起，声音分明就是龙的怒吼。我们这些龙的传人，在龙骨峡感受着龙的气质、龙的精神。

是的，成功的开端难免会有磨难，收获的过程无疑会充满艰辛，人活着不论富贵还是贫贱，离开了气质和精神，就是烂泥一摊。龙骨峡是秦岭山中的一个地名，是我们此行途经的一处景观。很多年过去，在秦岭山里我走过了那么多的地方，唯有龙骨峡带给我心灵巨大的震撼。

龙的民族，龙的传人，一定会在千百次磨难中塑造信仰，振翮高飞。

嘉午台记

嘉午台是圣山。我去过嘉午台之后，就留下了这样的印象。

九月初的时候，早晨便有了凉意。这年夏天少雨，人们熬不过热，都说天热是少雨所致，现在依然没雨，天气却自然凉下来了。坐上一辆公交车，从城市到乡村再到南山下，好几个路口我看着以为是嘉午台，别人说不是的，我正犯瞌睡呀，那个女售票员却喊开，嘉午台到了。我下了车，眼前是一条直直的乡村小路，两边种着望不尽的玉米，一片让人来不及喜欢的绿。

在这条小路上走了不久，山势愈发明显，上台阶一样地步步升高。一路无人，四周氤氲着白雾，几只鸟发出悦耳的鸣叫，我抬头去寻声音的来处，什么都看不到，树叶层层叠叠，我的头顶像巨大的草房子一样，鸟就像屋顶挂着的风铃。山里的青石板，湿漉漉的，好像每条纹理都积着露水。我走了一会儿，太阳渐渐升高，阳光在树林子上面闪耀，我不禁要赞叹这些树木的正直善良，似乎没有一棵是扭曲重叠的，手拉着手生长，极少有差异。走到半山腰，我累得扶着一棵树喘息，对面一座废弃的小房子引起我的注意，房子的墙面写着这样两句话：行到半途需努力，欲登绝顶莫辞劳。

我把这两句话默默念了三遍，心里受着鼓舞，于是继续向前走。天气渐渐变热，四周的白雾散去，山里的景致变得清晰，站在这里看山顶，觉得那么近了，我甚至能看到山顶庙宇的瓦片闪着金色的光。走着走着，出现一片房屋，依山势而建，门前有片菜地，萝卜、茄子种得整整齐齐。一位穿着僧衣的年轻人坐在院子里读书，我上前和他聊嘉午台的历史，他深思片刻说：唐贞观时，这里就名闻天下，是长安城的佛教圣地；后来西藏的达赖喇嘛和班禅大师都曾在这里住过，当时大师曾说，这山的形势在东则为虎，在西则为龙，龙虎相争，有德者胜。我问和尚，大师怎能从一座山竟看出天下大势。和尚笑着说，世间万物的道理相通，以小见大，一叶落而知天下秋也不无道理。我想与和尚多说几句，和尚却有了送客的意思，提起水桶舀水浇身旁的花圃，我就此与他告别。

山上的路越来越险，走起来越来越慢，我拾根树枝当手杖，支撑着沉重的身子向上摸爬。天蓝得像洗过一样，云朵显得格外洁白。山下有了游人的呼喊，他们在喊，我来了。山也呼应着，我来了，我来了，我来了……整个山顶都是白得耀眼的巨石，没有一点杂色，那些石头似乎是天上的白云幻化的，白云见到嘉午台的风光，于是不再飘荡，就幻化成了这些巨大的石头。我的双腿如灌了铅一样沉重，心跳如胸间打鼓，汗水迷了眼睛，后背一片湿热。实在坚持不住，便坐在石头上歇息。我仔细看这些石头，竟看出了龙的身形、龙的气质。过了一会儿，体力恢复便继续向前。前面的路最窄处只有一米，身下是万丈悬崖，这时候心里反而宁静下来，什么都不去想，一步一步向前。过了这段悬崖上的道路，就到了嘉午台的顶峰，到达我此行的目的地。一座三层楼高的六角五级舍利古塔，耸立在嘉午台的顶峰，真正的顶天立地。嘉午台山顶的庙叫“破山护国寺”，站在这里极目远眺，远处便是喧嚣热闹的西安城，古时候在这里隐居的大贤大德，站在这个位置上，前面就是红尘，繁华的都市他们一目了然，他们的心反而越发宁静，于是便有了我身后的舍利塔。

那次，我从嘉午台回来，渐渐悟出了圣山的意思，明白了修行的真谛。回想起来，不知不觉就过去十年了。

生活之妙

生活真是苦，生活真是累，生活真是烦，很多人经常这样埋怨。

不信你看看生活这两个字，生活的“生”就是生娃的“生”么，女人生娃没有不痛苦的。陕西有句老话说，人生人吓死人。女人经常说男人，你们男人说苦喊累，却不知女人十月怀胎一朝分娩，生娃才是人间真正的痛苦，男人没有生过娃，怎能体会人间的痛苦。这样说来，男人不该向女人抱怨生活，因此男人喝酒谈心都呼唤自己的哥们弟兄。我们经常说生活之苦，却忽略了生活的另一层，那就是生活之妙。

生活真是妙，不论生在帝王将相家，还是生在平民百姓家，从婴儿时睁开双眼，到有了简单的思维，开始好奇这世界的一切，这是多么美妙的事情。这种美妙，靠的就是对一切未知事物产生的好奇，如果一出生，就预知这一生的经历，这样的生活不如死去。因此，我们得出一个结论，生活的妙处来自闯荡和打拼，有首歌是这么唱的：“三分天注定，七分靠打拼，爱拼才会赢。”越是爱闯荡爱打拼的人，越能懂得生活之妙。《三国演义》中，曹操赤壁兵败后，逃亡路上那三声大笑是真正体悟到生活之妙所产生的快乐。当然不是历史上的曹操体悟了生活之妙，而是作者罗贯中体悟了生活之妙。我不用去考证历史，就知道罗贯中曾经生活很不如意，甚至有些落魄，但是他写作时已经体悟了生活之妙，否则对生活不会有这样深刻的理解，这是一位作家的生命体验。没有被生活折腾过的人，不足以谈人生。

生活之妙，就在于让你得不到。帝王也好，活佛也好，都会有不足之处。你一出生就受你本身所限制，而且越是成长，这感觉越明显，因此人最大的对手就是自己。虽然现代有了整容技术，但是这只是解决人与人很小的差异，更多的差异隐藏在身体上，是在生活之中慢慢显露出来的。我曾经见过天生神力之人，那是在秦岭，一位道士将三四百斤的石头扛了起来，并且在庙门前的空地上走了三圈，这神力绝非后天通过锻炼能够得来，一定与他本身有关。我曾经见过饮酒海量之人，那是在一次宴会上，一位文质彬彬的先生起身，看了餐桌上一圈坐着的十几人，放出豪言，你们喝酒都陪不了我！众人诧异，人们大都不信不服，有人直接说，我喝酒没服过人，你可别说大话呀。那位先生叫来服务员，让拿老陕吃面用的人头大小的海碗，将一瓶酒拧开，咕咕倒进海碗，然后双手端起，没有几下将一斤酒喝完，他喝酒的时候，所有人的心提到嗓子眼，只听见他喉咙发出咕嘟咕嘟的声音。他喝完了，用手背在嘴上一抹，发出爽朗的笑声，对大家说，你们现在可以陪我了。那天，有人算了算，他的酒量至少在四斤以上，而且肚子好像再装进四斤还不够的样子。好事之人去研究，得出这样的结论，他的祖先从他往上数到四百年前，其间有二十几人是驻守汉藏边界的将军，这天生的好酒量，一定与遗传有关。我也曾经见过饭量极大的人，朋友说他肚里有双掏食的手，我当时不相信，后来有了和他一起吃饭的机会，我才见识到人家的饭量之大，一顿饭吃七八斤烤羊肉，这还不够，再吃三碗拉条子炒面，还能喝下两箱啤酒。人家也不是夸张地狼吞虎咽，而是慢慢吃，吃得还很干净，不撒也不剩。我当时最深刻最直接的感受就是，古书上那些奇人异士，很多绝非胡编乱造出来的，只是我们的见识太少。因此，生活的得不到，应该说很多是命中注定的，人不能左右。当你承认差异存在并且认同差异的时候，就觉得心平气和乃至天下太平，也就体会到了生活之妙。

生活之妙，就在于要和人交往。每个人来到人世间，都是要和其他人交往的。人出生后要和父母、兄弟姐妹交往，上学要和同学交往，工作要和同事交往，社交要和朋友交往，恋爱要和情人交往，结婚要和爱人交往，有了孩子要和孩子交往，孩子有了孩子，就要和孙子交往。人们交往在一起，磕磕碰碰是避免不了的，与其埋怨别人，倒不如自己去理解。当然，不是说每个人交往到最后都有完美的结局，世上人与人的交往，在我看来不如意的倒是十有八九，因此朋友也该删繁就简。人与人交往的过程中，就会存在喜欢和不喜欢，人们自然是想和自己喜欢的人在一起，让自己不喜欢的人赶快消失。人类不断追求自由，主要是追求选择的自由，这其中包括选择交往对象的自由。人与人一切矛盾的缘起，都是差异所造成的，这其中有情感差异和思想差异。我对你好，你也应该对我好。我觉得有道理，你也应该赞同我的道理。这是人们的心愿，当心愿不能实现的时候，人们就出现矛盾了。在此之前，矛盾会有很长的积累过程，因此人们爱旧事重提，其实很多旧事和矛盾本身没有关系。但是每个人都是自己主观世界的皇帝，同时每个人的思想也有记忆属性，这导致人们摩擦不断。虽然智商和情商高的人，能够最大限度地降低矛盾发生的可能，但是也无法从根本上解决这个问题。既然不能解决人和人之间的矛盾，那么就要接受矛盾。当你能够欣赏断交的朋友，欣赏你讨厌的人，就把人活出了境界，就体会到了生活之妙。

生活最大的妙处就是死亡，谁都不能说清人死之后的场景，这是人类目前无法涉入的未知领域。死亡就是一切的结束，人所获得的一切，都灰飞烟灭。正因为死亡，人类有了终极的公平，否则人类社会就陷入无休无止的动荡中，求生的本能让每个人都想长生不老。正因为有了死亡的自然规律，每个人才心安理得地过着每个人的生活，每个人也有了每个人的活法。这样说来，世间的一切就不值一提，只有生活本身才是万古不变的真理，这正是生活最大的妙处。

说一千道一万，生活之妙，就是好好活下去。

记陕西的一些美食

序

早先日子穷的时候，“吃货”是骂人的话，是说人除了吃啥也不会。现在日子富了，有了“美食家”这个称号，“吃货”渐渐就成了褒义词。于是有这样的观点：人生的乐趣被吃喝占据了一半。

有这样一句话：大吃大喝的是皇上，小吃小喝的是百姓，不吃不喝的是神仙。大吃大喝是吃的极致，繁杂却易让人厌倦；小吃小喝是吃的日常，简单却使人喜欢；不吃不喝是吃的反常，超脱却不能效仿。

我生在西安这座古都，外地人都想象着西安的吃喝是宫廷饭，吃饭讲究着七碟八碗，用的是银筷子、玉石碗。到了西安才发现吃喝最热闹的地方是回民街的路边摊，最有地方特色的是端着人头般的大老碗咥面，许多外地人都觉得不像，怎么十三朝古都，吃喝如此随便，难道秦始皇、汉武帝、唐太宗都爱吃羊肉泡馍、凉皮子、锅盔夹辣子？听到这些疑惑，陕西人就要娓娓道来，告诉外地人羊肉泡馍就是周天子的饮食，凉皮子可是秦始皇吃过的美味，秦国将士能横扫天下靠的就是锅盔夹辣子。离不开陕西的人里，有多少人是离不开陕西的饮食，陕西人如果只会用面蒸馒头、蒸花卷，怎么敢夸西安是美食之城？仅仅一道面食，陕西人就做出了几百个花样。八百里秦川，三千万秦人，十里之隔，滋味不同，山南水北，风味各异。陕西方言把吃念作咥(dié)，给人极生猛极刚劲的感觉，意思是吞吃、大口咬。陕西方言说收拾谁，也是发这个音，好像黄土地上的人们，吃饭和打仗一样。经常在饭馆能见到吃泡馍的男女老少，吃得满头淌汗，胃里好像有只掏食的手，右手操筷子把泡馍送进嘴里，左手把脑门的汗水甩到地上，大有虎狼之秦的感觉。

我生在陕西，自然爱陕西的美食，就像牛羊不能没有草原，诗人不能没有月亮。

四方城的天空下住着怎样的一群人，他们如生在战乱的年代，你就会感受到世间男子真正的勇敢、世间女子真正的奉献。这宁折不弯的基因在这片土地上流传了几千年。我们整天说文化，其实说的就是生活方式，文化的偏见是生活方式的偏见，可能有人会排斥中国西北豪放的野性，可虎狼和雄鹰从来不用谁去可怜，需要怜爱的永远是小狗小猫。

司马迁在《史记》中赞美孔子："虽不能至，然心向往之。"这是对一个去世的人的最大赞美。真正的感觉是语言不能详尽的，就如这些美食带给我们的享受。

羊肉泡馍

羊肉泡馍自古是勇士的吃喝，很难想象楚灵王宫中手能握腰、弱不禁风的女子，端起人头般大碗吃羊肉泡馍的模样。古人把羊肉泡馍叫羊羹，苏东坡在长诗《次韵子由除日见寄》有"秦烹惟羊羹，陇馔有熊腊"的诗句。熊腊就是熊肉干，现在吃熊肉犯法，羊肉泡馍却成了大众的美食。

做羊肉泡馍之关键在煮汤，吃羊肉泡馍之关键在掰馍。吃羊肉泡馍和吃其他的美食不同，要想吃得正宗，不仅在于厨师高超的烹调，也在于食客掰馍的认真和耐心。

汤是羊汤，羊全骨要煮出沫子，肉要选六月仔羊腿及后臀肉，顺纹理用刀切出肉块，加以桂皮、党参、黄芪、砂仁、草寇等十多种中草药。根据食客口味，羊肉泡馍大致有四种做法：单走、干拔、口汤、水围城。单走是汤馍分开，掰馍入汤，各有其味。干拔是汤全入馍中，碗竖筷不倒，吃完碗底无汤。口汤是吃完泡馍留一口汤。水围城则是汤围四周，馍在中央。

吃羊肉泡馍非关系亲密者不能邀请，否则掰馍时间太长，大家又无话可说。有人说，欲知长安事，请上天锡楼。天锡楼自明崇祯年间就专营泡馍，清末慈禧太后和光绪帝来西安避难，慈禧太后品尝泡馍后备加赞扬，亲自题写“天锡楼”的牌匾。每日到了饭辰，泡馍馆人满为患，里面有说谁谁要上去、谁谁要下来、谁谁快退了、谁谁不行了……真真假假，假假真真，没人去辨，只要泡馍肉烂汤香。

80年代生活条件稍有提高，西安最风靡的打赌是吃泡馍。几人相约，一起吃泡馍，看一顿能吃几个馍，多者由少者请客。吃一两个馍的不被邀请，吃三四个馍的是请客之列，吃五六个馍的是被请之列，吃七八个馍的几乎没有，有则多半吃完被送进了医院。

吃过泡馍就难忘其香，经常是街头有泡馍馆，街尾行人能闻香而来，桥东有泡馍馆，桥西行人能寻香而至。西安曾有位小学校长，要求隔壁泡馍馆放学前门上要下帘子，老板甚不解，说自己开张迎客，下帘子如何营业。校长说，你的泡馍香味没放学就飘进校园，弄得师生上到第四节课，口水直流，肚子打鼓，心如猫挠，无心读书。

西安北郊红旗厂有位老人，年轻时接到上级重要任务，要求三天内完成，他说完成可以，但必须保证每天五个饼的泡馍，否则体力不支。后来，如期完成任务，老人也被评为省级劳模。此后，他一周至少要吃顿羊肉泡馍，不吃就浑身没劲。老人临终口不能言，极为痛苦，儿女在病床前不知老人为何不能瞑目，唯有小儿子知道老人心意，端碗热气腾腾的泡馍放在老人面前，老人闻到香味，顿时眉舒眼展，含笑离世。

葫芦鸡

葫芦谐音福禄，鸡有大吉之意。陕西人的大小宴会，无葫芦鸡竟不能成席。

相传葫芦鸡始创于唐天宝年间，出自礼部尚书韦陟的家厨之手。韦陟吃喝极为讲究，要求厨子烹饪鸡肉，第一位厨子先炸后煮，韦陟嫌肉老难嚼，把厨子拉下去一顿鞭打。第二位厨子先煮后炸，韦陟嫌没有品相，把厨子拉下去活活打死。第三位厨子知道做不好就剩死，于是绞尽脑汁，将鸡捆扎，先煮、后蒸、再炸，做出了色泽金黄、皮酥肉嫩、筷到骨脱、入口即化的鸡肉，因外表如同葫芦，后人称其为葫芦鸡。

西安城里的饭馆，如打陕菜招牌，单单品尝葫芦鸡就知道厨子手艺。宴席一上葫芦鸡，众人几筷子便夹得精光，因鸡选料多为二斤，十人宴席，一人就分得二两。吃的时候，男人要给女人夹一腿一翅，因腿能跪、翅能飞，寓意女子为贵妃。女人则给男人夹鸡头，寓意男子汉宁为鸡头不为牛后。

蓝田县曾有一美貌姑娘，赴西安参加亲戚婚礼，席上有葫芦鸡，品尝之后归家不能忘味。后来恋爱，几次不成，直到遇见一男子，西安桃李烹饪学校毕业，做得一手好葫芦鸡，才高兴地嫁了。夫妻俩在西安南郊开饭馆，专营葫芦鸡，食客天天爆满，名气日胜一日。人们都说，这对夫妻真是因为葫芦鸡而得了福气。

凉 皮

凉皮据说是秦始皇品尝过的，这个不好论证。但是有文字记载，凉皮在汉代是风靡皇都的美食。西北的农村到盛夏，天热得人不能下灶，凉皮成了家家户户的最爱。

陕西凉皮的种类极多，西安人做米皮，汉中人做面皮，陕北人做绿豆皮，宝鸡人做擀面皮，回民做麻酱凉皮。城里卖凉皮的店面都不怎么大，有些店也不设座位，一个垂着绿纱帘的玻璃柜就能开张，柜子里面少不了油泼辣子、香醋、食盐、味精之类，也不可缺豆芽菜、黄瓜丝等佐菜。大的店面一般门口放把大铡刀，蒸出如圆桌大小冒着热气的米皮，对折后就放在铡刀下切成细条。只见伙计气运丹田，抡圆胳膊，将铡刀使得虎虎生威，这样切出的凉皮怎能不整齐筋道，得到食客的夸赞？

西安鄠邑区下辖的秦镇，就是靠凉皮名扬天下。秦镇凉皮，凉皮秦镇，说到秦镇就想到凉皮，说到凉皮就想到秦镇，这里家家户户都做凉皮，凉皮店开了几百家之多，竟互不砸价，能共同致富。开封有位朋友，爱好文学却家里困难，当年曾和我有一面之缘，后来听说秦镇凉皮特色，就想学这门手艺养家致富。他在西安没有熟人，就找我看能否周旋此事。也是凑巧，一位朋友正好去那儿任职，答应下这件事。开封的朋友得了消息，当天就赶火车来了西安，我们直接去了秦镇，和我们接头的是个穿背心、摇芭蕉扇、抽着旱烟的老者，他领我们去了他店里，说蒸凉皮的流程可以让朋友学会为止，吃住也可在他店里，但凉皮的各种调料配方是祖传的，要七千元配方转让费，说若不是谁谁介绍来，这件事他根本不理，秦镇也绝无这个价。我听完，拉着朋友出来到街上商量，就在这时街对面走来一个老女人，对我们小声说，要凉皮祖传配方吗？我问老女人，配方什么价？老女人说，别人二万，她伸出抽烟熏黄的粗指头一竖，说她只要一万。说着从怀里掏出一个发黄的本本，说这就是凉皮配方，一手交钱一手交货。朋友将老女人支走，对我说这个老女人不可信，他是看清了，老女人怀里揣了五六个本本，哪里有将祖传配方抄成几个册子揣着满街走的。

朋友拿了主意，就在老者店里学做凉皮，老者天天亲授技术，朋友天天学做凉皮，也顿顿都吃凉皮。学了一周时间，老者给了朋友一个烟盒大小的纸包，里面就是凉皮调料配方。朋友回开封靠这配方开凉皮店，果然大受食客欢迎。自己一个月就挣回七千元，但觉得做的凉皮和老者做的还是有差距，就打电话问老者原因。老者说，祖宗的配方不能全传，否则教会徒弟饿死师傅，猫教老虎就是不教老虎上树，我这是留一手呢。

肉丸胡辣汤

肉丸胡辣汤为西安回民清真小吃之一，因用料丰富，又称八珍汤。胡辣汤的肉丸为牛肉丸，要捏得如大拇指的指甲盖大小；菜有土豆、莲花白、菜花、胡萝卜、西葫芦、蒜薹之类，或切块或切条。先用牛羊骨熬汤，投肉丸煮三分钟捞出，后依次下蔬菜，然后勾芡熬成糊状，最后再加肉丸。肉丸胡辣汤看似简单，火候却极难掌握，下菜有严格的流程，勾芡也不易学，还必须凌晨三点起床，很多人畏难而退，说卖肉丸胡辣汤是下苦力的生意，非勤劳者不能经营。

早晨天还没亮，街上刚有公交车出现时，肉丸胡辣汤店就开始了一天的生意。肉丸胡辣汤熬好后，连锅带炉子都摆在大门口，回民大师傅手拿木勺搅锅，腾腾热气升起，人们有时只能看清大师傅的白帽子，看不清人脸。店里的伙计还在忙碌，他们在制作搭配肉丸胡辣汤的饦饦馍，这种从汉代丝绸之路传来的美食，早在西汉时期就风靡长安城。最初人们把这种饼叫作胡饼，据《续汉书》中记载：“灵帝好胡饼，京师皆食胡饼。”现在人们叫饦饦馍，实际上是阿拉伯语“食品”

之音“图尔木”（Turml）的发音，直到今天回民称这种饼依旧是饦饦馍，这个“馍”字发音为“mu”。香软酥脆的饦饦馍从制作工艺上有硬面、发面之分，众所周知的羊肉泡馍所用的就是硬面饼，发面饼则为日常食用。饦饦馍的制作要求极严格，面擀成十厘米直径的小软饼后，将鏊烧热，饼入鏊两翻，改为中火，再改文火，六翻出锅，饼发轻，有弹性，散发着麦子的香味，咬一口筋韧甜绵。

太阳从古城西安的地平线上升起，肉丸胡辣汤店也迎来了第一拨食客。大师傅问食客，要大碗还是小碗，辣子多还是少？食客说，来大碗，辣子放美。大师傅则拿出海碗，用勺子顺时针搅锅，这样保证每碗里的肉丸数量相当，再放满满一大勺辣子，并淋上香油，然后给食客拿上一个饦饦馍。辣子点缀着肉丸胡辣汤，更调和了肉丸胡辣汤的香味，刺激了人们的食欲。正宗的肉丸胡辣汤处处都有讲究，肉丸要嚼出筋道，香味冲鼻，土豆要入口即化，莲花白要爽脆，胡萝卜要绵软，西葫芦要滑嫩，蒜薹要清香。食客将饦饦馍掰成块放进碗中，用勺子搅拌，饦饦馍吸收了肉丸胡辣汤的汤汁，吃起来别有一番风味。

当北方寒潮来袭时，大地冰冻，人们呵气成冰，抵御严寒的早点莫过于肉丸胡辣汤了。肉丸胡辣汤里的调料花椒、姜本就是温中驱寒的中药，肉丸胡辣汤在体内产生的暖流，刺激着人们的每个毛孔，让血液在体内奔涌，更激荡着西北人胸间的豪情。

五侯鲭

人们知道福建名菜佛跳墙而不知道陕西名菜五侯鲭，就如知道有西安而不知道有长安，知道有长安而不知道有镐京一样。第一次听见朋友说这个菜名，首先想到的是这道菜会不会是鱼做的菜。后来朋友做出锅后，我才知道五侯鲭是种杂烩菜，“鲭”字在这里发音为“蒸”。

说到这道菜的来历，还要先说到汉成帝，从汉成帝再说到汉成帝的五个舅舅。汉代时重上古风气，也就是母系社会的遗风，男子出生后，最亲的人除父母外就是舅舅。我们今天说汉代外戚当政，所谓外戚就是皇帝母亲家的亲戚，或者皇后的娘家人。如汉代的吕产、吕禄就是吕后的侄子，卫青则是汉武帝的小舅子。汉成帝登基后，首先想到的就是封赏自己的舅舅。这五个舅舅没什么本事，在历史上也没有什么作为，因此名字也不值一提。汉成帝的五个舅舅封侯之后，却觉得皇帝外甥厚此薄彼，他们谁也瞧不上谁，干脆都老死不相往来，并且下令门下宾客也不准互相接触。当时唯独任京兆尹的娄护例外，这人大概就是中国最早的“帮闲”。他自幼聪明，因为父亲行医，他熟读医书数十万字，后来弃医从文，当了京兆尹，他能言善辩，又会给人看病，皇帝的五个舅舅竟都喜欢他。在历史上，汉成帝就是一个吃喝玩乐的败家子，他的五个舅舅更是如此。当时皇帝的五个舅舅家里都养了京城里一等一的大厨，古人以食为天，上流社会赏赐别人最大的礼物不是金银珠宝，而是珍馐美味。娄护受这五侯喜爱，自然少不了受到赏赐。据《西京杂记》记载，王氏五侯每天早晨都派人给娄护送去山珍海味。再好的东西也有厌烦的时候，时间一长，娄护渐渐吃腻了，有天干脆把五侯赏赐的山珍海味放到锅里一勺烩，竟然做出了意想不到的美味，这就是中国最早的杂烩菜，娄护也成了无可争议的发明者。

如今朋友为我做这道菜，是从古书中揣摩而来的，用料为干海参、鱼肚、鱼翅、鲍鱼、干贝，做出的汤如乳汁，入口鲜香，虽在一锅炖煮，生出无穷味道。朋友说，如今天南海北，各种杂烩层出不穷，这道菜应是这些菜的祖宗。如陕西富平县的名菜全家福，就是重要宴席上的头等菜，选用了丸子、火腿、腐竹、白菜、虾仁等十几种食材，与五侯鲭有异曲同工之妙。杂烩菜体现的就是食物的互补，代表的是因地选材、反对排斥的思想。

汉代的娄护之所以能发明五侯鲭，是因为他不是厨子，也不懂厨艺。他如果是厨子，就会有菜谱、有师傅，他怎有胆量把五位大厨做出的美味一锅烩，在别的厨子看来，简直是欺师灭祖、暴殄天物。如果这样说，知识有它的正面影响，也就有它的负面影响。知识给我们指明道路，同时也在局限着我们的道路。我们经常以自己掌握的知识去下结论，结果未必正确。自古以来，很多发明创造都是在无意之中完成的。我们所掌握的知识，有时会形成一座大山，山外面的样子，我们不知道，也不敢知道。我们总是小心翼翼地寻找道路，却从不敢爬上山顶看一看，更遑论去山外面的世界看看。

周至粉蒸肉

金周至，银户县，周至人爱咥粉蒸肉。

陕西各县多有粉蒸肉，唯周至粉蒸肉影响最大，深受当地人喜爱。若没去过周至的早市，就不能说见过天底下吃饭的盛大场面。清晨时分，卖粉蒸肉的摊位摆满街道两边，长条凳长条桌一字排开，好像是结婚的宴席。街道上肉香弥漫，人头攒动，声如海浪，周至的早市就像群众吃饭的节日。

卖粉蒸肉的店家，大多鸡未叫就出摊，一个大锅里粉蒸肉盛得满满当当，松软酥香的白馍则围着肉摆了一圈，肉的下面蒸着晶莹透亮的米饭。粉蒸肉要选上等大肉，多为猪前腿，将肉切块，厚薄均匀。主要调料为食盐、生抽、老抽、花椒、桂皮、小香，并姜片和葱段。肉和调料搅拌，直到融合一起，然后等待一段时间，让大肉将调料充分吸收。再选优质大米，多为香米，将米煮开，捞入蒸笼，将大肉敷在大米上，大火蒸使肉烂，小火蒸使入味。这时揭开锅，满屋肉香，店家的小儿从梦中醒来，吵着要吃粉蒸肉，这时米有肉香，肉有米香，肉肥而不腻，米满浸肉油。粉蒸肉本就糯而清香，软、嫩、甜、香、咸，还要配油制红干椒、榨菜丝，辣椒使肉更有股鲜香，榨菜丝则平添一种酸爽之感，可谓滋味俱全。

许多人来吃粉蒸肉，不光是抛不下粉蒸肉的香味，更是为了大家一起吃饭的热闹。店家的铲子灵活地操作，将肉夹入馍里，狠狠挤压，美食给人的幸福感就更强烈了。大家坐在长条凳上说说笑笑，交流各种信息。很多好久不见的朋友都在这时相遇，大家相逢说一句你也来了，好像是心有灵犀要来会面。城市化让县城更多的人告别农村的邻里生活，一道小小的粉蒸肉却让大家彼此亲近。周至的朋友对我说，周至人一年四季吃粉蒸肉不厌，说明了周至人的恋旧，恋旧的人重情义呢。

卖粉蒸肉的一人忙不过来，往往是父子上阵、兄弟互助、姑嫂搭伙、婆媳配合。有人要吃蒸肉夹馍，有人要吃蒸肉米饭，有人要单吃肉，店家忙而不乱。周至仁义巷有父子两人卖粉蒸肉，老人十分幽默，别人问老人今年生意如何，老人说：

今年生意不好干，谁干生意谁完蛋。
今年生意太清闲，老板坐在店门前。
盖起高楼没人要，多少老板往下跳。
往年超市人挤人，今年干脆关了门。
各大酒店虽热闹，成本还比利润高。
再看各处劳力场，民工靠墙晒暖暖。
工薪阶层也不好，发的工资刚够饱。
来往乡党不要愁，总有一日能出头。
小老百姓无所求，只求吃口粉蒸肉。

大家笑成一片，都说这老人怪话多，怎么把别人的生意都说成不好，自己的生意却唯独不能少。老人笑着说：天天能吃粉蒸肉，给个县令也不换。大概过了一段时间，大家发现摊上没了老人的身影，经营摊位的成了老人的儿子儿媳。直到有天老人来到摊上，却不是来卖粉蒸肉，而是和大家坐在一起吃儿子卖的粉蒸肉。有人说：老汉，你怎么不帮儿子卖粉蒸肉了？老人说：二十年前去偷油，钢刀砍下葫芦头。儿孙自有儿孙福，莫为儿孙做马牛。大家会心一笑，嘴里的粉蒸肉似乎更有味道了。

韩城羊肉胡卜

我刚读初中，《史记》只读了四分之一，就对司马迁崇敬得要跪下。韩城是司马迁的故乡，我第一次去韩城，离韩城越近，心里越是惶恐不安。车到芝川，仰头望山上的司马迁祠，就觉得庄严正大，等走进韩城，转了满城的古建筑，更感到韩城的文气鼎盛。

那天黄昏，我从金塔公园的后门绕出来，走向韩城的老街，远远就闻到一股浓郁的羊肉香气，于是寻香去找饭馆。走过去看见一排铺子，店门前的大炉子呜呜冒火，店家的招牌上有写“羊肉胡卜”，有写“韩城糊卜”，有写“合阳糊饽”的，问了当地人才知道，虽然文字有别，实乃一物。做羊肉胡卜的大师傅穿着蓝大褂，手里掌着大铁勺，向着街上吆喝道：“胡卜胡卜羊肉多，来往朋友里面坐。”看着伙计端出热气腾腾的大碗，才知道胡卜并非胡萝卜，实际是饼丝，看起来好像细挂面，却比细挂面还细，吃起来比面条筋道，十分有嚼头。碗中羊肉铺在胡卜上，汤上点缀些许香菜，红椒油淌在碗里，鲜香顿时扑鼻而来。羊肉胡卜味道酸辣，吃上几口舌头发麻，额头微微冒汗，下肚久生暖意，是养胃的美食。

店外来了一高一矮的两个中年男人，高的搀扶着矮的，就像拖着一个盛满粮食的麻袋，矮的显然喝醉，高的对大师傅说：“来两个大碗胡卜，汤要多，辣子放少，醋要多。”又对矮的说：“羊肉胡卜醒酒美，酸酸辣辣一吃就清醒，亏你是司马迁的后人，喝酒喝成这个德性。”矮的嘟囔："我咋不是司马迁的后人，他们合伙要把我喝倒，我岂能屈服？既然是司马迁的后人，宁可喝倒，也不认卯！"没一会儿，羊肉胡卜端上来，两人咕噜噜喝汤，一碗胡卜如倒进肚里，过一会矮的酒意全消，两人说笑而去。

吃过一次羊肉胡卜，就有了第二次第三次，只要去韩城就要品尝羊肉胡卜，要不然总觉得美中不足。记得今年春天，在韩城一家羊肉胡卜馆子，邻桌的几个男人在一起聊天，议论某某官员的调离，众说纷纭，莫衷一是。有位戴着黑框石头镜的老者说："这有什么说不清的，大家说某某人终于走了，那这人肯定是不咋样么，大家说某某人竟然走了，那这人肯定是得人心么。鲁迅说孤独是什么，墙外有两株树，一株是枣树，另外一株也是枣树。那么喜欢是什么，吃了一碗羊肉胡卜，还想再吃一碗羊肉胡卜，今天吃过羊肉胡卜，明天还想再吃羊肉胡卜。"大家笑起来，另外一位模样像老师的说："百姓心中有杆秤，知道你好还是坏。羊肉胡卜人人爱，贪官污吏把人害。"

我听了他们的交谈后，愈发敬畏韩城。

凉 粉

陕西各地皆有凉粉，最负盛名的当数汉中凉粉和西安回民街炒凉粉。

汉中凉粉一般作为凉菜，用盘来盛，售卖于大小酒楼；西安回民街炒凉粉则作为小吃，用碗来盛，售卖于街边摊位。凉粉凉有凉味，热粉热有热香，本是同宗兄弟，无非一文一武，一个刀切凉调，一个铲翻锅炒。

凉粉的制作不难，所以技法传播很广，汉中姑娘出嫁必学如何做凉粉。每到夏天，汉中有些乡村，一条街道上都是拿着碗吃凉粉的人。说起吃凉粉，不仅老百姓爱吃，清代咸丰皇帝也爱吃呢。汉中报社一朋友，就向我讲过咸丰皇帝吃凉粉的故事，时间大概是1860年的夏天，咸丰皇帝微服出行，听见大街上有人叫卖：“酸咸麻辣香，消暑是凉方。若是吃一碗，三天心中凉。”咸丰皇帝看见卖凉粉的被团团围住，大家吃得不亦乐乎。咸丰皇帝立即要了一碗凉粉，吃起来清凉爽滑，很能解暑，便再要一碗吃，连连说好，想吃第三碗无奈胃口有限。正准备起身离去，被卖凉粉的叫住要凉粉钱，皇帝从来没有随身带钱的习惯，只好把黄马褂给小贩，说明天来宫里换凉粉钱。第二天，咸丰赏给小贩三百两银子，并让他给御厨传授做凉粉的技法，咸丰皇帝据说这一天之后天天吃凉粉，足足吃了一月有余。

朋友说完这个故事，就对我说他领自己上二年级的小儿去吃凉粉，给小儿讲咸丰皇帝吃凉粉的故事，小儿听完竟对他说，咸丰皇帝竟然去小摊吃饭，怎么不去大饭店吃呢？朋友对小儿说，咸丰皇帝爱吃凉粉。小儿摸头思考了好一会说，那他是不是老师说的勤俭节约，是个好干部？朋友竟被小儿难住，半天无语。

我想起自己小的时候，看外面小摊上摆出圆盆似的凉粉，在太阳下晶莹透亮，竟以为是冰块。待小摊切了用汁凉调，冰块又似乎成了红烧肉，就好奇不已，吵着让大人买来吃。第一次吃凉粉，难忘凉粉的酸爽，好像果冻一样滑入喉咙，我吃得着急，竟被呛了几口，憋得满脸通红，还向大人抱怨凉粉太滑。虽然第一次吃凉粉并不成功，此后却对凉粉印象深刻。后来吃了回民街的炒凉粉，爽滑的凉粉多了炒出的一层脆皮，有了葱、蒜、辣子的提味，似乎更符合西北人的口味。

西安的回民街上，炒凉粉的摊位粗略估算有四五十家之多，空气中弥漫着炒凉粉散发出的豌豆清香。炒凉粉的伙计们，右手拿着铲子在锅里轻翻，左手用一个搪瓷碗罩住凉粉在锅上来回晃动，好像是摇色子一样，等碗揭开，香气腾腾，使人馋涎欲滴。

回民街的伙计们吆喝炒凉粉，要把“粉”音拉得很长，好像是情郎寻觅自己的爱人，传送着刻骨铭心的思念。

蓝田荞面饸饹

蓝田荞面饸饹，古人称为河漏，名扬关中，虽是小吃，却也在大城市流行。西安人言蓝田玉美，饸饹更香，三月不吃，心里怪想。

外地人想吃饸饹，苦于对饸饹两字陌生，听店家大声吆喝着“和乐和乐”，外地人也就学着发音念“和乐和乐”，向店家要碗饸饹尝尝。拿筷夹起黄亮亮的长条饸饹，吸溜吸溜吃上几口，味道酸爽可口，正要向店家请教饸饹是用什么原料制作的，一不小心吸进芥末，顿时脸红鼻酸，头皮发麻，半天不能说话。店家笑着说，第一次吃都是如此，饸饹的佐料有芥末，吃时嘴不能说话，鼻不能吸气，否则就会被呛。说起饸饹的原料，自然是荞麦，最能开胃宽肠，消食健脾。荞麦粗纤维多，糖分极少，是糖尿病患者的食疗佳品。

我曾和朋友一起去蓝田，见识了饸饹的制作流程，才知道为何饸饹细长不断，原来饸饹的制作有专门工具。制作饸饹的工具叫“饸饹床”，是一个筒形木制的容器，底端有网漏，上有连接长木柄的杵头，做饸饹时将“饸饹床”架在锅台上，荞面揉团，放进容器，锅中水烧沸，通过木柄使杵头压荞面团，面团通过网漏挤出就成了细长条。锅里添两遍凉水，将其煮熟后，饸饹就真正出锅。我看过制作过程，才明白古人为何将饸饹起名“河漏”，上有网漏，下有沸水，河漏之意就很明显了。

饸饹天热凉吃消暑，天冷热吃驱寒。凉吃时放盐、醋、芥末、蒜汁、芝麻酱，热吃则浇上鲜汤和肉臊子，再撒胡椒粉，佐以香菜、蒜苗。蓝田人说：“凉吃酸爽入口滑，消夏祛暑能解乏。热吃香辣入口麻，驱寒养胃有疗效。”

蓝田风俗，婚丧嫁娶、老人过寿、小儿满月酒，招待来宾下午吃正餐，中午吃的就是饸饹。有的人家将灶摆到门外，从清早到下午烧火不熄，一人揉面，一人下饸饹，一人调味浇臊子，一人端给来宾，大家忙而不乱。饸饹谐音和乐，柔软绵长，象征长命百岁，人们吃饸饹正是寄托了对生活的美好希望。

蓝田人将饸饹晒干，这样就可长期保存，如同方便面一样，下锅前还如硬刺，下锅后软如银丝，人们将干饸饹作为礼品送给亲朋好友。当地人形容谁吝啬，就说我连你一碗饸饹都混不上。形容谁生活过得好，就说天天能吃碗热饸饹。

蓝田人爱饸饹，饸饹滋养着蓝田人，蓝田人常说：“描金箱子白银锁，外面好看里面空。蓝田饸饹黑是黑，筋道爽口能待客。”

静坐无言

人活得顺心，话就多；活得不顺，话就少。满满的一瓶子水，怎么摇都不响，水倒掉一半，再摇却响了。

平时多看树，不论细溜溜或粗壮壮的树，它们都倔强成长，叶片恓惶鸟就来得少，叶片稠密鸟就来得多。鸟一旦来了就吱吱叫着，无言的永远是树。

在山里住着，晨起去溪边洗脸，自以为能用手挡住溪水的去路，但溪水决心向山下奔涌，它不屑与什么纠葛，你这边一挡，它伶俐地从那边又流走了。但是你用瓶子盛水，它却再不想着去山下的花花世界了，宁愿牺牲自己，也要周全众生。

都市里你来我去，来往需要说话，但话说多了就造成麻烦。人类历史上有多少战争的开端，不就是因为两国元首交谈不和；生活里有多少矛盾的发生，不就是双方说话没留情面。

一个朋友来了，说他和别人的矛盾，他说得十分激动，我听完后对他说：好。朋友很生气，问我他和别人有了矛盾，我还说好。我说，你能为他说这么多话，就说明你心里放不下他，既然放不下，就说明你俩的关系能再好起来。后来，他回去向那位朋友道歉，两人从此不吵嘴了，关系比过去还要铁。

另一个朋友来了，说他写了文章发表不出去，不被人认可，但是他还想写。我说：这就是好的写作状态，你发表文章太容易，就不动脑子构思，最后没有一篇文章会留下来，写了和没写一样。他从此不再在发表文章的问题上纠结，写了二十多万字的小说，终于得到了读者广泛的认可。

我在家里，供奉了一尊释迦牟尼的造像。佛盘腿而坐，两手放在腿上，神态安然自若，完全是沉浸在冥思中的状态。我每天看着看着，就觉得佛在度化着我，让我心静如莲，能默默干好自己的工作。

鹿　石

我有一块鹿石。

不知是石头化为鹿的精灵，还是鹿的精灵化为这块石头。总之每个看过鹿石的人都感慨，鹿石是大自然的鬼斧神工。鹿石的珍稀之处在于，并非只有鹿的轮廓，而是有具体的眼睛、鼻子、耳朵、嘴巴、脖子、四肢、尾巴。人们若非亲眼所见，怎会相信鹿石真实地存在于世上，并且没受过半点人工的雕琢。

一位雕塑家看过鹿石后说，这鹿的形象好像西汉时的石刻艺术，不信你去茂陵看看马踏匈奴的雕塑，就是这种粗犷有力的风格。尤其是鹿回过头看的一刹那，鹿的生动和灵气全流露出来了。

一位美术家看过鹿石后说，这鹿身上的部位多么像几何图形，线条多么流畅，奇特就在于这块石头鹿竟然是一身浑白，没有半点杂色，石头的底色却是青色，鹿头顶一条白色的纹路，好像彩虹高悬在天，这是多么高超的构图。

一位收藏家看过鹿石后说，这块石头不得了呢，有道是“花如解语还多事，石不能言最可人”，你要把这块石头藏好，不论谁来要都不能给的，因为世上多有虎、牛、熊形象的奇石，净是些笨拙的大动物，都不似鹿这样轻灵。这里还有一层意思，鹿就是禄，古人说逐鹿中原，真正不得了呢，说到这里收藏家竟不说了。

总之，不同的人看过鹿石会有不同的感觉，就像一千个观众眼里就有一千个哈姆雷特。

我一直认为鹿石和我冥冥中便有缘。那是很多年前的夏天，我离开周至老县城的时候，车经过那条从太白山冲下来的大河，我就看到了这块在河中心沙滩上闪着耀眼光芒的石头。民仓哥和广收兄蹚过河去，为我把石头抬了回来。民仓哥当时就对我说，多少人在山里月月年年，千寻万找，都没有找到一块好石头，你是有缘之人，好石头不用找自己就送到眼前了。广收兄说，这是命里有时终须有，命里无时莫强求。这块石头和你有缘，它只有见到你，才闪出亮光，吸引着你和它遇见。

自从那次把鹿石带回家里，我就常常欣赏鹿石，并发自内心地崇敬鹿石，如僧众给佛祖诵经烧香一般虔诚。我体悟着鹿石的伟大和艰辛，它曾在山谷经历漫长的寂寞岁月，在无数日夜接受着河流猛烈的冲击，于是才有今天这不同寻常的形象。从我认识它之后，它就有了新的名字，从此有了归属。在我之前，这块鹿石没有属于过任何人，我是第一个收藏鹿石的人。想到这里，我更加珍爱鹿石，鹿石就像我的初恋情人一般，我要用最浓最烈最纯最真的爱去呵护它。我给它专门做了杜鹃木的底座，并且每周都用净水擦拭，害怕灰尘玷污鹿石。每当抚摸鹿石的时候，我的耳边竟回响起老县城那条河水的歌唱，那样悦耳动听，让我沉重的灵魂也轻盈起来。

朋友，我想说的是，自从鹿石陪伴我之后，我的内心再没有乱过。

古钱币

钱是用于流通的，搜寻古钱是为了收藏的。多年里，我收藏了几十枚古钱，从汉朝五铢钱到清光绪通宝，历代的钱币我都把玩过，但我收而不藏，最终将这些古钱送给了朋友。

从古至今，有人用古钱镇宅，有人用古钱摇卦，有人用古钱展览，有人用古钱串成宝剑降魔除怪。钱币上有了古字，就如猫加了老字，反正老猫是不逮鼠了，却越来越生出虎的感觉。研究古钱的朱先生对我讲，赏玩古钱可知历史兴衰，我深以为是。从我的经验来看，朝代兴盛，钱就铸得大，且一个就是一个，不是以一当百，以一当千。汉朝的王莽如何能兴盛？他发行的钱币以一当五千，萝卜也炒成了羊肉价。你再看元朝的钱币铸得那么大，大拇指般厚的一个黄铜疙瘩，也就真该成吉思汗的骑兵横扫欧亚大陆。

朱先生对我说，刘备的钱，薄如纸轻如纱，一个还敢顶五百，人家曹操的钱那么大，一个就是一个，以此证明，刘备压榨老百姓，怎么打得过曹操。我会心地笑了，历史学家说刘备如何曹操如何，真就不如用钱币说话，钱币可不作假。现在世界上英美是强国，国际上都说美元说英镑，有些小国局势动荡，发行的钱面额大得要用个十百千万去数。我收集古钱，也看历代钱币上的书法。如唐开元钱就规矩，当时唐朝的标准就是世界的标准；如清康熙钱就大气，当时中国的经济也是空前的繁荣；如宋徽宗的钱就秀气，难怪打不过北方的少数民族。个人的审美，代表个人精神文化的层次。古钱币至少代表当时统治者的审美，间接反映着当时社会的风气。

在生活中，我见过很多现实版的葛朗台，他们把钱守得很紧，最后钱倒是守住了，友谊什么的都没了。直到他们死去，钱都存在他们的名下，说人守住了钱，倒不如说钱拴住了人。资产成千万上亿的老板我见得多，打交道的也多，他们有上亿资产，流转的钱也有几千万，经常手里没钱，人愁得像根麻花，身上没驮麻袋，腰却弯成了大虾，不知道的以为是干苦力的，知道的就会说是被钱压趴下了。我心中的有钱，就是用钱时有钱，这才是真的有钱。比如今天吃碗面，我带钱你没带，我掏钱请你，我就比你有钱。

人闲时看看历代的古钱币，就觉得财富易于流转，事业才是永恒。我对古钱从来是收而不藏，收是我对钱的态度，不藏是我对钱的原则。我将古钱送给朋友，那小小的钱上面带着多少故事，它留传下来就说明大家爱它。几百年几千年的光阴，该是多少月多少周多少天多少小时多少刹那，这期间多少人喜欢过它。有这么多人的喜爱附在它身上，它也就变得如意吉祥。

惶恐乃命运所赐

坐在家里，眼瞧着日子一个又一个地逃去，可是事情一件又一件不让人满意，就感到头大如鼓，心乱如麻。想当初离开学校时是怎样的气盛，好像登高一呼，就能四面响应。真正干起了事情，才发觉理想之遥远、现实之艰难。在生活的大道上，知难而退者留下了悔恨，知难而进者遭受着惶恐，于是哀叹人是多么聪明，却偏偏找不到两全的办法。

白天要体面，越是有女子的地方越是要坚强；夜里要休息，越是有事情的时候越是睡不着。安眠药不敢吃，用少了睡不到天明，用多了说睡就彻底睡过去了。大烟更不敢吃，怕吃后身形如鬼，往后行尸走肉。钻进被子数羊、数星星，越数越乱，数得羊都烦你。

门上早请来了秦琼和尉迟敬德两将军，中堂也挂上了钟馗捉鬼图，这些大神能镇住鬼怪，偏就镇不住人们心中一阵接一阵潮水般的惶恐。还要振作，还要干事，大事不成就干小事。成不了大事，能经常成些小事，人就不至于精神萎靡。弗洛伊德说，文学是性欲被压抑不能满足后的产物。鲁迅先生说，人类是渴望创造伟大事业的，受自然条件受人为条件阻碍太多，就能成就艺术。

我不满意的是自己，并非别的什么。太阳还是我儿时的，每天都照常升起，给我光和热。朋友依旧那样亲密，我失意时他们给我支持鼓励，我得意时他们给我劝告批评。还有我的父母，我再怎么落魄再怎么不如意，他们始终给我灵魂上的安慰。但我还是惶恐，我不得已在岁月面前低头。我已感受了生命存在的幸福，就不会畏惧生命消逝的悲怆。过去我被多少长辈朋友所期望，但我总有辜负他们的感觉。要感谢的是，老朋友们不仅没有离我而去，而且我的身边有了更多的新朋友，每每想到这里，我就忍不住流下惭愧的泪水。

心中的惶恐，催着人往前赶。于是想起项羽，当年他能破釜沉舟，就说明他是英雄。英雄就是英雄，不一定是政治家，不一定是军事家，不一定是什么名人，在我看来英雄就是有英雄品质的人。就像虎从风龙从云，鱼游在水鸟翔天空，在地上的是走兽，在天上的是飞禽，两条腿走路的是人。

记得夏天我住在山里，高友对我说，湖北有个杀人嫌疑人，曾藏在这山的深处，每天吃些野菜野果，住在一个山洞里，藏了近二十年，被警察发现时已不会说话，满头白发，两腿不能直立，胸上的骨骼清晰可数，脸上皮包骨头，唯有两只眼球来回转动，缺了一排牙的嘴张着，好像是会呼吸的木偶。警察说他当年杀的人没有死，所以他当年被抓住也判不了死刑，最多判两三年。谁能料到，他把自己发配到大山深处，吃不好穿不好，还要提防着被人举报，还不如牢房里身心安逸。后来他被释放了，警察说他给自己判了二十年的牢狱生活。有时我在想，红尘纷纷扰扰，多少人受着惶恐的折磨。有人向下堕落去吸毒去赌去嫖，有人向上攀爬去立功立德立言。看书时有这么一句话，世上若有一人爱你，你就该好好活着。活着就是一切，死了什么都没有了。如果能这么想，惶恐又算什么，只有享不了福，还能有吃不了的苦？如果说树叶是树思考的结晶，那么岁月就促成了树的思考。我们需要的是接受惶恐而并非逃避，就像一截短短的蜡烛，没有茶杯大，点燃后发出的光却充满整个屋子。

我不拒绝惶恐，我是希望命运在带来惶恐的时候，也让我变得自在从容。

画家对孩子的忧虑

王哥，你的忧虑不说我也知道，和你交往那么久，关系这么铁，我岂能不知你近来茶饭不香的原因？还不是在教育孩子的事情上有了烦恼！你如今画画有了成就，这成就实在来得太不容易。常说在家千般好，出门万事难，你非西安本地人，当年来西安闯事业，只带了几千元钱和一包换洗衣裳，你下定决心，花掉了这几千元钱，画作再卖不出去，就准备回老家种田养猪。

我后来问你，假如钱花完了，画没有卖出去，你真的回老家种地养猪？你瞪着眼睛对我说，怎么不是真的，我给老家的父母都打好招呼，父母把我的房子都收拾好了。你是抱着破釜沉舟、背水一战的决心来西安的，在没有来西安之前，你曾在许多繁华的大城市里漂泊，有时艰难得几个星期没有肉吃，那些城市有钱人是多，却少有真正懂艺术的，他们只看画家的名气大小，根本认不出画家作品的优劣。

王哥，你来西安前，听人说这里有过十三个王朝，这里的人绝非等闲之辈，这里的拾荒者每天都要看几份报纸，小商小贩手上也要捧本陈忠实或贾平凹的小说。你便觉得这里必然有艺术上的伯乐，果然西安没让你失望，你刚出售画作没几天，就有人出高价买走了你的多数画作。你来西安之前没想到，你在这里三个月挣的钱，足够让你在这座城市里风风光光地过上好几年。挣了这么多钱，你一天也没有享受，你把一半的钱寄给父母，另一半租店面、买纸笔颜料，你勤奋地绘画，没多久也画出了名气。现在的你有车有房，你的儿女也长大了，我记得你儿子前年还上初中，转眼他就面临高中的分班考试。你希望孩子继承你的绘画事业，孩子却希望自己能当一名数学老师。

去年夏天，大家在烤肉摊聊天，你喝了五六瓶啤酒，就抱怨起孩子一点也不听你的话。你希望我去劝说你的孩子，你没想到的是，我反过来问你，当年你的父母是不是要求你在镇上的医院上班，你不但没有去，反而背着父母拿了家里的几万元钱，去北京学了绘画。你反驳说，当年父母是让你当井底蛙，你跳出井反而成了云中鹤。我想了很久，对你说，此一时彼一时，你父母当时能给你安排的最好的工作，他们认为让你一生稳妥的职业，就是去镇上的医院，而你要干的工作是大家看不到一丝希望的，你最终没听父母的，却把事业干大了。父母当年给你的是一筐蒸馍，你现在端的是一锅炖肉。现在，你能给儿女安排的最好的事情就是绘画，以后和你一样当个画家，但儿女却要从事你根本不看好的工作，你又怎能知道儿女干不出比你更大的事业呢？我说了这些，你没有吭声，我知道自己虽然一时说服了你，却不能动摇你的思想。最近，我听韩老师说起你，说你天天给儿子灌输美术思想，儿子却几乎与你反目成仇，放寒假时独自买了车票回了老家爷爷奶奶那里，你不论怎么叫儿子，儿子就是不回来。

王哥，现在我要说你了，你过去的忧虑实在多余。你想让儿子接你的班，最主要的原因是你能照顾儿子，现在你有很多美术界的人脉资源。你甚至对我说，你把山爬了一半，儿子接着爬，一定能爬到顶峰，儿子今天站的起点，就是你一生跋涉抵达的终点，他只要多走一步，就能将你超越。你的思想实在荒谬，如果儿女能从父辈的终点起跑，那么现在绘画成就最大的该是唐伯虎的子孙，写作上成就最高的该是苏东坡的后代，书法界集大成者的祖宗必然是王羲之，可事实真是这样吗？艺术界自然有父子在同一领域，各自都有杰出成就的，如大仲马、小仲马。但你要知道，有些事不可强求，每个人都有自己的道路，谁的成功都无法复制。

王哥，你教育孩子，应该培养他的品格，让他学习你的为人正直、认真做事。白糖是糖，红糖难道就不是糖了？只要吃到嘴里甜，何必在意它外在的颜色呢。我们不论从事什么职业，只要为社会为大家做出了贡献，就可感到人生无愧。还是给孩子自由吧，你的成就只属于你，怎么可能成为孩子的资本？大道理人人明白，自己遇到时怎么就爱犯糊涂，是不是自私的想法作祟呢？如果你现在没有任何成就，你也不会忧虑自己积累的人脉孩子无法利用的问题。如果你死时身无分文，你也不会忧虑子女争抢财产的麻烦。

我们什么都没拥有的时候，什么麻烦也没有，就是一门心思干事。奋斗了很多年后，我们事情干大了，什么都拥有了，却操心起这些物质的归属问题。许多人原本是能长成参天大树的，可是种子还没有长大，就被父母嫁接到自己的树上成了一根枝杈，父母活着时成了父母的附属，父母死去时自己也失去营养，再没有向上成长的可能。

王哥，你可知道，人生最可悲的是什么？你是那么的聪明，如果仔细想一想，就会找到答案。

上西安院子吃饭

蛇年夏天最热的时候，树上的蝉一个摇铃都摇铃，树如挂满铃的塔。人们汗如雨下，身子像漏了的桶，好像灌多少水都盛不满。天气火热，大家盼雨，把天看透，一丝云影都没有，甚至连风也没有，整个世界闷沉沉的，像一个密封的罐头。走在街上，人们慌乱如蚁，逃避着火毒的太阳，等坐在屋子吹了空调，却不住地喘息。

这时候要办成一件事难似登天，大家喉咙里不住地冒烟，说话带着火气，话一出口就烫人，想把事情谈成，最后两个人反倒成了挤在一起的刺猬。越是在这个时候，越渴望和朋友知己说话，心里这么念想，朋友的电话就打过来了。正准备携瓶西凤酒出门，另一个朋友也打来电话，大家说了很多地方，都没有合适的，最后春辉兄说了一个地方叫“西安院子”。大家都说没有去过，便来了兴趣，从城市的各个角落向文昌门里聚集。我们在春辉的指引下来到这里，就连叹整天在这里走来走去，却不知道有这样好的一个饭馆，就在卧龙寺的巷子深处。卧龙寺是陕西最古老的寺院，在寺院附近做起吃喝，说明了主人的见识。民以食为天，有了吃喝才能去拯救灵魂，吃喝和礼佛正是一体。

西安院子这家饭店，确是在一个大的院子里面，院里的树荫刚好遮住太阳，整个院子满眼是绿，大家的眼底生出一股清凉。大院里的水缸等摆设是旧物，古拙而美，墩墩胖胖，招人喜欢。大家笑吟吟入座，都说天怎么不热了，于是仰头看天，树的伞遮住了天空，看不到天，看到的是头顶错综复杂的枝叶。

我看见朋友身上有萤火一样的东西抖动，仔细再看，是树枝漏下的光斑。大家说地方好，不知饭菜如何。看了菜谱，便知道是做西安本地菜，“葫芦鸡”必定是看家手艺。西安的菜肴首推蓝田，这里自然少不了蓝田的吃喝，大家你点我点，很快便凑成一桌。菜点完了，就吩咐拿来碗倒酒。碗拿来了，是粗瓷大碗，正应了我们的心意，如果是小酒盅或玻璃杯，怎能适合此情此地。轮流倒了酒，凉菜就上齐了，朋友们吃喝不用讲话，没有什么约束，端起碗大口喝酒，放下碗不骂娘而是继续吃肉。

喝下了三口酒，喉咙就解放了，整日里不想动的喉咙灵活起来，开始说文学、说历史、说生活、说新闻，说完仰头一口酒便下肚。祝西伦突然叫一声，我们都朝着她指的方向看去，原来是三个穿着古代马褂的人，两人挑着箱子，一个人在前鸣锣，箱子卸下，里面放着的就是蓝田的名吃“八大碗”，所谓八大碗就是八个大蒸碗，里面是黄焖鸡、小酥肉、烧三鲜等八道菜。我在饭馆吃过很多次蓝田八大碗，但这样的打扮来上菜还是头一回见。彭宏首先拿了手机去拍照，院子里的食客都站起来看。我心里想怎就没人唱段秦腔，有了秦菜秦酒，还要有段秦歌才好。正想着，一个男人就敲着碗唱：他大舅他二舅都是他舅，高桌子低板凳都是木头……

太阳下去了，院子里有了凉风，人们心情畅快，醉醺醺而生出美妙的感觉，仿佛我们就在古时候，此刻就置身哪个亲朋好友的宴席上。

春辉兄说：这个地方有味道呢。

我说：今天的聚会是缘分，希望常相聚。

大家都说今天是难得的，好像上天安排，几拨人能聚到一起，就要珍重今宵，更珍重明天。于是喝干了碗里的酒，都觉得很惬意，感觉来时的心烦没有了，暑热也早已散去了，精神就渐渐饱满起来。

此时，大家走出饭馆，映入眼帘的是一轮圆月。

神圣的骨头

如今养狗的人越来越多，似乎只要想养狗，狗就会自动找上门了。过去，赠送狗崽这样的好事，只限于亲戚、朋友、同事。现在就不一样了，微信朋友圈或者QQ空间里时不时就有认领狗崽的消息，不管对方认不认识都可以赠送，有的不仅赠送狗崽，还捎带赠送狗笼子及相关用具。这种情况，在20世纪六七十年代是难以想象的，那时候差不多的家庭都没钱，城里人买粮还要用粮票，养狗是极少见的事。在当时的人看来，农村人养狗是为了看家护院，城里人养狗则属于资产阶级的低级趣味。

西安城里养狗的潮流，是从20世纪90年代中期开始的，社会上出现了珠光宝气打扮时髦的年轻女孩抱着狗，从蓝鸟、皇冠、红旗轿车上款款走下来，好像仙女下凡一般。上了年纪的人还以为是电视剧里国民党官员的小姐太太们从台湾返回大陆了。如今说到宠物这个词，我想是先有宠人才有宠物的，这也体现了老祖先爱屋及乌、推人及于万物的思想。

当社会上的私营老板如雨后春笋般成长起来的时候，养宠物已不是什么新鲜事。每到周末，我家附近的文艺路上人山人海，狗叫声此起彼伏，人呼其为狗市。卖宠物和买宠物的人在狗市讨价还价，卖的人极力赞美宠物的完美，买的人极力找出宠物的缺憾，双方在完美和缺憾的天平上找到平衡，达成这桩买卖。卖宠物的人揣着钞票兴尽而归，买宠物的拉着宠物陶然而去。人走光后，遗留下来的满地狗屎都属于清洁工人。

凡是拿来在狗市上交易的狗，都必须具备听话的基本素养。不仅要听老主人的话，更要听新主人的话。如果在买卖过程中，狗大声嚎叫或违抗指令，就极有可能使新主人放弃这桩交易，如果狗敢对新主人做出放肆的事情，那么等待狗的将会是极其悲惨的命运。

我曾看见一条狗咬伤新主人的手指，这只狗向老主人号叫着抗议这桩买卖。最后，被咬的新主人得到了老主人的赔偿后愤愤而去。这只闯了大祸的狗，蜷缩在笼子一角，它可怜巴巴，不清楚下一刻将会受到怎样的惩罚。老主人默默地从口袋里掏出一支烟点上，对身边年轻的伙计使了一个眼色。伙计从口袋里拿出一块骨头对着狗摇了摇，然后把狗从笼子里放了出来。就在这条狗忘乎所以，似乎还带着些许委屈的感觉舔这块骨头的时候，伙计很快用一条皮带把狗的脖子紧紧勒起来，然后把狗吊在身后的铁栏杆上，狗紧紧咬着骨头，死活都不肯松口，尾巴和后腿使劲摆动，也就是半分钟，狗渐渐没有力气动弹了。这条可怜的狗口中紧紧咬着的骨头掉在地上，狗发出几声低沉的哀号。周围笼子里的狗不寒而栗，它们似乎从这条不幸的狗身上，学会了做狗的道理。周围的人质疑狗是不是死了，有人建议用锤子再敲击狗头，有人建议给狗嘴里灌些冷水。永远都不会缺席的好事者，不知从哪里借来锤子上前敲击狗头，又有好事者拿着矿泉水瓶子给狗嘴灌水，最后狗的眼珠爆了出来，两颗眼球靠肉线牵着，挂在狗鼻子两边。人们为证实了刚才狗没死的结论而兴奋，也为狗现在死了没事可做感到无聊。总之，这只冒犯人类的狗就是这样悲惨的结局，伙计拖着死狗在别的狗前展示的时候，所有的狗都明白了人类就是权威，冒犯权威就是死罪。

当我家院子里很多人开始养狗的时候，我的母亲也买来一只京巴狗。这只小小的狗崽一身白毛，不甚会走路，走五六步就翻一个跟头，好像一团洁白的雪球，我的母亲为它取名球球。球球是条漂亮的母狗，它会走路之后，我才真正欣赏到它湖水般清澈的双眸、巧克力般可爱的鼻子、天鹅绒般顺滑的狗毛。当时，院子里的狗已分出三六九等，有的狗因自身血统尊贵而狗眼看人低，有的则因主人的身份而高人一等。如果以血统论，尊贵的似乎是来自美国、欧洲的狗，其次才是球球这样的国产狗，最次的就是本地的土狗。如果以主人的身份来论，则有退休老领导的狗、厅长的狗、处长的狗、科长的狗之分，最次的就是普通职工的狗。这些眼花缭乱的划分是我长大后才明白的，当时我并不清楚狗也有这么多等级，我眼里的狗都是狗模狗样，并不懂得狗之外的那层荣耀。

有回，我牵着球球出门，一只沙皮狗扑了过来，这只沙皮狗见了漂亮的母狗就纠缠，是院子里有名的色狗，我家球球属于母狗中的少女狗，自然惹得这只狗纠缠。我当时并不知道沙皮狗的主人是位德高望重的老领导，我只是想教训这只沙皮狗，就拿着地上的大扫帚驱赶它，在它的背上用扫帚杆狠狠扎了几下，这只狗没料到我竟然如此教训它，似乎觉得我的来头很大，吓得拉了一地狗屎落荒而逃。后来，我见到这只沙皮狗，它就害怕得浑身发抖，老远就躲起来了。直到两年后的一天，我去沙皮狗的主人家里，它借着老领导的威风，对我毫不客气，又是号叫又是扑咬，让老领导十分诧异，赶快叫家人把它拉到阳台上。但是这只狗不依不饶，依旧在阳台上抗议着我，直到我走出家门，它才安静下来。

我们一家都很喜欢球球，球球也很通人性，不像一些狗凭借宠爱得寸进尺，客人来了还是叫个不停，或者到处乱拉乱尿。我的母亲那时经营一家熟食店，早上出去就把球球拴到店门旁边，很多顾客来买东西，还会逗球球玩，长此以往我能看出球球早就厌烦了，可它还是积极配合顾客们的喜好。比如顾客会让球球转上一圈，或者让球球翻个跟头，然后奖励球球一些零食。记得是周末的清晨，母亲突然回来，告诉我球球丢了，当时母亲的店里还经营早餐，早餐结束后母亲发现球球不见了，当时是早上九点。球球和狗链子都不见了，母亲怀疑是被狗贩子牵走了。就在母亲发动朋友寻找球球无果的时候，聪明的球球竟然自己回来了。我正在家里为球球的走失难过的时候，门外传来球球的叫声，我打开门，球球进来就舔地上放着的洗脸盆里的水。我母亲后来总对我说，球球失而复得实在太奇怪了，因为球球脖子上的链子不见了，球球是不可能解开链子的，它究竟遭遇了什么，我们只能猜想。也许真的有人想牵走球球，解开球球脖子上的项圈，球球却趁机逃走了。有了这次的经历，我们一家更爱球球，珍惜球球和我们的缘分。说起来，我和球球仅有的一次冲突，是在夏天黄昏的时候，我发现球球在啃母亲店门外地上一块脏兮兮的骨头，我当时害怕球球吃了不干净的东西生病，上去把脏骨头一脚踢飞，却没料到球球上前对我露在凉鞋外的右脚大拇指就是狠狠一咬。我生气地骂着球球，店里的伙计跑出来要打球球，球球却机灵地窜进店里，躲到母亲的身后。那天晚上吃饭，我很生气，球球像做错事的小学生，蜷缩到沙发旁边，用犯错的眼神看着我们。我毕竟是孩子，孩子的心中不会有长久的怨恨，更何况球球是只狗，很快我对球球的态度改变了，我也不再说要把球球扔掉的气话了。

大概没有一年时间，西安城里因为宠物狗咬人的事件屡屡发生，就开始打击宠物狗。当时组织的打狗队就是后来第一批的城管，他们手拿网套、铁叉、钢棍等器具，开着一辆摆满笼子的卡车呼啸而来。当时央视正热播《水浒传》，人们看见这浩浩荡荡的打狗队，就像看见《水浒传》里祝家庄捉拿梁山贼寇的全副武装推着槛车的队伍。打狗队属于临时组织，很多成员都是附近农村的村民，他们不会考究狗的血统，也不会关心狗背后的主人。那些依仗自己血统或者主人身份而死命抵抗的狗，最后基本上被打狗队当场镇压消灭。主人在一旁爱莫能助，哭着喊着骂着，有的还当场昏迷过去。打狗运动的后期，打狗队惯用的办法就是给狗下毒药，只要狗舔一口涂在骨头上的毒药，没过几个小时就呜呼哀哉了。狗舔骨头是天性使然，打狗队采用这样的办法，狗几乎都难逃厄运。

就是在这样的情况下，我们决定把球球送到我乡下的姨妈家里。球球和我分离的第一年，我去见球球，它还认得我，对我摇尾巴，还上来和我亲热。等我第二年见球球，球球对我就很陌生了，我要拿骨头才能吸引它，否则它对我似乎爱理不理，毕竟我已不再是它的主人。第三年我去见球球，它对我一脸凶相，那时它为姨妈把守院子的后门，我要想通过也是绝无可能，它对我上来就是扑咬。后来表哥对我说，球球到乡下的第五年，得上了一种奇怪的疾病，不停地绕着圈咬自己的尾巴。没过多久，就在一个阴冷的雨夜里，球球告别了这个世界，临死时还咬着一块骨头。

记得一位动物研究专家曾对我说，人类驯服狗要的就是狗对人类的忠心，人类也掌握着狗的生杀大权，不管是对狗施以毒打或者阉割，或是让狗和它不喜欢的狗交配，或是把两条热恋的狗拆开，对于狗都只能接受。但是要记住，千万不要动狗的骨头，狗之所以能被人类驯服，就在于人类给了狗其他动物的骨头，避免狗与狗之间的厮杀，这就是狗与人类关系的契约。

小的时候，也就是20世纪90年代，我还曾看见过傲然于世、脱俗绝尘的流浪狗，它们维护着狗的尊严，不过这样的狗今天似乎看不见了。它们对人类抛来的骨头无动于衷，它们对人类的收留不屑一顾。它们只吃自己在集市或垃圾桶里寻觅到的食物，它们生活在自己喜欢的地方。这些强健的公狗、美丽的母狗，属于狗中的异类，它们寻觅到的骨头可能散发着浓烈的恶臭，但对于它们却如同生命般无比神圣。

考　试

我常常想，发明考试的家伙真是个天才，如果没有考试，生活和工作将要产生多少矛盾、多少麻烦。金庸的武侠小说里的英雄人物为了争夺武林盟主，血流遍地、家破人亡者比比皆是。如果把考试这个概念引入武侠世界，那么多少问题将迎刃而解，至少不用一个站起来就要有另一个倒下去。

考试看似是测验知识，其实也是在解决实际问题，是实用主义的产物。一位名校的校长曾对我说，如果不考试，那么中国人只能是走后门拼关系，关系硬的取代关系软的，背景大的取代背景小的，这将是多么可怕的局面。

考试对于学生而言总是可惧的，考前熬夜备战，考时抓耳挠腮，考后长吁短叹，最可惧的还是家长和老师的斥责，如果这场考试还产生其他后果，那么就更可怕了。相信各位读者，一定听说过学生中高考不利跳楼自杀的消息。一纸试卷如此可畏，成绩公布的瞬间，试卷犹如地震，即使不让人倒下，也要使人摇晃几下。

生活当中，经常有家长发火斥责儿女考试没有考好。我问家长，是不是孩子考试发挥失常了？家长对我说，并非考试发挥失常了，而是这个孩子平时不好好学。我听了很奇怪，就对这个家长说，平时不好好学，考试检验出了孩子的真实水平，这样的事高兴还来不及，为何要对孩子发火呢？平时没有好好学，考试反而考得很好，一切问题都遮掩起来，这才是可怕的事情。这位家长听后陷入沉默。他对我说，考试考学生的知识，也是考家长的心态，这证明他对孩子平时的学习关心不够，孩子成绩出来了，最应该反思的是他，而不应该对孩子发脾气。

中国人长期与考试厮磨，对于考试可谓又爱又惧。爱的是考试的公平，这下不用走后门拉关系了；惧的是害怕自己考不过别人，考完之后连着几个晚上彻夜难眠。考试考出的何止是水平，也考出了人性。考试的主要目的是检验水平，自然衍生出一个作用是区分高低。考试想让人心服口服何其难也。

我在外县有个好朋友爱书法，他对谁都不服，当地人给他起名“王骄傲”。他曾经和一位青年书法家比试，让人定好了考试内容，两人在同样的时间分别写同样内容的楷书、草书，写完之后让评委打分。结果那位青年书法家胜出了，有人问我的好朋友服不服，我的好朋友一个劲地说不服。下午我和他在县招待所吃饭，我对他说：“哥，你的书法真不如那个小伙子。”我的好朋友对我嘿嘿一笑，他说：“哥也知道技不如人，写得好不好我还看不出来，但是哥好歹一把年纪，如果服了那个毛头小子，以后这张脸往哪搁呢？哥也有说不服的权利，哥是心服口不服呢。”

考试的功利性，也催生了考试的作弊，谁一辈子考试没作过弊，或者没有作弊的想法呢？我在小学的时候，语文、数学都名列前茅，但还是有几回作弊，原因是对自己的不自信。最有意思的是有一回遭遇了一道难题，我写出来后觉得不放心，就朝同桌的试卷瞥了一眼，发现他的答案和我的不一样，我反复思考，犹豫不决，最后写了同桌的答案。考试结果出来了，我考了97分，同桌考了100分。我就奇怪了，我问同桌："你的这道题怎么对了，我的反而错了，咱们答的是一个答案呀。"同桌对我说："我最后不放心，抄了你的答案，你的答案是对的，所以我得了满分。"同桌的话，让我哭笑不得。

人性里不仅有不自信的东西，自然也有心怀侥幸的东西。每年多少家长为了送孩子上名校，动辄挥掷十几万元乃至几十万元，这里面有多少孩子和名校的要求存在着差距。据我多年的观察，凡是和名校的水平差距很大而进了名校的学生，最后都是或大或小的悲剧，他们的悲剧从进校的那天就开始了。人和人是存在差距的，我们生下来，长相、身高、视力、听力、嗅觉都和别人有这样那样的差距。承认差距，才能认识自己。悟出了这个道理之后，我觉得世界真可谓风轻云淡。其实适合自己的才是最好的，不适合自己的终归是一场灾难。认识到了这一点，明月在天，对我只是一种享受，并非猴子捞月一样苦苦不得而引发的折磨。曾经苦苦折磨我的所谓有天仙之姿的女子，在我也只是一种享受，正是理解了差距，我才觉察出人生的诸多可爱。

如果有一天，我们每个人都清醒地认识了自己，那么考试也就没有必要存在了。当考试的结果如吃饭喝酒一样，只是区别谁的量多量少的时候，那么谁会争着抢着吃撑喝多让自己难受呢？一位北京的演员，她当年没出名的时候，我们说到另一位和她年龄相仿的明星，她对我说："我的确没有她长得漂亮，这是不争的事实，但是我会努力提高演技，我相信我会取得成功！"我发自内心地喜欢这位演员，我觉得她的智慧高人一等，她肯定能成功。果不其然，算起来那年和她在北大未名湖见面之后，也就过去了五年，她如今可谓名满天下。

记得我爷爷在世的时候，曾对我说，过去有多少在革命期间立下赫赫战功的人，新中国成立后因为文化程度低，不能适应行政工作，自愿回乡当一位农民。其中有一位和我爷爷是战友，新中国成立前是第四野战军某师的副师长，他对我爷爷说："革命战争需要的是视死如归的武人，现在搞建设需要的是才能突出的文人，我把自己的官位让出来，让有能力的人上来，这对国家有利，我回乡务农也是自得其乐。”

当我们有一天，发自内心地对所有的职业都能尊重的时候，我们的考试自然没有人会作弊。当我们有一天，发自内心地承认差距并能发现自己的时候，我们的考试也就没有存在的意义。当我们有一天，整个社会不热衷于做官发财的时候，我们的民族就会大有希望！

慈　悲

光明在胸享清凉，慈悲为怀度众生。
转诱成缘真欢喜，如梦初醒在眼前。

——作者自题

读毛泽东《贺新郎·读史》，全诗短短的一百一十五个字，纵横人类几百万年的历史。人类从愚昧到文明的过程充满残酷的斗争，毛泽东用“人世难逢开口笑，上疆场彼此弯弓月。流遍了，郊原血”来形容。我们今天的太平世界来自战争。面对历史的风云变幻，其间战争的流血牺牲，毛泽东在另一首诗《七律·人民解放军占领南京》中以“天若有情天亦老，人间正道是沧桑”高度概括，一切缘起缘灭，都在这句诗里。

一位老人，在晚年回首往事，他最不愿提及的反而是他年轻时曾说的“平生最快乐的事”。那是1945年，十几位革命同志惨遭敌人杀害，他由于外出工作躲过一劫。后来，他投奔第四野战军。当第四野战军百万雄师过山海关，和平解放北平，他带着部队捉到敌人，在村子的打谷场上历数敌人的罪行，然后用一挺机枪将他们扫射枪毙。他站在夕阳之下，对战友说：“这是我平生最快乐的事。”

当他老了，他的孙子希望他讲述往事，唯独这件事他闭口不谈。当他去世多年后，他的战友将这件事告诉他的孙子，他的孙子始终不明白他为何不愿谈这件他所说的“平生最快乐的事”。后来，他的孙子遇见一位高僧，把这个故事讲给这位高僧听，高僧说：“凡事种恶因必有恶果，自作孽，不可活！不杀这些人，他们也会堕入三恶道中，一失人身，万劫不复。老人家超度他们，减少他们的罪恶，真乃慈悲为怀！”

我对很多人讲过这件事，故事里的老人就是我的爷爷。

人活在世上，最珍贵的东西就是生命，我们的生命来自父母，父母的生命来自祖先，祖先在漫长的岁月当中，要经历多少坎坷波折，才将生命传递到我们这里。

历史上的一场洪水，淹没一个村庄，一对父母将嗷嗷待哺的婴儿放进家中唯一的木盆，自己选择被洪水淹没，这个婴儿被另一对善良的夫妇收养，这个婴儿最后长大成人，这或许就是我们的祖先。历史上的一场地震，毁灭一座城市，一对父母将仅剩的口粮都给了自己的孩子，让他逃了出去，他们选择饿死，这个孩子最后长大成人，这或许就是我们的祖先。历史上的一次火灾，烧毁一个村镇，一对父母将自己的孩子放进家中唯一的水缸，他们丧生火海，这个孩子最后长大成人，这或许就是我们的祖先……

历史的旷野上，这样的故事也许层出不穷，每当我闭目凝神时，似乎听到历史的旷野上传来祖先的脚步声。

咚，咚，咚，咚，咚，咚……

祖先的脚步声，连通了我们的生命，祖先也为我们的生命做了细致的安排。祖先要经历多少次迁徙，最终落脚的地方，才是我们生命诞生的地方。生命是多么玄妙的东西，我们敬畏生命，就像敬畏日月星辰、高山大海。

人世间最强大的力量就是慈悲，人世间最宝贵的东西就是智慧。一位大德高僧对我说：

“心怀慈悲，天下太平。传播智慧，即为行善。”

“大慈与一切众生苦，大悲拔一切众生苦。”

中国的君子风范、江湖义气，外国的绅士风度、骑士精神，本质都是讲慈悲。

慈悲，即为让每个生命有尊严，当你穿着鞋想到还有人没鞋穿，当你吃上饭能想到还有人没饭吃，当你有衣穿想到还有人没衣穿……

慈悲，也是止戈为武，也是惩恶扬善。

伟大的爱国者赵朴初居士，正是一位有大慈悲的人。他目睹帝国主义的野蛮侵略、封建地主对农民的残酷剥削，立下救国救民的志向。他动员上千名青年参加抗战，他团结爱国人士和国民党黑暗腐朽的统治斗争。赵朴初居士清楚，战争就有牺牲，斗争是要死人的，可是心怀慈悲，为解救众生，死何足惧也！

为了世界太平，地藏王菩萨说：“地狱不空，誓不为佛！”

面对恶人，我们出拳相击，这拳头也是满含慈悲。好人哭，坏人笑；善人哭，恶人笑，世界岂能如此，慈悲也是惩恶扬善。

心怀慈悲，天下太平！

人　气

方弟，你怎能说人身上不存在气场呢？反正我对存在气场这一说法深信不疑。你想想，一年四季，是不是春有生气、夏有暑气、秋有金气、冬有寒气？古人说，珠光有宝气，火焰生蓝光。太阳若没阳气，万物就难以生长。月亮若没阴气，人类如何休息？孟子说："我善养吾浩然之气。"会议主持人若没有气场，那么开会总是乱糟糟，谁也不会安静；警察若没有气场，自已胆先小，走在大街上如何震慑犯罪分子；教师若没有气场，课堂上你吵我闹，哪会有良好的学习氛围。许多年轻人当老师，上课闹哄哄的，他们总怪学生不听话，他们又怎会明白，他们压不住学生叽叽喳喳的说笑，是因为他们没有气场的缘故。你想想，再破烂的寺庙，只要摆放一尊佛像，这座庙就有了佛家的气场，谁见了都心存敬畏。

中国文化中有十二个生肖，在我看来，这十二个生肖，其实就带着十二种气。平时或在旅途，或在聚会，我闲着无事，就喜欢观人，观男人也观女人。当然我是男人，自然喜欢注意女性，尤其注意漂亮的女性。我说的漂亮，不是指容貌漂亮，而是指气质升华形成的漂亮。

你想想，十二个生肖中，鼠有精明气、牛有老实气、虎有威武气、兔有敏锐气、龙有神秘气、蛇有灵巧气、马有勤苦气、羊有乖顺气、猴有机灵气、鸡有潇洒气、狗有忠实气、猪有憨厚气。人的身上，有时不是带着一种气，而是带着很多种气。你对我说，谁谁属猪，但一点也不憨厚，反倒像鼠一样精明。你有没有想过，会不会是他的父母，或老爷老老爷谁属鼠，他家族遗传的这股精明气，在他的身上显现出来了？

评价房子端不端正，不是说房子某部分端正，而是指房子整体端正。唯有整体端正了，房子才看着美观。人也一样，人的美好，是从人的外部和内部来考量的，外部就是指人的容貌，内部就是指人的心灵。花容月貌却心肠蛇蝎，这种人就像精美的点心盒里包了泡屎，不接近只是看还可以，若接近了，就能把人恶心死。心肠善良即便容貌不佳，这样的人，虽然初次见面不赢人，但时间长了，绝对能得到大家的青睐。看来，气的形成是在体内，而不是在体外的，难怪苏东坡说，“腹有诗书气自华”。

小偷穿得再排场，也难以改变他的贼眉鼠眼。这类人不拿正眼瞧人，总爱斜着眼瞟人，他们偷习惯了，身上也自然有了贼气。如果说小偷的偷窃，是为生活所困，偷点拿点人还能够理解。让人不能理解的是那些欺世盗名之人，他们剽窃别人的知识成果，来给自己获取名利。他们大多是有文化的，书没少念，却把书念到狗肚子里去了。

我平时爱给人看相，也不是封建迷信，而是为了锻炼自己的判断力和观察力。甘肃的一位朋友，几年前让我看一个人的视频，说这个人年纪小成就大。我对他讲，先不说这个人有什么成就，单从他的面相看，我就看出他的脸上有贼气。朋友问我原因，我说他的这些照片，没有一张是表情自然、气质阳光的，他从不拿正眼瞧人么。果然，我最近去甘肃，那位朋友告诉我，这人被揭露了，他写的作品没有一本是自己的，全是抄袭他人的，这次之所以被揭露出来，是因他抄得顺手了，脑子迟钝了，连别人后记上的署名也抄了。有句老话说得真好，三年不打，贼自招。

一个人如果内心善良无私，他为人就正派，他的气质就阳光；一个人满脑子歪门邪道，他为人就狡诈，他的气质就阴暗。人年轻的时候，要珍惜身上的朝气，二十多岁正是敢闯敢干的年纪，等过了这个阶段，朝气不再，人的胆子和魄力都渐渐衰退了，想干什么事也就很难了。

方弟，我有意不见你介绍的一些人，不是我摆架子，不是我讲排场，实在是因为他们要么太自满，要么太悲观。我怕我见了他们，添了邪气，泄了锐气，我以后想干什么都很难了。要知道，人之气，从来是泄起来容易聚起来难。

友：冠琦

2014.6

活　法

每个人都有自己独特的活法，正如世上没有两片相同的树叶。

——题记

活人真不易，人从娘肚里落下来，只是一个笨拙的肉疙瘩，注定不会顺利。光是说话、走路、穿衣、吃饭，一遍遍练习，一遍遍失败，整日里哭，世上的事情咋就不由我做主。等到稍稍长大了，从一次次的失败中琢磨出了一点经验，这经验何其宝贵，好像落水的人抓到救生圈，一旦抓住就不愿松手。

每个人走过的路，就是依靠自己的经验，一步一步蹚出来的。遇到高人指点，借鉴了高明的经验，也许路会走得更顺畅一些。好比长跑，有跑在前面的人，也有跑在后面的人。跑在前面的是少数，跑在后面的是多数。故而世上的大人物稀稀落落，小人物密密麻麻。

大人物之所以成为大人物，不一定完全是自己的本事，有时候也依靠先天的优势。有的大人物在没有成为大人物时，他的父亲、他的爷爷、他的七大姑八大姨就是大人物，他得到了亲属们独一无二的经验，有了路线图，自然比一般人走起来要快。古人说，听君一席话，胜读十年书。我少年时常认为这句话浮夸，后来才体悟出这句话的真实。学问无穷，思维无尽，一个人成天看书又能如何呢？有时候，自己几个月读书探索出的道理，可能还不如别人的三言两语有价值。人们注重表达自我，往往忽略倾听别人。每一次与人交谈，要么是自己喋喋不休，要么是极力驳倒别人，证明自己有理。人越走越偏，越来越固执，最后不可能有大气候。倾听别人，不是听别人的毛病和缺陷，而是听别人的经验和道理。唯有别人告诉你真实的经验，你才能得到宝贵的营养。很多人每天也在听，听亲人、朋友、下属说话，可是听到的都是假话，假话是没有价值的，除非你有超常的感觉，听出他在哪个环节上造假。

历史上有很多智力超常的大人物，早年英明伟大，晚年荒唐糊涂。我常常望着摆满书架的《二十四史》沉思，书中很难找到不走下坡路的大人物。他们早年英明伟大，因为常听到真话，晚年荒唐糊涂，竟然听不到真话。真话有价值的地方，就是它蕴含着成功的经验，这是别人摸索出来的，好像一个被证明过的公式。只要符合公式的条件，它就能投入使用。同样的道理，如果我们看的书满是假话，那么这样的书就没有一点价值，这样的书使人越看越愚钝。不幸的是，从古至今，写满假话的书太多太多，人越学越偏执，越来越糊涂，这大概就是统治阶层另一种高级的“愚民”政策。这也就解释了，为什么有的人读书很多，最终一事无成，有的人没读过书，却能够取得成功。

如何活人，活成什么样的人，这比活着本身还至关重要。每个人来到世上，都是发现自己、欣赏自己、悦纳自己、成全自己，最终完成生命这个奇妙的过程。生不由我，死不由我，生死之间的活法由我。有一天时光，就要有一天的活法。

当人明白活着首先为自己，自己对自己负责，就把日子活出了味道。于是，怎么活就全由自己。“浮生常恨欢娱少，肯爱千金轻一笑”

是一种活法，“山僧独在山中老，唯有寒松见少年”也是一种活法；“陈王昔时宴平乐，斗酒十千恣欢谑”是一种活法，“若能杯水如名淡，应信村茶比酒香”也是一种活法；“人生得意须尽欢，莫使金樽空对月”是一种活法，“竹径有时风为扫，柴门无事日常关”也是一种活法；“春风得意马蹄疾，一日看尽长安花”是一种活法，“但愿老死花酒间，不愿鞠躬车马前”也是一种活法；“一万年来谁著史，三千里外觅封侯”是一种活法，“宠辱忧欢不到情，任他朝市自营营”也是一种活法。

贫困也好富贵也好，懒散也好勤劳也好，有名也好无名也好，最终都是为了让自己的内心充盈，不枉来一次人间。

在所有活法之中，我更欣赏那些把自己活成一束光的人，燃烧自己，照亮世界！

三拐弯巷

西安到底曾经是皇都，不说城内古老的城楼、耸天而立的佛塔、香火鼎盛的寺院，单说我们日常经过的一条街或一条巷的名字，就有让人长久回味的地方。

有朋友说，一切都有命数，出生年月是命数，名字是命数，家住哪条街道也是命数。中国几千年流传下来的《易经》，就是在琢磨天地人的命数。我的一位朋友，从国外留学回来度假，见了我先告诉我，他穿的鞋是美国的，鞋里有气垫，一双鞋就要好几千元。我说，怪不得你走路轻飘飘的，原来是脚底生风。他开始向我抱怨，说他回来刚考了驾照，发现中国不仅是交通拥堵，这路名也极为难记，有次他开到西安的永兴路，竟像进了《水浒》里祝家庄的盘陀路，最后车开不出来，只好叫了辆出租车，让出租车在前面带路，他在后面跟着才得以出来。他对我说，我们美国的路名好，都是带数字的，从一路到十几路几十路，永远不会出错。听到这里，我就说，西方的城市，路名就像旅馆的房间号么。

刚过去的蛇年里，我被几件事缠着。烦恼每每一来，人就难受得如浑身瘙痒，狠劲挠了，暂时得以解脱，但过后定要反复。在这期间，我遭受了多少误解和委屈。你把吃奶的劲使着，别人不认可，你倒贴钱给人办事，办成了别人还不认账。我恋爱的时候，也没这么委屈过，我的女友也没让我当牛做马，把我吆来喝去。当我把这些不如意说给李哥的时候，他对我说了段佛家的话：我于人有功，人忘我，天不忘我。听了他的话，我的内心顿觉豁达。我和李哥吃饭的地方，我一直不知道这条巷的名字。只知道这一带叫香米园，出过一位叫何海霞的大画家。何是张大千的学生，20 世纪 50 年代从北京来西安，和赵望云、石鲁等人创建了“长安画派”。记得何海霞的学生，陕西一位很有名的画家，曾对我说，他的老师当时住在香米园，住房条件极为简陋。“文革”期间，何海霞受冲击，每天被红卫兵带到西安钟楼的走廊上罚站示众，天刚明就要去，夜里九十点才能返回。许多老百姓怕他精神上顶不住，都悄悄安慰他。一位在饭店打馍的回民师傅，看何海霞遭受这样的折磨，心里极为难受。他每天都多打几个馍，趁红卫兵回家，就把酥软热乎的馍塞到何海霞的手里。何海霞后来名震大江南北，一直感恩陕西的老百姓，陕西人去北京求他画画，何海霞是有求必应的。他对我说，自己的老师何海霞，离开香米园的时候，想到自己遭受了这么多磨难，眼泪就忍不住淌下来。就在这时候，何海霞的眼睛突然盯住街上的一块牌子，看了半天竟又笑了。他顺着何海霞的目光看过去，路边那块路牌上写着：三拐弯巷。

有天我和李哥吃完饭，他送我往巷子外走的时候，我问他这条路怎么曲曲折折，他说巷子不曲折，怎么能叫三拐弯呢。我听了这个名字，心里咯噔一下。他一说完，我就知道我和这里是命中有缘的，这条我经常走来走去的巷子，不也向我的人生有所预言么。记得宋代的黄庭坚在《寄黄几复》中有这样一句：持家但有四立壁，治病不蕲三折肱。古人说，经历几次骨折，就能当位好大夫。现在我的朋友们，差不多都干成了各自的事业，我遭遇了这么多的挫折，又岂能总是一事无成。

一拐不得出，再拐不得出，三拐必然就能出去。

李哥，我该怎么形容这条巷子带给我的思想上的启迪？又该怎样形容，我在这里时思想上所得到的收获？你想想，我们过去曾激烈讨论、反复推敲、不舍追求的目标，岂就能因一两次碰壁而搁置呢？人生的道路是那么长，我还想完成许多事情。在未来的旅途里，难道我们就不会遇到一条又一条如这样的三拐弯巷。过去，哪次不是你送我走出这条巷子，我以后的道路，又怎能少了你的陪伴，我的老哥哥。

男女之间

人生下来最大的区分就是性别，同样都是人，性别就像木碗和瓷碗，刚开始制造的时候就确定了。于是，经常有男人遗憾自己不能是女人，也有女人遗憾自己不能是男人。世间超越性别的只有佛，佛是大智慧的象征，佛眼中的男女皆为众生，故而世间的男女都愿意拜倒在佛的脚下。

孩童时代对异性的身体朦胧之中就清楚了，人类的这点秘密，早在山顶洞人时期就不复存在了。随着成长发育，男娃成为男性，女娃成为女性，性别就是最大的界限，即便是母子或父女，也不能跨越这个界限。

我上小学的时候，虽然没有像有的男孩一样，为自己不能是女孩而遗憾，但是我也为了读不懂女孩的心思而烦恼。男孩不明白女孩的世界，想不通女孩的多愁善感，为花花草草、小猫小狗流涕落泪，更不懂女孩为何会喜欢腻歪的洋娃娃、爱玩无聊的跳皮筋。女孩不明白男孩的世界，想不通男孩的大大咧咧，有时被大人们打骂后依旧是没脸没皮的样子，更不懂男孩为何喜欢在球场上野马一样疯跑，总把自己弄得满身泥满脸灰，有时摔得一瘸一拐还不改其乐。那时候，男孩的世界和女孩的世界似乎是对立的两极，如果哪个男孩和女孩关系太近，就会被自己的性别世界所排斥。我上小学的时候，就有男孩是女孩的样子，喜欢和女孩们跳皮筋，也有女孩是男孩的样子，喜欢和男孩们踢足球。像女孩的男孩，女孩并不将他视为男孩，故而可以无话不说；像男孩的女孩，男孩并不将她视为女孩，故而可以勾肩搭背。当男孩女孩度过了青春期，似乎就不再保守自己的世界了，这时候男孩的世界和女孩的世界，从互相对立过渡为互相吸引。男孩和女孩将有很多异性追求视为荣耀，虽然表现出无所谓的样子，心里却是甜滋滋的。这时候，大多数男孩不愿意当娘娘腔，大多数女孩不愿意当女汉子，两性之间的区分越来越明显，太阳是太阳的美，月亮是月亮的美。

我上小学的时候，身边有这样一个男孩，他从来不跟男孩说话，他的言谈举止和穿着打扮都给人女孩的感觉，很多男孩都叫他娘娘腔。我并不认识这个男孩，只是听别人说过。但是，我后来知道了这个男孩的秘密。那是冬天的清晨，我负责值周来得很早，当我走到走廊的尽头，发现女厕所门边趴着一个黑影，我喊了一声谁，那个男孩准备逃跑，但是被我一把揪住，我发现这个男孩就是那个被称为娘娘腔的男孩。厕所里的女孩听到外面的声音，很快就跑了出来，低着头从我身边一闪而过。这个男孩跪下来，他恳求我不要把这件事说出去，他说自己从来没有把自己当男孩，但是他就算穿上女孩的衣服、留长头发，依旧不能改变自己的性别，他多么想做一个女孩呀……我很多年后回想这件事，觉得百思不得其解，他为何要偷窥一个女孩上厕所呢，难道就因为他太想成为女孩了？如果他是成人，肯定会被视为不折不扣的流氓，可是在小学生对性别知识懵懂不解的时候，他这样做似乎是种心理障碍。

中国的文化里，崇尚男性阳刚、女性阴柔，男性貌丑似乎习以为常，女性一旦貌丑就是一场灾难，这对于女性极不公平。古代的无聊文人，不论女性貌美还是貌丑，都似乎看不过眼，责怪貌丑的女性出门是吓人，责怪貌美的女性出门是淫荡。读过很多历史书后，我越发遗憾汉民族缺乏少数民族的真性情，很多古人的内心是扭曲变态的。就是现在社会文明进步了，评价女性依旧离不开相貌，这对于相貌不好的女性就是折磨。相反，相貌好的女性似乎处处就能得到照顾。比如，在公交车上，如果是相貌不好的女性踩了男人的脚，男人就会大发雷霆；如果是相貌好的女性踩了男人的脚，男人会欣然原谅，更有甚者说，我把你的脚垫疼了吧？

我们今天的社会，除了欣赏女色之外，也渐渐开始欣赏男色，银屏上有了很多从头到脚打扮精致的男明星受到女性追捧。我们的女性中有了很多女强人，她们喜欢自己在外风风火火挣钱养家，让男性在家安安静静做饭洗衣。我们也许一时不能习惯这样的现象，但是这样的现象就是未来发展的趋势。我们也许一时不能接受男性越来越女性化的穿着打扮，或者不能接受女性越来越中性化的打扮，但是随着社会的进步，我们的心态会开放和包容，男女的中间地带将会越来越广阔。

未来有那么一天，我相信男女之间，有更多美妙的关系出现，并非只是朋友、情人、夫妻这样简单的关系。更广阔的爱将超越现在社会的重重阻碍，男人将不遗憾自己今生做了回男人，女人也不遗憾自己今生做了回女人。

素描画九幅

引子

儿时学画，大家拿着画板坐成一排，等画完了，所有作品摆在一起，偏我画的物体像被汽车压扁了后，拾起来贴上去的。起先，老师说我画画不认真，再后来我集中精力了，依旧还是如此。也是从那时候，我才知道自己眼睛不好，画不好西方画，因为西方画要求有立体感。老师对我说，你也就勉勉强强能画国画。

后来，买了宣纸笔砚，画起国画。一日，某君来家，看了我的作品，对我说你不要再画了，画山水糊弄鬼。我想也是，画画是要心中有画的，生搬硬套着画，自己都看不过去。

这一晃过去了十几年，搬了几回家，画画的家当基本上丢光了，唯独剩了一个黄竹笔筒，丢弃在阳台上。神情失落时，看见了它，就想起自己画画的日子。这些年，总觉得生活大起大落，倒不是说偷鸡摸狗犯了错，或者坑蒙拐骗亏了心。总是从情感上，有饥一顿饱一顿的感觉，都快饿死了连口冷馍也吃不上，明明饱着人却硬给你嘴里塞油饼。你高兴着人扇你巴掌，你难过着人给你笑脸。

在这个过程中，我得到了两个汉代人俑，那是秋天的下午，街上的人潮已散去了。一个拿着大提包的男人，敲了我的门，见了我问，你是刘冠琦。我点头，他就进来了，一屁股坐在沙发上。我正疑惑着，他说他是我多年前一个熟人的朋友。我给他倒茶，就看见他从包里，拿出了一团报纸包着的东西。等他打开了，我看见是两个人俑，一男一女，虽然带着土，但五官清晰，轮廓明显。我不知道他的意图，他也不看我的表情，等摊开了报纸，他对我说，这两件人俑是我那位朋友送我的，一男一女，总共两件。他说，你收好，我走了。他说走就走了。我拦住他，让他喝了茶走，他不喝，依旧走。我跟着他到了楼下，问他那位熟人最近怎么样。他说，喝酒喝醉，倒在路上磕了脑袋，等人发现时已经死得硬硬的了。然后，他那么胖的人，钻进了那么小的车，开了窗户对我招了招手，就挤进马路上车的队伍中不见了。

我爱惜这两个人俑，更珍重朋友生前的情义，便把他们放到了离我最近的地方。

人烦恼了，就看这两个人俑，他们不悲不喜，似乎远离红尘，目光炯炯，又好像对生活充满热爱。

我一直感谢着我的朋友们，他们支持着我，在工作上、生活上给我各种帮助。如果有前世，我的前世是什么呢？我今生来到这世界，又担负了怎样的命运？如我是鸟，就不眷恋陆地；如我是鱼，就不奢望天空。如我今生是僧是道，我就不该爱热闹。但我们谁也说不清，自己今生的命运在何处，只能像蒲公英，落在哪里就长在哪里，既然要长，就要往高往大里长，要长出个头。

不久前，我得到了陕西书法家石宪章的一副对联，我将它挂在了书桌前，上面写的是：烟雨满云悬妙墨，芳舟随处引清泉。几个人看过后，都说这副对联好，寓意是祈求上天赐给自己好灵感。

我来到人世走了这么久，是多么感激朋友呀，那么就在叶黄未落之际，为朋友们拿文字画幅素描吧。

是为记。

潘家兄弟

潘家兄弟住在周至，夏天热的时候，我爱和他们一起去山上避暑。

潘家的老大叫民仓，老二叫民安，都是厚道人，爱读书，善丹青，这在现在的农村极为难得。很早以前，我就想写他们，一直怕写不好。潘家的老大，和我接触多，我和他在山上，住同一间房子，一聊就能聊到半夜。

进了秦岭，潘家兄弟是我的向导，哪藏着什么景点，哪发生了什么故事，他们兄弟都能倒背如流，而且能说得幽默。正是因为他们的幽默，我常常闲了就爱去他们那里。有次我去他们家，顺便提了好烟酒，潘民仓对我说，店里的跳蚤还吃客了。我问为什么，他说咱们让你帮忙，你还给咱们拿东西，咱们不成了旅店里的跳蚤了。

大多数人的生活应是平静如水，生活的意外就像落水的石头，目的是要搅乱生活的节奏。曾有一件小事，让潘家兄弟常常苦恼。他们为了这件事，前几年也常常往返于西安和周至。我和他们在山里的时候，途经一座庙宇，我对他们说，有了苦不当苦是苦，苦也就不苦了。我和他们在乡下，吃着农家饭，身体无比舒服。不说睡的床高低软硬，总觉得睡得香甜。

关于乡村的记忆渐渐远去，我儿时玩过的院落已盖成了高楼，在潘家兄弟这里，我又找到了儿时在乡村的亲切感受。开始他们对我还客气，我去了他们就给我安排宾馆，后来我说再安排宾馆，我就不敢来了。

潘家老大，一喝酒就成了关公，满脸通红，但喝酒再多说话也不乱。潘家老二，平时像个闷葫芦，喝了酒却比谁都能说，能把毛泽东的《为人民服务》《愚公移山》《纪念白求恩》一字不差地背出来。别人怕他喝醉，不让他多喝，他就夺了酒瓶子往怀里藏，像孩子一样可爱，生怕大家让他少喝。

潘家兄弟陪我走过了秦岭的山山水水，让我知道世界上还有一种感情不能释怀。

有时候，在城里心烦意乱，就期盼着潘家兄弟的到来。潘家兄弟来了，和我坐在一起，说乡村的人与事，我的思绪又和他们回到了乡村。是的，我的心还会飞，还会越过一切障碍，飞向我魂牵梦萦的地方。

就在今夜，我感觉思念是一轮明月。

红柯印象

我和红柯先生联系过很多次，他几乎每时每刻都在忙着，好像一个不知疲倦的陀螺。我从报纸杂志上，经常读到关于红柯先生的报道，几乎所有的报道都围绕着红柯先生创作的勤奋，再就是为红柯先生不能获得茅盾文学奖而鸣不平，仿佛红柯先生得了奖，就真的会红得发紫了，他存在的价值似乎就是为了得奖。

然而，直到红柯先生去世，仍然和茅盾文学奖无缘。

有人说，如果他得了奖就好了，得了奖死也瞑目了，可惜没得奖就去世了。红柯先生的价值，已被动地和奖项挂钩。就如现在人们爱说，一个人有没有本事，就看这个人有没有钱。我不知红柯先生如何理解得奖这件事，但是我觉得如果红柯先生为了得奖而得奖，就不会如此勤奋地创作，他应该更多地去天南海北活动，更多地参与各种各样的饭局，扩大自己的知名度，造成更大的影响力，而不是躲进小楼成一统，管他春夏与秋冬。至少，在很多人看来，他创作的勤奋努力恰恰南辕北辙，让他离获奖的道路越来越远。这样的观点，就如越干事越会出事，不干事就不出事的逻辑一样奇特。

当2018年2月24日上午，红柯先生的噩耗传来时，作为他的读者和朋友，我怎能不感到伤心！我和红柯先生在一起最长的时间，就是陈忠实先生开追悼会的那天，我陪同他和西北政法大学李清霞教授去凤栖山殡仪馆。

我永远记得陈忠实先生追悼会那天，天空是灰蒙蒙的，乌云笼罩苍穹。我的车先接了李清霞教授，然后车开到明德路口，红柯先生和他的大学同学吕志军刚好走了过来。红柯先生打了个长长的哈欠，说他和同学在招待所的房间里聊了一夜。按道理，熬了一夜的人应该好好休息，但是红柯先生上了车，不仅没有利用这段时间好好休息一会儿，反而开始兴致勃勃地说话。我第一次听红柯先生谈话，他是我见过的说话语速极快的人，前一句刚出口，后一句就碾压过来，所有的词语在口腔里你追我赶，好像他笔下《西去的骑手》中，马仲英率领的横扫战场的骑兵。也就是那一次，我才知道了红柯先生的文学主张，我才知道红柯先生不仅是精通创作，对于陕西乃至全国文学事业都有自己独特的见解，对于陕西文学事业发展的症结也有着自己独特的判断。然而，他的这些真知灼见，并没有正式地公开发表，也没有来得及去实践，他就燃尽自己的生命。让我印象深刻的是他炯炯有神的双目，真可谓如雷似电，他说话时让人感到格外亲切，沉默时让人感到异常严肃。他的头发随意地卷曲，让人觉得他像个新疆人，虽然他从新疆来西安已经近二十年了，但是他骨子里给人的感觉就带着大西北的豪情。他爽朗大气，说话直快，从不拐弯抹角，他是一个身带光明的大人物。

记得那天，我们从殡仪馆回来，车停在天桥下，红柯先生和他的同学下车，我送了他两盒刚上市的紫阳茶叶，他送了我两盒天麻，对我说来而不往非礼也。我和他握手告别，然后上了车，我从倒车镜看见他站在原地，还在目送我的车离去。

谁又能料到，那次就是我和他的永别。

谢博宇小记

我和谢博宇没见过面，但几年里我常常想到他。

记得几年前，我收到一条短信，号码是海南的，内容是要征稿，发短信的人就是谢博宇。只几句话，从头到尾没一字啰唆。我当时就答应了，他回复五个字，我等你消息。后来隔了几天，他发来短信，还是说征稿的事情，给我发了些注意事项，说完就完，再不多说。我把稿子发给他后，隔了几个月，具体时间我忘了，他发来短信，告诉我书出了，让我联系某某领书。他说的那个人我没再联系，我想书既然出了，就如庭院种花，香的不再是花，香的是整座庭院。后来我出书，给他签名后邮过去，他在博客上发了消息，说要学习我的优点，我无意中看到了，心里着实惭愧。

我从他的博客上了解到，他在一所学校教书。我看了他和孩子们的合影，就觉得他适合当老师，也能当好老师。我这话不是凭空来的：人们身上是有气的，你所干的工作若适合，人们就能感觉出来。我几次在饭桌上见陌生的朋友，之前没人介绍，他们让我猜对方干什么工作，我说的十次倒有七八次准确。工作和人是互相吸引的，两者间总是融不进去，就像人没穿对衣服，这时候人们会说，这件衣服不像是你的。谢博宇干教师工作，算是干对了行当。种子找到了土壤，阳光和雨水都来自上天，命里就是发芽开花。

谢博宇写得一手好文章，他的语言有静气，文章给人整体的感觉很安然。就像塔一样，底座敦实，塔顶尖细，如树木有着粗壮的根，撑起巨大的绿伞，美感与生俱来。

古代有罪的人发配海南，把那里叫天涯海角，现在有钱的人安居海南，把那里叫东方天堂。同一个地方，时代变了，感觉也变了。我生于内陆，但见过渔民打鱼，一网下去再出来，腥气上涌，海面活跃起来，网里扑扑腾腾，网中有鱼虾螃蟹，也有海藻贝壳。我希望谢博宇的文章可以试着向这方面靠拢，内容再混沌再庞杂，视野再广阔再深邃，写出大气魄的文章。文章不必写长，关键营造大的境界。语言不必刻意琢磨，要突出独特的见解。文字不必刻意雕琢，可以加些民间的日常话。

就写这么多吧，天马上要亮了，马路上有了车来往的声响。我几年里想起谢博宇，那感觉就像文学的天空下，有我的一个兄弟。

我知道的刘世雄

我爱世雄的文人风骨，我更爱他的书画情怀。

庄稼地里，往往先冒出来的果实，人们都以为是最大的，经过霜降之后，人们才发现，真正大的还在后面。艺术领域经常有这样的现象。

世雄如今四十岁刚过，正是奋发有为的年龄。他如是松柏，已有参天之象；他如是雄鹰，已有冲云之势。世雄远离江湖，不在一些热闹的圈子里出入，这样可能少了名利，却多了艺术的真实。

我第一次见他，最先注意的就是他的一头银发，有人说他是画一幅长卷时一夜白头的，也有人说他是苦思冥想时，不知不觉就满头飞雪。总之我清楚，他是在艰难地寻找、痛苦地思索。他不愿与人同浊，就要忍受寂寞；他不愿与人同醉，就要体悟孤独。自古圣贤皆寂寞，世雄笔下的主要人物，老子、孔子、释迦牟尼、司马迁、王昭君，谁不是寂寞之人？世雄所画人物，精神第一，写真第二。古人说：泪眼描将易，愁肠写出难。世雄尽最大限度去感悟笔下人物的心路历程，故能画老子使人清静，画佛陀使人慈悲，画昭君使人落泪。

人常说，字如其人，这需要人与笔的高度融合，如果单是技法纯熟还远远不足。许多好作品，未必有风神骨气，点画如无筋骨，字体也难有雄媚。世雄的书法心笔合一，起笔如快剑，要之斩钉截铁；行笔如太极，要之气韵连贯；收笔如鼓琴，要之余音绕梁。线条粗处，如森然巨石阻路；线条细处，如纤纤柳枝摇曳。观其字体结构，紧密则如金城汤池，松散则如细线串珠。他的书法气场极足，在军界、司法界十分流行。军界领导说，挂世雄的书法生勇气。司法界领导说，挂世雄的书法有威严。

炎炎夏日里，听世雄讲自己对中国画的见解，如饮一股清泉。他说自己对王维、徐渭、八大山人、吴昌硕、齐白石、徐悲鸿、黄宾虹的感悟，说中国画的水墨立场，废弃水墨就如大楼没有根基。他说到八大山人画的鱼，是那样兴奋那样激动。他说八大山人用水墨画出的鱼，就在那张宣纸上从明代游到了现在。他说到自己翻阅史料，画成了岐黄中医人物长卷，画成了孔子与七十二弟子长卷。人问：长卷多长？答曰：一百二十米，也就是四十层楼高。我们都不禁为世雄的成绩而骄傲。春天播种，秋天收获，秋天的果实里孕育着春天的种子，更有日复一日的汗水灌溉出的芬芳。就如他笔下的牡丹，富而不傲，贵而不娇，正是他个人精神的写照。根本不是他在画画，而是画在画他，我们读他的画，如见其人。

成大事业者，读万卷书行万里路。世雄在艺术的道路上，孜孜不倦地求索，反反复复地实践，千淘万漉始见真金。生活中的他，有天真可爱的一面，也有狂放不羁的一面，这是他的真性情。笔墨磨人，非人磨笔墨，假以时日，我相信世雄在大众中会更有影响，在艺术上会更有大成。

画家王春辉

在西安的书院门或美院，若看见一个高高大大的男人，国字形脸，面相柔和，头戴一顶军绿的红五角星帽子，没错了，那个人八成就是王春辉。

我和春辉认识，非常偶然。有年夏天，我和小杨去火车站送人。回来的时候，车开到了湘子庙门就熄火了，小杨怎么鼓捣，车像固执的老人，就是不再动弹。小杨让我先走，我没有回家，却鬼使神差地走到了对面的书院门。

夏天的书院门，人又多又密，随人潮往前挤，人成了网中鱼，手脚全不听使唤。

我好不容易走到一个岔道，扶着电线杆喘息。不远处，一群人正围观什么。我平时是不爱凑热闹的，那天竟走过去看了。

我踮起脚从许多脑袋上看过去，一个穿短裤的男人坐在画板前画着油画。照理说，观棋不语，观画更不语，但大家你一言我一语，说得热热乎乎，却并没有影响他画画的思路。我从大家的口中，听到最多的是赞赏。大家说他画得像，说他画得漂亮，说他画法纯熟。他正在画波浪汹涌的大海，看他的画，似乎能听到波涛滚滚，似乎能感受海的清凉。

待他画完，众人散了。我和他交谈，知道了他的名字。这样一来二去，我们就成了朋友。

春辉从小爱画，在陕西学了美术，又觉得不足，去中央美院再学几年，学完后从理论走向实践。春辉在杭州画江南水，到太行山画莽莽山，赴广州城画灯红酒绿，在陕北画古老民居。春辉在许多城市生活过，最后落脚西安，大概是看上了西安厚重的文化内涵。

春辉最早来西安时，蜗居在一间小屋里。夏日炎炎，别人在风扇下呼呼大睡，他却穿着短裤汗流浃背画得认真。冬日严寒，别人缩在被窝睡到日上三竿，他身披棉衣冷得哆嗦，却画得开心。

西安大，居不易。春辉把根扎下来了，并且在西安有了名气。

我觉得一个人干事情，成不成是一回事，干不干又是一回事。能把心中所爱，变成一棵树，且能让这棵树开花结果，是件很难的事。一个人就算拥有一大片森林，却没有一棵树真正意义上属于自己，这样的有不如无。

春辉不媚俗，不图虚名，这是我所赞赏的。西安的书法家多画家多，这么多人挤在一起，难免就处不好关系。人多处热闹且能得到实惠，人少处寂寞却能收获艺术，许多人对前者趋之若鹜，春辉却选择了后者，就意味将自己所爱献给了艺术，也意味着很长时间的默默无闻。

晚上有了空，大家去书院门的茶馆喝茶，偏偏叫春辉叫不来。原来春辉还在画画，大家说什么时候不能画！再叫，春辉说我家还有模特呢，大家都笑了。春辉不画虚假的东西，一幅画肯定否定再肯定再否定，直到瓜熟蒂落，水到渠成。许多时候大家都满意了，春辉还觉得不完美，非要画到自己满意为止。

春辉的艺术，还在往更高的地方走，他未来能弄出多大的响动，这还是个未知数。我们只需默默关注，春雷响起的时候，大家自然就听见了。

奇人原野

我认识原野，知道他是出色的数学教师；读过他的作品，知道他是优秀的诗人。和他一起饮酒，见识了他的酒量，他每场两斤不醉且能连饮二十多天，饮酒后出口成章，别人都说他是现代版的“酒仙”。

原野是奇人，更是奇才。

原野刚毕业不久，在老家一所中学教书。一天晚上他和朋友吃饭，附近有重要领导经过，警察开始清场。这期间原野的朋友和几个行人被治安队长推倒，治安队长不道歉，还骂骂咧咧的。原野一怒之下，给了治安队长一拳，治安队长想骂却骂不出来，捂着嘴吐出一口血，血里躺着一颗牙齿。原野被带到派出所，后来学校出面，才把原野释放。原野回到学校，因为出了这档子事情，有人就在背后落井下石，让原野带成绩最差的班级。同事告诉原野，这个班往年出不了一个大学生，原野不信，咬着牙对那个人说，年年名落孙山后，来年必然破天荒。原野钻研教材，研究试题。别的老师教学生一种思路，原野要教学生三四种思路；别的老师让学生做一千道题，原野只让学生做二百道题。原野对学生说，会这些就够了，要掌握方法！同事对原野说，你能预测今年的试题？原野说，考试是要一碗水，别人让学生准备一缸水，我的学生准备几碗水就够了。这年夏天，这个城市出了件不可思议的大事，原野带的班级出了两个高考状元，一个是文科状元，另一个是理科状元。

原野的学生林山向我描述，原野二十多年前的一次讲课，可谓盛况空前。在城市最大的剧院，原野的面前是三十五米长拼接起来的黑板，他的身后是黑压压的上千名学生。刘松林对我说，原野是一口气讲下来的，三十五米长的黑板写满了数学公式和解题过程。上千人的场面上讲课，全场竟能寂静无声，想想就知道，原野身上有多么大的气场啊。讲课结束的时候，全场掌声响起，附近的行人都抬起头，以为天上打雷。

原野不仅课上得好，诗也写得妙。

我读原野的诗歌，就要惊叹他的才华。原野对诗歌有极敏锐的感觉，他观察的是生活中被人忽略、被人遗忘乃至被人视而不见的本质现象。他在表达人世间的彷徨辛酸痛苦坎坷，抒发冷峻的深思、情感的宣泄、精神的升华。原野的诗句字字沉重，如太阳发出光芒；原野的诗句字字轻盈，如种子孕育希望；原野的诗句有时轻有时重，可以轻如沙粒，可以重如江山！

原野侠肝义胆、古道热肠，能急朋友所难。朋友的事情就如自己的事情，朋友的困难就如自己的困难，古时候得千金易，得季布一诺难，原野比起季布也不逊色，真正的一诺千金。

原野虽然过五关斩六将，但他也走过麦城。原野年轻时家里开书店，90 年代就有十二万元的资本，在那个时候这是个天文数字，那时人们的工资一月才几十元，但就在生意很好的时候，他店里所有的书被伙计拉走了，这个伙计也销声匿迹。原野在几年里，找了五六个省，终于在废弃的防空洞里找到这个伙计，原来这个货是个大烟鬼，原野问这些书的下落，伙计告诉原野，书都卖完了，进价十二万的书只卖了不到五万，原野问大烟鬼，一本都没剩？大烟鬼说，只留了五套《毛泽东选集》。我问原野，你明知道几年里他把钱花光了，为啥还要去找他？原野说，天大的事芝麻小的事，不论大事小事，只要是个事，我就要问个明白。

我敬佩原野，身为教师的他时时刻刻以教书为大、孩子为重。有个周末，平时爱喝酒的原野滴酒不沾，下午他要给朋友的孩子指导功课。原野对我说，人家可是从汉中花了四个小时赶到西安的，我这一辈子耽误谁都不敢耽误孩子。我敬佩原野，身为儿子的他对亲人的孝感动天，他的岳父生病期间，他寸步不离医院。俗话说久病床前无孝子，原野却做到了对亲人劳而不怨，这就是他的赤子情深。我敬佩原野，身为丈夫的他对妻子情意绵绵，他虽然喝酒，但不是酒鬼，他听妻子的话，不顶撞，不冷言恶语。虽然妻子不让他喝酒，他还会偷着再喝几口，这就是他的天真可爱。

原野是我生活里的奇人，并不是古书上那类编造的传奇人物、那类假大空得有些变形的人。原野有他的缺点，但瑕不掩瑜，人们总说美玉无瑕，那都是不切实际的想象，绝大多数的无瑕美玉，可能是人造的假货。

原野是我的朋友，他给了我很多启发。原野如果爱名，他现在可能名扬四海，他教出的学生不计其数，他最大的学生今年已经五十多岁，有的都已经当爷爷抱上孙子了，不论从成绩还是教龄上，他都是教育界的老资历。原野如果爱财，他现在可能家财上千万，他把四十多万元的书画作品送人都不眨眼睛，那些身家上亿的老板，也做不到这种无欲无求。原野不为名不为利，有人就会问，那他为了什么，我认为他求的是生命的超脱境界，为的是意气风发的生活感觉。

王维有句诗，“相逢意气为君饮，系马高楼垂柳边”，我认为用来形容原野十分贴切。

古董收藏者老杨

老杨是个大胡子，我认识他的时候，他头上还有些头发，稀稀拉拉的，且都长在边缘，像被火烧过的麦田一样。再后来，老杨嫌难看，连边缘的头发都索性不要了，剃了个光头，有了汗直接用手抹，省去了许多麻烦。他得意自己的光头没有多久，就因自己的光头而烦恼了。过去不认识的人叫他，都说喂喂喂，说你呢。现在他走到哪，多数人都叫他光头。有一次他上公交车，司机喊，光头，往后挪挪。话音未落，一车人都看他。他听了，气不打一处来，对着司机说：光头、光头，光头是你给我起的名字?！老杨为这事而烦恼，不爱出门，也冷落了朋友。我去看他，他给我说了这件事，我说你戴顶帽子就行了。他摇摇头，说他去了很多商场，因为头大，帽子都不合适。我说，你不管了，我给你弄一顶。后来，我知道南方有大帽子，就让人从南方买了一顶。我送给他时，他非常高兴，说了很多感谢的话。

老杨开了家古玩店，到了中午，他人胖爱瞌睡，靠在椅子上一会儿就睡着了，他一睡就打呼噜，这时候附近谁家的孩子蹑手蹑脚过来，把他的帽子藏了。他醒了，发现帽子不见了，找了半天，发现孩子给他藏到一个汉代的土罐里了，还蹭了一帽子的灰。他十分生气，站在店门口大骂，说谁再敢动他的帽子，他就打断谁的腿。

有人对我说，老杨年轻时可英俊了，去陕北当知青时，差点做了某位国家领导人的女婿，大家听了都表示遗憾，但话又说回来，如果他真当了领导的女婿，我们也就见不着他了。他对那些传播他故事的人说，你翻什么老皇历，都哪朝哪代了，也不无聊？那人说，无聊，无聊你咋偷偷骄傲。老杨说，你哪只眼睛看见我骄傲了。那人不说了，却从老杨的烟盒里取出两根烟，一根烟点了，另一根烟夹在耳朵上面，对大家一笑就走远了。

老杨在单位工作的时候，不会巴结领导，领导也经常给他使坏，这份来之不易的工作，他说不干就不干了，连单位的新房都不要了。二十年前，他发现人们生活水平提高了，古董生意未来很有市场。他穿了一身好衣服，骑着自行车，走村串巷去收古董。那时候，几乎没人造假，因此他收了不少好东西。他家里的瓶瓶罐罐多，书架上、柜子上、地板上，放得到处都是，人不注意就把哪个物件碰了撞了。那些物件来的时候，都放在农村的墙角旮旯，放了几十年，满身泥土，老杨说古代东西不敢擦洗，就这么放着，家里一天也没有干净过。我听别人说，他老婆和他离婚，他的儿女不愿意和他过，或许是因为这个。

我说，老杨，古董都快成你兄弟了。

老杨说，何止是兄弟，我把他们当爷当奶侍候呢！

我常常疑惑，是什么让老杨对古董着了迷。是为了钱？可他从不把值钱的东西往外卖，卖的都是不值钱的东西。是为了研究？可他不写文章、不翻文献，根本就扯不上研究。是为了留给后代？那就更谈不上了，他的儿女就是因为他收古董弄得满屋土满房灰，才不和他一起过日子的。

我曾问老杨，你藏这些古董是为了什么？老杨说自己也不知道。他总觉得，自己喜欢这些东西，许多东西能到他手里，是在无数巧合、无数变数下才到来的。他把这种缘分，归结于天意。

我想，我们有时要相信天意，相信冥冥中的定数，相信不可估测的命运。就像老杨，他保护了那么多东西，当年有一个村子集体搬迁，古物到处都是，他支了顶帐篷待了一个月，才把这些东西清理出来。如果没有他，这些古物肯定要遭到毁坏。从这里想，上帝就像安排了他去保护那些东西，他就是这些古物的保护神。他说，那年我本身想走，因为村子没人了，被遗弃的狗凶恶，它们守在被拆得破破烂烂的老屋里。到了晚上，它们聚在一起狂吠，声音凄惨，见人就咬。我本身放弃了，都快回家了，一种不能割舍的感觉又促使我如赴任般赶了回去。

我有次在庙里和一位师傅谈人生。他对我说，人应该尽量完成自己的使命，这样就算达到了圆满。难道不是这样吗？我们有时候怪生活中事情多，但从另一个角度看，经历事情越多，我们的见识就越广。像上学的时候，悟性高的同学，老师布置的作业就多。悟性不高的同学，老师布置的作业就少。许多事情纠缠着人，有时候人难免很烦恼，但事情有了结果却悟出来，这些事情就是要让这个人成为一个大人物呀！

老杨经常给人送古玩，许多人说他又笨又傻。他也送我，我一看太值钱，就推辞着不敢要。他却说，东西给了你，就会得到善待，你就当为我保护它们，给我减轻负担。我听了他的话，就觉得他早已超脱了一般人的境界。

李建设

李建设住在深山里，照理说山里条件不好，可李建设的饭却做得一流。

那年，我和几个老师去蓝田采风，走到山里天黑了，前不着村后不着店，我们都急了。郭老师给镇长打电话，问这可咋办呀，我们回不去了，王老师的皮鞋被石头磨烂了。镇长让我们别急，问我们在哪儿，我们说了地方。镇长说，你们现在不仅不用着急，你们等会还有口福了，我叫李建设来接你们。我们一头雾水，都觉得这里不可能有人家。我们刚才进山时，过了几条小河，水都很浅，只能没到鞋面，河流上搭着一根粗壮的木头，走起来艰艰难难，难道这么偏僻的地方还会有人居住？

我们都在等那个叫李建设的人来接我们。天色暗了，草丛里发出窸窸窣窣的声音，山里一到晚上就特别冷，即便是夏天七八月，温度也能从三十几度降到十度左右。大家都不停地说李建设，嘀咕着怎么还不来，郭老师说，只要李建设不是戈多就行。

就在大家不耐烦的时候，一个胖胖的女人出现在不远处，她朝我们这里快步走，我们都疑惑，李建设难道是个女的？女人走到我们面前，我们问她是不是李建设，她说李建设在家做饭呢，她是李建设的老婆马翠珠。

马翠珠别看人胖，但攀山越岭的本事比我们这些男人都强。我们在峡谷里走了半天，又趟了一道水，走了一段坡路，也不知转了多少个弯，终于看见了一排房子。我们彻底松了口气，身体很累，心情却愉快着，回头一看才惊讶，我们不知不觉竟走了这么远。

这时，一个黑瘦的男人从门里出来，手上还拿着一根葱。他一出来就先怪女人，说女人把好好的茶叶放发霉了。我们连忙说不喝茶，男人笑脸迎了过来，说招呼不周，你们城里人多担待。边说边请我们进屋坐，他的房子能在深山里盖得这么漂亮，我们都很惊讶，院子宽敞，屋里也干净。我们看见了满满一桌的饭菜，都说他太客气了，大家推辞半天入座后，就没有顾忌，拿起筷子就夹菜。我们都觉得这菜做得好，单就从几个蒸碗来看，就做得十分讲究，后来我们知道他是厨师，还有国家的烹饪等级证书。我们都奇怪，他好好的厨师不当，怎么住到深山来了。他说母亲年龄大了，他们让她去县城住，她死活不去，于是他就回来照看母亲了。

我们饱了口福后，他说没有茶，就喝些自酿的米酒吧。说完，把几个大碗摆好，又拿了下酒的炒花生。屋外已经漆黑如墨，蝉和蛙却叫得欢快。我们拿起酒碗，喝得也酣畅，话题从南扯到北，马老师和王老师困倦先睡，郭老师过了一会儿也进屋睡了，我没有睡意，和李建设继续聊天。

我说，山里好，吃的喝的都天然，心里没有欲念，人肯定长寿。他说，这里的人不都是这么想的，过去这里住的人家多，现在只有几户了，国家要保护环境，所以不准山里住人了，说不定到明年他们也要搬了。我说，那你母亲怎么办？他说，可能活不到明年春天了。他反问我，说人生应该是有苦有甜，讲究好人好报，像他母亲这样的好人，为什么一辈子没有尝到甜。那时候几个考上大学的孩子家里困难，他母亲看孩子们可怜，他当厨师一月给母亲拿六七百元，他母亲本就不花钱，除非谁家有喜事，给几十元的人情。他母亲把他给的钱攒了五千元，都给了上大学的孩子，后来这些孩子有的都结婚生孩子了，也没有来看过他母亲一眼。我不知道他说的这个问题该怎么回答，我只能说老人行善，说不定就回报到你们身上了，何况真正行善的人也不图回报。他苦笑着，也不知认不认同我的说法。我们把最后剩的半斤米酒喝完，就到夜里十一二点了，屋子里到处弥漫着青草香气，虽是夏天，在山里却要盖上棉被。那一夜，我们都睡得很美。

第二天，我们告别李建设，我给他留了电话，说到西安和我联系。

之后，过了一年又过了一年，就在今年夏天午后，他打了电话过来，给我报了名字，说他倒霉的，刚来西安就被警察抓了，现在他正从火车站的派出所往外走。我说，你等我，我去接你。

我看见李建设的时候，他正垂头丧气地坐在火车站附近的城墙下，样子十分沮丧。我叫他，他没有听见，等我上前拍了他的肩膀，他像才从梦中醒来，一开口，就说自己今天倒霉的。

原来他一早就坐车来西安，刚下汽车，正要和我联系。走着走着，一个男人过来，问他要不要货，他随口问什么货，对方说是好东西，一只手搂了他的肩膀，另一只手从口袋里要掏东西给他看，就在这时，两个警察把他和那个男人肩膀按住，押回了所里。他给我拿的一小包灵芝，就是这时丢在广场上的。他吓得不知说什么，只想捡自己的东西，就挣扎着，警察看他反抗，又狠劲把他的头摁了下去。

他对我说，他在派出所坐了一个上午，他只是辩白自己不知道那个人是贩毒的。警察说，你吸毒吸得骨头都贴到皮上了，还说不是吸毒的？我们认不出谁吸毒，就不干警察了。他百口莫辩，电话又被收走了，他想到了镇长，只有镇长能证明他不是吸毒的。他坐到了中午，警察吃饭去了，等警察回来，他说要给镇长打电话。费了好一番工夫，才证明自己是冤枉的，警察说你走吧，他说我就这么走了？警察说，你走不动了，是想让我背你呢，还是想在这里住宿？他怒了，头往墙上撞，说你们就这么欺负人，我给朋友的一袋子灵芝丢在广场了。警察也是可怜他，说你也太瘦了，换了谁都先要怀疑你。警察看他不走，就说你的损失我们赔，你的灵芝多少钱，他说这是为了送朋友，花了一个月时间采的，最少要值一百元。几个警察弄了半天，以为他要多少钱，听说才要一百元，马上给了他一百元。他临走，警察要用车送他，他说不用。和我在去饭店的路上，他把这件事说了一遍又一遍。

点菜时，我记得他不吃肉。我说，你是不吃荤菜的，我看有没有做得好的素菜。他却对我说，给我上肉菜，我从今往后每天都吃肉，等人胖了再也不受这窝囊气了。

我问他，你母亲好吗？他说，去年人不在了。我连忙转移话题，问他老婆怎么样，他说关节整天痛，人也干不成重活了。我说，看医生了没有。他说，农村人小病不看，全凭自己扛，小车不倒只管推。我聊到他儿子，他突然十分难过，说他儿子在南方打工，让车撞死了，他连养老送终的人都没了。他埋怨自己，说自己糊涂，农村本就能生两个，他却生了一个，当时给儿子花钱上了大学，儿子眼界高了，看不上小地方，要去广州、上海发展，这一去就再也回不来了。

我不停地安慰他，我说你现在生一个也不是没有可能。他却很坚决，说自己虽然不到五十岁，但是却不能再养孩子了，因为他不能受把一条路走两次的痛苦。

那天，他和我去了城南的大兴善寺，他把警察给的一百元，投到了庙里的功德箱里，却没有在功德本上留下自己的名字。他对我说，当年我去他家，给他说了，行善就不指望回报。这么多年过去了，没想到这句话他还记着。

我总觉得他丧子后心里很痛苦，但我不知如何安慰，我只能多去蓝田看他，现在他分了套两层的安置房。我一去，他就让我一定要多住几天再走。我发现他经历变故后，喜欢看关于哲学的书，也喜欢研究《周易》。

今年秋天，他不停地问我，你的书怎么还没有出版？我不好意思，就沉默不答。他接着说，写文章就这么难的，同样是从春天开始，农村的玉米都收获了，你的书还没有动静。我说，没动静就是快了。他嘿嘿嘿地笑，让我闲了去他家，电话挂了。

曾经那个极宁静极美好的夏夜，又似乎浮现在眼前。

小　菲

小菲个子很高，站在人群中就格外引人注目。印象里她什么时候都穿紧身的衣服，因此也越发显出她身材的苗条。小菲对我说，这么好的身材不展现出来就浪费了。她没事就爱照镜子，看镜子里的自己，也喜欢别人看她。我初次见她，她站在酒吧的舞台上唱歌，等她唱完了，朋友将她介绍给我，当时她脸色不好看，我也就没敢多说什么。后来我才知道，她是嫌那天演出时我没有多关注她，说我表情高傲得让人不敢接近。我告诉她，我是视力不好，看远处眼睛就模糊，如看雾中花，这么一说她才笑了。

在以后的接触过程中，我知道小菲是个九零后，从南方的一所艺术学校毕业后，就四处漂泊唱歌直到现在。她说自己是云，注定不会在一个固定的地方落脚。我说云终究会变成雨的，雨就要从天上落下来。她却说，自己是永远不变雨的那朵云。

她为梦想而活，所以活得比许多人有滋味。我问她，你的梦想是什么呢？她沉默了好一会儿，低下头把脸侧到一边，笑着对我说，现在还要保密。她不想说，我也就不再问了，就在我快把这件事忘了的时候，她却郑重地告诉我，她的梦想就是在她有生之年去她想去的所有地方生活。没想到小菲的梦想如此简单，现在像她一样条件或者条件不如她的女孩，都梦想当影星歌星，你说有些不切实际吧，她们的神态又似乎明天就能成为周迅、范冰冰。她曾说她有一把古琴，我曾提出去她家里看看，她当场就拒绝了。后来，过了好几个月，她突然邀请我去她住的房子，并对我说上次她没有让我去，是因为她和另一个唱歌的女孩住在一起。现在她重新搬了家，虽然房子小却是一个人住，她说话的时候，脸上写满当了主人的喜悦。她住的是一所大学的老楼，那楼老得和她爷爷差不多一般年纪。她住的房子只有一间卧室，没有卫生间，条件的确有些简陋，小菲把这间房子收拾得干净整洁，让人就不觉得房子小了。让我意外的是，她用了整个夏天的时间，留心着卖窗帘的商铺，陆陆续续挑了七八张窗帘。我去的时候，挂了张印有秋天落叶飞舞图像的窗帘。她对我说，窗外正对着一座现代化的高楼，给人感觉很压抑，现在她拉上窗帘，一样能欣赏风景了。就在这时，我注意到她的桌上放了好多杯子，她说这些杯子有用来喝咖啡的，有用来喝牛奶的，还有用来喝茶、喝橘子汁的，但她一直不拿出她的古琴，我也就不好去问。我从她家里出来时，她问我她的房子怎么样。我回答说挺不错的，她问什么不错，我说这屋里有股淡淡的香气，让人闻了很开心。她抬起胳膊让我闻，我发现原来是她身上的味道。我的话只是随便说说，但她从此却记在了心里。

再后来，我们各自忙着，都在一座城里住着，却很少见面，只有短信还互相问候着。我的这么多朋友，只有她发来的短信真情，每句问候的话明显不是顺口出来的。就在冬天一个有暖阳的午后，她说她要走了，她去的下一站是成都。我们见面的时候，我问她以后还来西安生活吗？她回答说可能不会了，她喜欢一直在新的环境里生活，像闲云野鹤一样。她和我告别时，送了我一个用胶带密封了的盒子，并且让我一定等她上了火车再打开。就在她上了火车西去成都的时候，我打开了她送我的盒子，一股淡淡的香气迎面而来，盒子里面放着我第一次见她时，她穿的衬衣，这时候我想起之前说过的话，眼圈不禁红润了。小菲，你知道吗，你给我的感觉，像长进我心里的草木，带着你走时的阳光，让我在寂寞时，反复回味那定格在心中温暖的画面。

就这样，小菲从我的生活里慢慢消失，像一滴水珠蒸发般不起眼，可我知道那滴水珠虽然很小，却折射出了太阳的光芒。有天我向之前介绍我认识小菲的那个朋友提起了她，朋友却愣了好半天，仿佛从来就没有听说过这个人。这些年我见过许多在城市追逐梦想的漂泊者，但再也没有见过像小菲一样有个性的人，他们也许曾经有自己的个性，只不过在追梦的过程中，物质的砝码过重，生命的天平再难以平衡，以后也很难活出自我了。

有人说，西安这么大，是楼的山，也是人的山。我想是山都有云的，有了云才能显出山的高大和复杂。在我的眼里，小菲这样的人，或许就是这座山上的云吧。

活在人世的思考

人来到世上都是一样的孤独，故而呱呱落地时就会哭。一个人从娃娃长成大人，要经历吃奶、爬行、说话、走路等，长成大人之后，如果说最值得骄傲的，就是学会了思考。娃娃的时候，不懂得思考，经常弄出笑话。比如我刚进幼儿园，不知道辣子油辣，有大孩子就哄我说，红糖水可甜了，结果我吃到嘴里辣得直流眼泪。西方哲人说，我思故我在，可见思考对于人生太重要了。有时候，感叹活人的不易，好像世上没有一个快活的人，每个人都有每个人的烦恼。夜深人静时，我将生活厚厚的外壳剥开后，又发现生活的真相竟如此简单，于是内心激动，将思考写成文字，就有了这篇文章。

一、父母造就命运

许多人对命运很迷茫，去求签、去占卜，其实命运是什么呢？我们从一出生，父母就确定了我们最初的命运，生在帝王家，还是生在平民家；生在大海边，还是生在深山里。不论生在哪里，我们都要坦然接受命运。唯有爱自己的父母，命运才会顺畅起来。我曾经认识一位天才少年，他的智慧和见识都在万人之上，他经常和父母吵架，父母又不通情理，最后的结局就是，有一天夜晚，他从楼上跳下去，结束了自己的生命。生活的真相就是，一个孩子再有道理，如果整天和父母争斗，就注定他的命运不会顺畅。

二、与朋友如何相处

人在世上之所以欢乐，就在于我们有很多朋友。成为朋友有很多原因，比如兴趣原因、工作原因、爱好原因等，成为朋友是低门槛的，长久交往则得来不易。我的一位朋友，曾给他做生意的朋友帮了很多忙，两人交往多年，关系极为亲密，后来这位做生意的朋友渐渐不理会他了，电话不接、短信不回，处处有意躲避着他，这让我的朋友心里痛苦得要死去。他和我喝茶时难过地对我说："我帮了他那么多的忙，我没有什么地方对不住他呀，他为何躲避我呢?"我告诉朋友："关键问题是你从原来的税务岗位调离了，他觉得你帮不上什么忙了，所以他现在反而怕你沾他的好处，他连和你说几句话都认为是浪费他的时间!"朋友听了我的话，恍然大悟。生活中有的人恭维你、奉承你，给你甜言蜜语，拉着你吃吃喝喝，完全是从利用你的角度出发，等把你利用完了，觉得你没价值了，也就不会再和你来往了，生活的真相就是如此。面对这类朋友，你要保持清醒，没必要一律拒绝，也不必把他们放在心上。如果一律拒绝似乎不通人情，如果把他们放在心上，当他们冷落疏远你的时候，你会心里非常难受。唯有君子之交，能做到你办事或不办事、在人前或在人后表里如一。人活在世上，一定要珍惜君子之交，当你有了危难，众人都作鸟兽散时，唯有君子会向你伸出援手。

三、如何看待金钱

人活在世上，就需要物质满足，活着就需要花钱。自从改革开放之后，各种欲望汹涌而来，钱似乎成了万物的主宰，有钱能使鬼推磨。近些年，一些高官纷纷倒下，究其原因都是钱惹的祸。我熟悉的一位企业家，当年通过采访而认识，他的资产据说有六十几亿之多，他整天忙得顾不上吃喝，谁能想象这样的一位老总，成天吃的会是热面条。我和他认识之后，大概过了两年时间，我在一家饭店偶然遇见了他曾经的秘书，秘书告诉我，他在北京生病去世了，他的资产被股东们搜刮一空，他的五个情妇都给他生了一个孩子，从天南海北来西安想着能分到他的财产，结果什么都没有分到，企业拍卖之后，反而欠了银行十几个亿。他的五个情妇把孩子扔给了他的父母，五个孩子没人照看，也上不成学，他的母亲生气发病而死，父亲又住了院，五个孩子在外面乱跑，路人还以为是流浪儿。听了秘书的话，我的内心顿生悲凉。人活在世上，钱花出去才算是自己的，否则像这个老总苦了一生，他究竟是有钱还是没钱呢？说他有钱，他名下确实有六十几亿资产，说他没钱，他整天吃喝还不如一个普通人。金钱本就是流动之物，只有流动才是金钱。人们经常说某某人有多少钱，那真的是他的钱吗？我看未必，今天也许是他的，明天或许就不是了。钱是一个好东西，钱可以使我们做成很多事。有没有钱的关键在于会不会花钱，会不会花钱的关键是用钱做的事有没有意义。

四、如何应对议论

人不去做事，一辈子都不会有人议论，一旦开始做事，议论就纷纷而来。读中国的史书，英雄豪杰最气短的大概就是那些不做事，还要对别人指指点点的人。他们的言论，大到可以迷惑你的上层，让你所做的事前功尽弃，小到可以迷惑你的周围，让你所做的事举步维艰。应对议论，有时可以置之不理，有时必须针锋相对。有的言论是盆里的火炭，你不理会，它自己就熄灭了。有的言论是堤口的裂缝，你不修理马上就有滔天大灾。如果是对你羡慕产生的议论，你完全可以不去理会，让他们羡慕去吧。如果是对你品德的污蔑，你就要及时澄清，不能任由谣言四处蔓延。

五、懂得体谅和包容

人活在群体当中，就会有误解，不是误解别人，就是被别人误解。我刚参加工作的时候，血气方刚，说话不懂得委婉，当时误解了很多人，说了不该说的话，现在想起来，觉得很后悔。每个人都有自己的坏脾气，生气的时候，最好不要说话，更不要去做事。有多少人是一怒之下和人争斗，最后进了牢房；有多少人是一怒之下和人赌气，最后毁了前途。不懂得体谅和包容，就很容易陷入命运的怪圈，一旦陷进去，就会影响你一段时间，甚至让你再不可能翻身。要懂得体谅和包容，尤其是在一个人年轻的时候。

六、不要暴露自己的意图

我小时候，爱听我爷爷讲战争的故事。我爷爷曾对我说，对于一名指战员而言，战争的关键，就在于不能暴露自己的意图。为了取得胜利，要千方百计隐瞒自己的意图，一旦意图泄漏，就意味着满盘皆输。《三国演义》中就有这样的例子，姜维和钟会谋划政变，被一个部下酒醉后泄密，导致政变惨败。古今中外，这样的例子有很多很多。在生活当中，很多事情在做成以前，是不能告诉任何人的，包括自己的父母和妻子。

七、坚持做一件事

人生在世的时间很短，如果一根指头是十年，大多数人的年龄还不满两只手的指头。我六七岁的时候，一个男人在街上卖烤肉串，我经常光顾他的生意，谁能想到这个男人如今把烤肉摊开成连锁店，而他的学历只有小学四年级。当电视台采访他的时候，问他成功的秘诀是什么，他的回答是坚持卖烤肉。创业之初，他开过麻辣烫、泡馍馆、饺子馆，最后都关门了，最后还是卖烤肉，坚持卖了快十年，形成了自己的品牌，到今天算是成功了。我们的一生，如果能坚持做一件事，哪怕一天就做一小时，最后的结果都是惊人的。很多人看上去整天忙忙碌碌，今天忙这件事，明天又忙那件事，最后到老了，才发现自己什么事都没有做成。但是为什么还那么忙呢？首先是不专注，再就是不坚持，什么都想干，什么都不愿意坚持，这样的人生就是一场人间悲剧。

君子之交

唐代薛仁贵没得志的时候，住在长安城南的一个破窑洞里，也就是今天西安的著名旅游景点寒窑。后来薛仁贵参军，有了大家众所周知的“三箭定天山”的故事，被封为“平辽王”。他回到长安时，给他送礼的文武大臣络绎不绝，所有官员送的厚礼他统统不收，只收下平民王茂生夫妇送来的两坛美酒。负责启封的执事官打开酒坛，发现坛里哪是什么美酒，分明是清水，如此戏弄大权在握的“平辽王”，这岂不是不想活了。薛仁贵看见坛里装的是清水，十分高兴，当场拿碗喝了三大碗，在场的人都不能理解，薛仁贵就对他们说：“我过去年轻时，住在破窑洞里，经常衣食无着，全靠王茂生夫妇接济，若没有他们哪里有今天的薛仁贵，如今我厚礼不收，偏偏收下他们送来的清水，因为他们夫妇贫寒，他们送我清水也是美意，这就是君子之交淡如水。”

少年时读这个故事，首先是敬佩王茂生对薛仁贵的无私帮助，其次是敬佩薛仁贵富贵不忘报恩。直到现在才体会出，朋友在一起久了，就不需用金钱、吃喝等结交，维系彼此之间情感的就是品质。记得有位作家对我说过这样一件事，20 世纪 90 年代，他和著名作家陈忠实闹了场矛盾，陈忠实指着这位作家说，咱们之间再没有感情了。大概过了半年，陈忠实托人给他带话说，你有事尽管找我。这位作家百思不解，感情都没有了，你还能给我什么帮助呢？过了没多久，有天陈忠实给他打电话，说自己要到这位作家住的城市转一转，让他设宴接待，还要准备他最爱喝的墨瓶西凤酒。这位作家更疑惑了，这是啥意思，怎么感情没有了，还要和我一起吃饭？这天两人坐下无话，酒喝得差不多了，两人开始聊文学，绝不提其他。吃饭快结束时，两人都醉了，陈忠实对这位作家说，你知道今天是什么日子，今天是我的生日！后来，两人又开始来往。这位作家过大寿的时候，文学界的朋友都给他送来寿礼，有的参加了他的寿宴，陈忠实既没有给他送寿礼，也没有出现在他的寿宴上，就连托人带话都没有，他心里就很不是滋味。第二天，陈忠实用特快给他邮来一本样书，他拆开一看，眼泪顿时不能自禁，这本书正是他创作的一部长篇小说，因有争议一直不能出版，原来陈忠实私下里给他奔走周旋，直到出版社同意出版才告诉他。他拿着这本样书找到陈忠实，紧紧握住陈忠实的手说：“哥啊，你是个真正的君子！”

我发现君子之交是光明正大的，并非偷偷摸摸的，古人说“君子喻于义，小人喻于利”，君子并非不爱钱，也并非不谈钱，而是能把事情做得很光明正大，而非小人之间的蝇营狗苟，把事情搞得神神秘秘。君子之交坦坦荡荡，超越了人世间一般的友情、亲情、爱情，他们寻求的是心灵的高度共鸣。《与山巨源绝交书》是一篇名传千古的散文，作者是魏晋时“竹林七贤”之一的嵇康。当时朋友山涛从选曹郎升任大将军从事中郎，想推荐嵇康接任选曹郎一职，嵇康拒绝了山涛，写了这样的一封回信。人们都认为两人既然绝交，那么就再没有情义了，但是嵇康临终前，却对自己的孩子们说，世上能帮助你们的唯有山涛伯伯了。

君子是我们生活航程的灯塔，他们更正我们的错误，指引我们正确的方向。君子是我们生活的镜子，在纷纷扰扰的世界当中，我们有时会因眼前的浮华而堕落，君子通过他们的言行及时洗涤我们的心灵。君子之交的情义，超越了一般的名利和感情。就如司马迁，和李陵连喝杯酒的交情都没有，但是敢为李陵仗义执言。君子是生活真善美的导师，怒对假恶丑的斗士，他们激发人身上真善美的天性，无情地批判假恶丑。

中国从古至今，每个时代都有这样或那样的君子，他们的交往逸事千古流传。他们可能上至达官显贵，下至山野农夫，他们是时代的最强音，他们的存在是为了时代。

说获奖

常常有朋友获了奖，半年过去我才得到消息。想着给人祝贺，但时日过去已多，这时再给人去祝贺，反倒容易让人误解。有时也在想，真还就奇了怪了，别人几天就能得到消息，到了我这里消息就没踪没影，难道给我送信的邮递员，都把腿跑折了？

何兄，你是经常见我的。听你说那个谁整天得奖，一年到头，不是在领奖，就是在去领奖的路上。你要是好心，就告诉他是我说的，农村人常说，赢官司少打，晚饭少吃。我要说的是，奖少领些，文章多写。现在风气不好，谁越有成绩，谁就越遭妒忌。干出了成绩，笑也不成，哭也不成。谁有了好事情，大家先怀疑。还有，如果你要得奖，你先看看评奖会给发多少奖金，你得奖就有人落选，你不请客，人说啬皮，你要请客，请一个不行还要全请，请的人又岂能都为你真心高兴。我几年前得了回什么奖，奖金一分钱没有，书发了一大捆子，一个人抱不动，还是雇了三轮车出了高价才拉回家的。本来就不敢声张，结果还是传了出去。有好事者要我请客，请就请么，又不是去刮骨割肉、上刀山火海，但偏偏来的人不给你痛快，手拍桌子如同击鼓，头晃起来如小儿背书，本就喝不了酒的人要硬喝，酒瓶子滚得满地都是。幸好我没醉，要不然肯定让酒瓶子绊个跟头，摔屁股不怕，若磕掉门牙，有人岂不更要无事生非，编排我乐极生悲的段子。

当然了，多数人是盼得奖的。好像一旦得了奖，手里的泥疙瘩就成了金疙瘩。现在各种奖不计其数，凡有个印章，盖在纸上就成了证书。只要会写文章，那么评委就是你了。你要是得奖多了，人说你得这么多奖，不会是求爷告奶跑关系弄来的吧；得奖少了，人又说你连奖都得不上还写啥文章，称什么诗人、作家。真是瘦猪哼哼，肥猪也哼哼。

闲了去钓鱼，山里几个地方我认识人。咱两人一起去，钓上了鱼或红烧或清蒸，钓不上鱼就吃野菜、吃锅盔。说到钓鱼，真是愿者上钩，我有时也想，有的鱼咬了饵竟逃了，有的鱼咬了饵，就被人钓上来吃了。逃了的鱼可能是我这样的凡夫俗子，上钩的鱼大概修成了佛陀，都能以身饲虎。这道理不多说，你自己想想就明白了。

几年前，我下楼时，电梯里有两个孩子，一个男孩、一个女孩。男孩问女孩一道数学题，女孩把脸背过去就是不说，态度坚决得很。我问那女孩："互相学习是好事，为什么不说?"那女孩说："这次奥数竞赛很关键，谁得了奖谁就有上重点初中的资格。"接着还讲，她母亲说上不了重点初中就进不了重点高中，上不了重点高中就进不了重点大学，上不了重点大学就进不了重点单位，进不了重点单位就成不了大人物。何兄，要按这么说，成功的开始岂不是赢在获奖上了，看来勇于获奖、敢于获奖、乐于获奖的精神，要从幼儿园开始培养。

我的一个小学同学，有天见了我，聊着聊着就聊起了往事。他对我说，你小学时把到手的大奖弄丢了，你也不后悔?我想了半个月，给他发去短信，我说综合了这些年的生活来看，当年幸好没得奖，如果当年得了奖，可能后来就什么也弄不成了。

说寂寞

寂寞何必说，越说越寂寞。

房子有窗户，为的是让空气进来。关了窗户，空气不再流通，这房间就有了寂寞的感觉。如果说寂寞如夜，猫头鹰就是寂寞之神，人们大多不喜欢猫头鹰，喜欢猫头鹰的都是寂寞之人。

都市里人多嘴杂，从早到晚都热热闹闹。但这热闹不会长久，如一盆水泼在地上，太阳出来水就蒸发了。我理解的寂寞，寂是孤独，寞（默）是不说。寂寞的人，爱听别人说，他们是很好的听众，是他们成全了说话者。当然，寂寞者各有不同。有恋爱失败的寂寞者，那是付出太多感情得不到补偿导致的寂寞；有事业失败的寂寞者，那是满腔热血不能施展造成的寂寞；有亲人离世的寂寞者，那是想要报答亲人而无处报答留下的寂寞。

寂寞的人多了，酒吧、茶楼的生意才好做，不然城里马路上的灯光夜夜通明照谁去？寂寞成就了寂寞的人，他们要么谱曲，要么写作，要么画画，要么唱歌，艺术家大概有一半以上的人内心寂寞。

×××说自己是寂寞的人，他胡子不刮，脸也不洗，衣服脏着。

你劝他，他说整得那么干净，给谁看呢？原来他好的形象，只想给他喜欢的女友看，现在女友离他而去，他自然就不必给陌生人看了。要他干净，除非有天他心思变了，想重找一个女友。如此说来，我们活着的目的，有时候只为了一个人或几个人而活。聪明的兔子死完了，狡猾的狐狸岂不为自己的智慧无处施展而陷入寂寞？寂寞如人影，哪里有光亮哪里就有寂寞，人睡觉的时候应该感觉不到寂寞，偏偏寂寞的人都严重失眠。

寂寞的人笑话热闹的人，说热闹的人是屎壳郎爬笤帚，能结出什么茧。热闹的人笑话寂寞的人，说寂寞的人七分像邋遢鬼，三分像丧家犬。寂寞的人，可以不干事情，如真正干了，就要干出大动静。他们不喜欢群居，他们喜欢虎的风格，虎是不轻易出现的，如要出现就大吼一声，山谷震荡，百兽逃避。

×××对我说，他内心想了很多回，没胆量向一个女孩表白，后来那个女孩和别人好了，他就陷入了寂寞。我们都不想陷入寂寞，有时候寂寞由不得我们。于是，我明白了，一个打扮性感妖娆的女孩，若是没有男友，那么她或许就是寂寞之人；一个打扮新潮时尚的男孩，若是没有女友，或许他也是寂寞之人。如此说来，花朵是因寂寞而努力绽放，求的是蜂蝶的热闹；河水是因寂寞而努力奔流，求的是去大海里喧嚣；月亮是因寂寞而招来一群星星，以求不落个孤家寡人的名号。美女和美男，不正是因为过于美丽，导致了没人高攀，最终陷入寂寞？谁能领悟这个道理，谁就能将寂寞升华出美丽。

说藏书

读书人少吃少穿，但绝不会少书，没有书还能叫读书人？钱多了，就有了保险柜；书多了，就要有地方安放。传说轩辕黄帝将书藏进山中，大酉山、小酉山就是轩辕黄帝藏书的地方。

读书人爱书，就像酒鬼爱酒，赌棍爱牌。美酒和好烟是存不住的，只会越存越少，唯有书是越积越多。贪官贪了钱，最惊恐的是不知把钱藏到哪里。读书人有书，开始是为了向别人展露，后来就琢磨着如何隐藏。人活在世上本身就很累了，大家心里往往向往悠闲，但真正行动起来，又爱自寻麻烦。

沙友是大企业家，他腰缠万贯，却从不买书。他把钱给了别人，让别人去买书，要求别人读完后给他讲书中的道理。许多给他买书的人，最后没有他的学问高，看来藏书多也未必有同样多的知识。古时候，几百斤粮酿出几斤美酒，这酒便是粮食的精华。汉朝有个蔡邕，是个大学问家，他家的书多，他写的文章也多，后来这些书简都散佚了。蔡邕的女儿，就是那位大名鼎鼎的蔡文姬，流落到了匈奴部落。曹操迎回蔡文姬，问她蔡邕藏书的下落，蔡文姬让曹操给她纸笔，竟把散佚的书靠记忆又写出来了。汉朝的王充家里穷，买不起书，就到洛阳卖书的地方看书，后来这些书都让王充记下来了，当时王充的学问无人能及。

看来，要想做学问，必须要有好的记忆力，就像干活要有手艺。初中时，我的同学爱看课外书，老师说他就是再看也未必能写出好文章。他对老师说，谁说看书必须要写书，如果看书的人都去写书，谁又来看书呢？一本好书，经得起各个时代的人看，也许写出来的时候没人看，几十年后却到处流传。古代时南方人爱建藏书楼，里面放的书何止千本万本，但主人不让人看，用锁头紧闭藏书楼。这样的藏书倒是便宜了小偷，小偷从窗户翻了进去，天天偷几包袱书到市场上卖，积年累月下来，藏书楼的书就被偷了几近一半。也许有人把藏书当成了事情去干，书如同黄金美玉，不再供人阅读，反而成了家中的装饰。有人嘲笑藏书者的愚昧，却不知道黄金无非是一种贵重的金属，美玉无非是一种稀有的石头。有人把景德镇的瓷器用来饮茶，也有人用来撒尿。难道北大、清华的学生到社会上落魄要饭就成了笑话，初中毕业到社会上荣华富贵了就不应该？我们爱忽略的是本质，关注的反而是后来附加的东西。

古人藏书，多是为了流传后代，但后代有后代的思想，岂就能延续下去？古代时的南方，那么多富豪藏书，也少有把书能传几代人的。庸人关注后代，是希望后代弥补自己的平庸；智者相信历史，是希望历史验证自己的思想。人生在世，最多不过百年，能不能干成事情，能力是一方面，机遇也不可或缺。多少父母没有干成事情，他们的子女却把事情干成了，难道就能证明子女比父母有能耐？藏书无数，有的人藏了那么多的书，每一本书都费尽心血，后代却到大街上论斤去卖。龙生蛇蛋，虎生狗子，还不是常有的事情。

读书人藏书，说到底还是怕别的读书人借走不还。书并非金条、钞票，焉用许多警卫看守，这些年贼娃子啥都偷，却从没有听过爱偷书的贼。记得有个小偷，偷到了一个教授的家里，发现教授日子寒酸，兜里的现金不足百元，只有满屋子的书，就用笔在纸条上写：没想到你比我还穷！可是古人不是说，书中自有黄金屋，书中自有铜车马。有这么多书的人，怎能说他穷呢。

当藏书成了一种爱好，买书不读就成了一种行为艺术，满屋子的书就是行为艺术的成果。小学生读书是为了考上初中，初中生读书是为了考上高中，高中生读书是为了考上大学，上了大学的人读书是为了以后不用读书。想不到，读书竟成了惩罚人的手段。难怪我总听见，家长领孩子出去玩，孩子调皮时，家长就警告说，再不听话就让你回去读书！

许多暴发户爱藏书，屋子里书架上的书放得满满当当。有些来他家里的人说，怪不得人家富呢，原来是人家爱读书，读书的人焉能不富。谁曾经说，书中自有黄金屋，书中自有铜车马的。是谁呢？他去问暴发户，暴发户慌了神，连问来人，你说的这句话出自哪本书，我家里藏书多，要找是肯定能找到的。来人说，你去翻翻《中国古代名句辞典》，那里面应该有这句话。暴发户说你去找，我是找不到的。来人奇怪了，说这是你家的书房，我怎么知道你把书放到书架的哪一层？暴发户急了，对来人说，你怎么就不知道，我压根就不识字。

说变化

天地在变化，万物也在变化。

上天把蝌蚪变成了青蛙，把毛毛虫变成了蝴蝶。一日之中太阳在变化，早晨时阳光照进我的书房，中午时照进我的客厅，黄昏时又照进我的阳台。我的书房充满了早晨的阳光，写作便有了激情；我的客厅充满了中午的阳光，与朋友说话就正大光明；我的阳台充满了黄昏的阳光，我在这里喝茶就倍感温馨。万事万物自身变化，也被环境变化着。

我在秦岭的厚畛子镇，有幸得到了一块鹿石，我从来没有见过如此逼真形似动物的石头，石头上面不仅有鹿清晰的轮廓，更清晰地有鹿的耳朵、鼻子、眼睛、嘴巴，连鹿翘起的尾巴都格外清晰。得到鹿石的那天，我正从秦岭返回西安。如果说得到鹿石是偶然，那么我无疑是幸运的，许多人在山里一找就是好多年，都没能找到如此象形的石头，而我不经意就找到了。如此说来，哪里是我选择了这块石头，分明是这块石头选择了我。

这些年走来，我是不敢多说话的，害怕说多了人不爱听，我知道我的语言改变不了别人的看法，那么我就默默地听别人说。既然听别人说，就不怕别人说脏话、说粗话。我小的时候，楼下一条街到处都在叫卖东西，从大雁塔下一直排到西安美院的门口，差不多四里路那么长，我在这条街上生活了好几年。我的窗户下面一到晚上六七点，就是来占摊位的小贩，他们为鸡毛蒜皮的事吵吵闹闹，住在这里我没有睡成一回懒觉，因此我上小学也就没有迟到过。我开始对这些小贩的吵闹不胜其烦，到了后来却欣然接受了他们。

我是男孩，小时候却爱照镜子。我小时候头发稀少，谁都笑我，我文静，大家又笑我像女孩。我照镜子，是观察自己的变化，我内心希望多长头发，内心渴望自己变得阳刚。随着时间一天天地流逝，我发现自己的愿望得以实现。我的头发长得又浓又密，我的身形变魁梧了。走在北京的大街上，人们都说小偷多，我说怎么我没有被偷过！一位长辈开玩笑地对我说，小偷见了你害怕，他不敢偷你，怕的是你反过来抢他。人呼唤变化，却不知自己手里就拿着变化的钥匙。你的心性清明，你就不会遭人暗算；你的胸怀博大，你就不会变得猥琐；你的志向远大，你就不会只看眼下。人究竟多大程度上能改变别人，我说不清楚，但是人确确实实能够改变自己。我的朋友里，有儿时内敛长大变泼辣的，有儿时莽撞长大变乖巧的。马拉松比赛，你不能看开始谁跑得快，据以往的经验看，开始跑在后面的，到了最后反而最有可能得第一。

王之涣的《登鹳雀楼》中有句名言：欲穷千里目，更上一层楼。儿时读没有读出味道，只觉得这句话很豪迈，现在回过头咀嚼，才明白了一些道理。既然改变不了自己的个头，那就改变自己所处的位置。科学家牛顿不是有句很经典的话：如果说我比别人看得远些的话，是因为我站在巨人的肩膀上。多少不能理解的，最后都被理解了；多少无法忍受的，最后都被忍受了。现在的社会，你争我吵，正像我儿时住所旁的集市，要安静就不进集市，进了集市就要理解和容忍集市的吵闹。过去我欣赏文静规矩的女孩子，现在我也欣赏泼辣张扬的女孩子。进了四川就跟着人们吃辣，进了上海就跟着人们吃甜。女孩子文静是美，泼辣也是美；麻辣火锅是名吃，蟹粉小笼包也是名吃。我记得，一位陕北老农曾对我说，长征时的王明、博古、李德注定要失败，毛主席注定要成功。我问他原因，他说德国的马克思是大胡子，怎么吃咱们的苞谷糁，他要吃还不黏得满胡子、洒得满衣裳都是，毛主席继承和发展了马克思主义理论，这理论对中国就适用了。古代的皇上，不注意听老百姓的话，王朝过不了多久便灭亡了。《周易》里说：汤武革命，顺乎天而应乎人。革命是为了推动社会变化，参与的人多，力度就大些，破坏性也强。文人著书立说，也是为了推动社会变化，虽然力度小些，参与的人少，但作用却是长远的。

社会太严肃了，就有了改变严肃气氛的人。你要规矩，我偏要打破规矩；你衣装正经，我衣装就要暴露；你说话文雅，我说话偏要粗俗。汉唐都是中国历史上空前强盛的王朝，大臣有能文的，也有能武的，有了这种平衡，这个朝代才会强盛。宋朝是因了软弱，国家覆灭；元朝是因了好战，国家覆灭。容不得改变的人，走不长远。写作也是这个道理，既然有人不按规矩写，就要容得下他，或许时间久了，他就能为大家摸索出一条道路。

也可以这样来形容变化，毛毛虫的丑陋，是变化为美丽蝴蝶的忍辱负重；幼苗的柔弱，是变化为参天大树的蓄势待发；蛹的蛰伏，是变化为蝉的深谋远虑；蝌蚪的东躲西藏，是变化为青蛙的有意示弱。我不知道上天将我们如何变化，但我知道，水化为冰，玉琢成器，所经历的都不是一日之功。人顺利的时候要变化，这样不会走向低谷，人不顺的时候更要变化，为的是不陷入困境。

我认识的一个女孩子，过去喜欢拘谨的着装，现在却尝试个性的装扮。过去她把自己包得严严实实，现在她穿的低腰裤吊带衫，露出了她过去不敢暴露的小腹和肩膀，她问我好看不好看，我说好看。

于是有这样一个结论，越是竭力坚持老观念，变化就会来得越快。气眼越堵，气就越往外涌。大人说孩子叛逆，是大人的墨守成规，激发了孩子改变的兴趣。社会的激荡，来源于社会制度长久的不变，无法适应多数人求新的欲望。现在我越来越爱看老庄的学说，明白了顺应自然就是接受变化。一天之内，温差不同，风雨各异，你原地不动，地球依旧在转，你跟着地球还要走。

大家都说，我何必多说。如果大家沉默着，我就一定要说，我说的目的，是为了激发大家说话的兴趣。

好了，现在我不说，该你说了。

说吹牛

陕西人常说，牛皮不是吹的，火车不是推的。

城里的夜市，一群人围坐一起，嘴里尽管被吃的喝的占着，也要抽空吹吹牛。

我在西北的许多城市里转，天色暗了，再小的城市也必有夜市。这里猛料多，有国家机密、名人绯闻、历史轶事、宇宙奥秘。如果要开发想象力，最好去夜市。北方人喝了点酒，思维就异常活跃。难怪长安城能造就李白的诗歌，也造就了杜甫笔下的八个酒鬼。李白斗酒诗百篇，我辈喝酒只好吹牛。有人说吹牛不要紧，赶快记下来也是篇好散文。从哪里开头呢，就从刚才我说的，某个歌星的情人开始，那不成小说了？小说就小说，你当我不懂文学，散文穿了件长马褂，不就成了小说么。

凡是吹牛，就要有听众。你看一个爱吹牛的人坐在夜市，周围的熟人都不听他吹，周围的陌生人却听得认真，生怕漏了一字半句。所以吹牛怕见老朋友，吹牛更怕见老同学。一个生活落魄的人，在陌生人中可以受到大家敬仰。一个刚从牢房释放出来的人，也可能被陌生人当作大富大贵之人。

我至今没有掌握吹牛的秘诀，不会吹牛，就自然没人拥戴。去年到黄河边，有位老者指挥年轻人说，还不快去吹牛。我好奇，问老者为什么让年轻人吹牛。老者说，我老了早就吹不动了。我更是不解，于是尾随年轻人，一路走到黄河边，那岸边放着两个羊皮筏子。看来，吹牛是属于年轻人的特权，人老了有一层悲哀，就是自己吹不动牛了。

过去，有个笑话，问猪八戒怎么死的，许多人答不上来，讲笑话的就说，猪八戒是笨死的。这是个骂人的笑话。我的生活里，有人吹自己水性多好，十几年过去没把别人淹死，独独把他自己淹死了；有人吹自己酒量多好，喝一斤半白酒还能开车上高速，结果被拉土车撞散架了。

吹牛作为聊天艺术是可取的，但是如果成了行为艺术，对于吹牛者就是悲剧。

说恋爱

我真怀疑咱们当年的同学×××前生是树，要不然怎能站得那样直，那样忘乎所以，以至于老师走来把他的肩拍了几下，他的双眼依旧盯着那个女孩不放。他个头那样高，还是要踮着脚，伸着脖子，不停地把他戴的眼镜擦了又擦，生怕看不清楚。他天天去隔壁班的后门看那个女孩，想尽办法和那个女孩搭讪，但始终没有得到那个女孩的欢心。他说他是棵梧桐树，怎么就招不来凤凰，于是自我安慰，那个女孩不是凤凰。

恋爱是春天，因为春天热闹也浪漫；婚姻是夏天，因为夏天舒畅也温馨；生育是秋天，因为秋天美好也洒脱；死亡是冬天，因为冬天寒冷也干净。

一个朋友，年纪不大却少年老成。记得他曾对我说，恋爱就是灵与肉，但是现在人多是只图肉体上的愉悦，而不顾心灵上的滋润，那些只知获得肉体愉快的人，和屠夫有什么区别？我对朋友说的这番话，十分佩服，也佩服他的人品。后来，听另一个朋友说，这个男孩和一个女孩谈恋爱，吃饭、送东西花了不少钱，最后女孩要和他分手，他问女孩要钱，女孩不给，女孩说你从来没给过我钱呢。这个男孩则说，你还没有和我好呢，凭什么吃我的、收我的东西！女孩气得哭了，扇了他一耳光，说你和我取钱去，女孩从自动取款机取了五千元，在男孩面前把五千元扔得到处都是，转身就消失在人海。男孩头也不抬，在原地一张张捡钱。后来他对这个朋友说，自己种了花，虽然没有开花，却讨回了花的种子。

恋爱着的人，觉得自己什么都高明，哲学家却说，恋爱让人愚蠢。有人说恋爱的人是神经病，而恋爱的人看所有人都不正常。恋爱的人爱寻死觅活，但真正殉情的是少数，多数的人都在九九八十一难后修成了正果。恋爱的人花钱不计数目，所以商铺老板希望满城热恋。恋爱的人受人关注，因为恋爱的人是先锋队，不管路远坑深，翻山越岭也要把红旗插到顶峰。恋爱的人爱说，我不下地狱谁下地狱？我是××，向我开炮！恋爱的人最容易忘记时间，总说一万年太久，只争朝夕。恋爱的人，都有些不顾朋友，谁给他发短信都叫不来，人家回的短信是，我在恋爱，请勿打扰。恋爱的人爱表现，你说这东西沉，你别管了，你就说你家住几楼吧。恋爱的人都浪漫，吃泡面也要点两根蜡烛。恋爱的人喜怒无常，所以不能让恋爱的人办事情。

长得漂亮的女孩，常常会因为追求的人太多而耽搁自己；长得英俊的男孩，常常会因为表达爱意的人太多而犹豫不决。最后，长相一般的男孩得到了长相好的女孩，长相一般的女孩得到了长相好的男孩。田忌赛马最后能赢，是因为以上驷对了下驷；龟兔赛跑乌龟能赢，最大的原因是兔子太自满。恋爱是竞赛，也是打仗，要不然有那么多人在编恋爱的战术秘诀。什么暗度陈仓，什么瞒天过海，什么声东击西。写兵法的孙武，要知道后代用他的兵法恋爱，心里不知会有何感想。从心理学分析，经历了太多的失败，一点点的成功也会被视作巨大的胜利；赢得了太多的成功，一点点的挫折也会被视作巨大的失败。

如果人是猴子变的，那么猴子要经历多少困难才能变成人。恋爱是人通向婚姻的必经之路，没有谈过恋爱的人生是不完整的。恋爱的道路上，虽然到处都是失败者的脚印，但人们依旧在前赴后继。有碍于面子失败的，有小里小气失败的，有不修边幅失败的，有太严肃不可爱失败的。恋爱一失败，有人怪罪父母没钱没势，有人归结于自己的形体不完美。宽叔的大儿子，恋爱失败了，回到家就踢板凳砸桌子。宽叔给老二说，给你哥买三斤芹菜，你哥是肝火太旺了。有太瘦的男女想胖起来，天天吃肉吃得恶心；有太胖的男女想瘦下去，天天穿束身衣上气不接下气。恋爱最能改变人的思想，能把一本正经的人变得时尚新潮，能把过于轻浮的人变得规规矩矩。

多少人有心栽花花不成，无心插柳柳成荫。多少人一片痴心向明月，无奈明月照沟渠。佛家说，有因有果，无缘不合。恋爱的过程，就是寻找缘分的过程。果熟蒂落，水到渠成。好的缘分，不在于寻找，有时是等来的。

杭州黄龙洞前有块石头，写了一个很大的“缘”字。导游说，上去摸一摸，就能种福根结善缘。人们围了上去，石头被摸得光滑如玉，在太阳下亮闪闪的。

这时，我不禁想到了海子的诗歌：

陌生人，我也为你祝福
愿你有一个灿烂的前程
愿你有情人终成眷属
愿你在尘世获得幸福

转眼间，蛇年就过去了，我身边多少人恋爱成功后结婚，正享受着甜蜜，有多少人恋爱失败，准备着振作重来。这大概是我在蛇年写的最后一篇文章了，当我写下这个题目时，我就知道自己是被某种神秘的力量所引导着。我默默地在一张白纸上，写满了一个女孩的名字。

我 在

当我在四尺的宣纸上，用最粗的那支毛笔，浸饱了墨汁，写下两个大字“我在”的时候，周围人都对我投来疑惑的目光。我对大家说，这两个字不是送人的，我要把这幅书法裱起来，挂在我的书房里警示自己，让我能时时刻刻感受到自己的存在。

在多少个日子里，感觉丧失了自我，就如我在屋里焚香时，那缕缕的香烟，开始是一股长线向上，还没有到屋顶就四散而开，再不能集中，分明是弃我而去的姿态，果然我一开窗，那烟雾就随风飘到窗外的广阔天地中。

我的一位朋友，人很聪明，平时想法也多，但每当干事情受到外界的干扰，就干不下去了，许多在我面前谋划周密的事情，最后都不能付诸行动。他和我在一起上了整整三年高中，快要分别的时候，我对他说，在我的印象里，这三年里你恐怕没有活过一天自己。他问我为什么，我说你在家是为父母活，在学校是为老师活，将来工作时有了老板，就要为老板活，结婚后有了妻子，还要为妻子活，如果生下儿女，还是要为儿女活。他听后没有回应我，我从此也再没有见过他。

想活自我，实在是难，一点都不活自我，是难上加难。我随朋友去见一位所谓的大人物，那位朋友不知给这位大人物说了多少好话，我知道许多都是违心话，但这么说这位大人物可能就不答应和我的朋友合影、给他签名。过去我常以为妓女是可怜人，要出卖自己的肉体来得到别人的钱财，开始不想接客，渐渐接客接多了，羞耻心不强了，接客也就和吃饭睡觉一样变得平常起来。但是和妓女相比，我就活得清高吗？我常常也是把违心话说多说顺嘴了，竟不觉得有些话违心了。当我发觉这一点后，我有意避开人，也懒得和人说话。有一天，我见一位比我大几岁的姐姐，我和她说了很多话，最后说你今天穿着这身衣服真漂亮啊。说完这句话，我觉得内心自在，但我和她却都陷入了尴尬，她肯定觉得我这句话太突然了，而我也不知道这句话说得合不合适。所以话一说完，我就匆匆告辞了。有时候我真感觉自己是一条毛巾，被人扔进水盆浸满了水，又被从水盆里提出来拧干，等擦完了桌上的脏东西，又被扔进了水盆，日复一日就这样来来去去，连我自己都不知道，自己什么时候是干净的。

哲人说，我思故我在，可也有句话叫习惯成自然。人做的事多少是没有经过大脑认真思考就做的。许多小偷被派出所抓住，审讯时发现这个小偷根本不缺钱，可他还是偷了，也许这是因为被偷的人疏于防范，而小偷又偷得顺手了，不偷不过瘾吧。看来，有时候勇敢者和懦弱者之间是没有界限的，武侠小说里杀人如麻的江洋大盗，临到上法场，却对刽子手说，把刀磨锋利些，让我死得干脆利落。但是他们杀人，却从不干脆，有的人被他们打断全身关节，最后疼痛而死。有的被他们用刀割破血管，血流满地而死。现在轮到他们要死了，他们却是如此胆小怕死。我不禁想起我小学时的一位同学，他暗恋一个女孩很长的时间，不敢给女孩当面表白，便选择给女孩写情书。要说他的文字水平，当时班上有人就说，车轱辘话来回说。他胆子实在小得可怜，和那女孩距离十几步远，就像中了魔障般浑身哆嗦、说话结巴。

其实他的那些情书，好多是我写的，还有一些是他从书上抄的。他这人也真实在，送第一封我替他写的情书时，据女孩的同桌说，女孩把情书反复看了整整一节课，我把这个好消息告诉了他。没想到他急于扩大战果，脑子发热犯了贪功冒进的路线错误，竟然给女孩每天送两封情书，让女孩误以为他是在戏弄自己，就把所有的情书都交到班主任手里。从此，我的这位同学，因为勇敢而受到了全年级男生的刮目相看，真让人有些匪夷所思。难怪三国时阮籍说，时无英雄，遂使竖子成名。

红尘如此深，怕就怕不能成全自己。我写下了“我在”这两个字，看来也属无奈之举。我毕竟是凡人，每当走到我家附近的大雁塔，我就看着玄奘塑像愣神，想着我若是玄奘，怕这经书就难取了。如果真的把经书取了回来，我肯定是活不长的，你想想西行路上要割舍多少东西，回到长安岂不日日悔恨夜夜揪心，哪里能够长命。

这幅字我要好好留着，它是我的宣言，就像上学点名时答到一样。“我在”，在这茫茫人间，在这滚滚红尘，在这渺渺宇宙，关键的问题是，我将来如何能成全我自己，也更多地成全别人。

老人的火车

很多年前的冬天，我在北京学习。结业时没多久，就要过春节。我那时心里并不着急，跟着北京的朋友们游逛吃喝，时光过得流水一样。当我觉察要立即回家时，车票早售光了，托几位铁路上有关系的朋友，费了周折，才订到硬座票。

从北京出发的下午，车站广场黑压压一片，人们挤在一起，谁还顾得上礼节。男女老少手拽肩扛地带着行李，如蚂蚁搬家一样，浩浩荡荡拥向候车大厅。我好不容易进到候车室，汗水已浸湿里面的衬衣，皮鞋也被人踩得面目全非，手提袋里的点心挤成粉面，万幸的是没错过发车时间，心里的石头总算落地。

上了火车，发现车厢里也不舒展，到处是人和行李。没座位的旅客，索性找块能靠的地方坐下来，有的旅客找到座位，就拿出吃的往嘴里塞，还有的旅客伸着脖子打电话。我顺着窗边标注的号码，找到自己的座位。邻座是位瘦小的老人，他头发灰白，脸上皱巴巴的皮肤贴着骨头，身上穿着肥大的棉衣，看起来就像虾米裹着被子。我弯腰想把行李箱往座位下面塞，老人带着歉意对我说：“下面没空地了，你把行李放平，就搁地上吧。出门在外，大家多将就，到家就好了。”

火车缓缓开动了，老人对身边的老伴说：“老婆子，火车就怕开，开起来就快了。你昨天收拾一夜东西，今天又赶了一天路，靠着睡会儿吧。现在是下午四点半，咱们回去也到明天吃上午饭了，那时候娃们都会来车站接咱们。”老人和她说话时，她羞涩地点着头，要说的话都在眼神里。老伴从身边的蓝布兜里取出夹了榨菜的烧饼递给老人，老人对她摇了摇手，她把烧饼放了回去。老伴又拿出苹果递给老人，老人还是摇了摇手，她把苹果也放了回去。老伴继续在布兜里摸索什么，老人对她说：“莫要找了，我这会儿什么都不想吃，你快快休息吧。”老伴很听话，头斜靠着窗，不一会儿就睡着了。

对于坐火车，我有这样的感觉，如果急着抵达目的地，一分一秒非但没有变快，反而慢了下来。我和老人的对面坐着一对小情侣，女孩幸福地靠在男孩的肩膀上，甜言蜜语的悄悄话说不完。我从行李箱里拿出一本书看，想打发火车上无聊的时光，但就是看不进去。

冬天的夜晚天黑得早，没到六点钟天色就暗了。火车上的乘务员开始售卖饭菜，很多旅客起身去热水房冲方便面。火车上飘荡着食物浓郁的香气，此时不吃点东西，似乎对不住自己的嘴巴。我对面的小情侣也摸索出香肠、方便面、鸡腿之类的东西，准备吃晚饭。就在这时，我听见女孩惊讶的声音：“大爷，您的手怎么了?”我放下书，注视老人的手，没想到老人听了女孩子的话，莫名慌张起来，第一反应竟是把手往棉衣里藏。我看清了，老人的手不寻常，并非是多了或少了指头。但是这双手让人不忍去看，这双手几乎没有一寸完好的肌肤，手上有红的、紫的、青的颜色，好像是被恶作剧的孩子涂了各种颜料。老人抱歉地说：“最近工地冷，零下十五六度，戴了手套还是冻伤了。”女孩子心疼老人，找出护手霜给老人涂抹，老人难为情地伸出手，让女孩子用棉签涂护手霜。老人对女孩子说：“老伴给我的手也涂油，可是天太冷，工地有点小营生没干完，赶过年前要给老板干完呢，答应的事要做好呢。”男孩对老人说：“老大爷，你这么大年纪，还在外面干活，怎么还没退休呢?”老人笑了笑，说：“天底下哪有农民退休的道理呢，我今年六十三，老家快七十岁的人在田里干活的也有呢。”女孩听了，很同情老人，对老人说：“农民现在还这么苦?”老人脸上的皱纹聚到一起，脸好像是麻核桃，笑着说：“苦瓜不苦能叫苦瓜吗？自古最苦的人就是农民。”老人看女孩有些难过，反倒安慰女孩说：“现在生活好过多了，咬甘蔗总算咬到甜的地方了。”我对老人说：“北京最近天这么冷，老板怎么还让你做活呢。”老人对我说：“老板是好人，他不让我们干，可是我们不是想多挣点钱嘛，于是把过年后的营生提前做了，这样和孩子团聚的日子也多些呢。”听了老人的话，大家沉默了。

女孩和男孩吃完了晚饭，我也去热水间泡方便面。我回来的时候，老人和老伴开始啃烧饼夹咸菜，女孩子把鸡腿给老人吃，老人说：“晚上吃这个习惯了，吃油腻的东西胃里反而不舒服呢。”大家吃完东西，开始闲聊起来，我才知道老人在北京通州打工七八年了，老人之前在村镇工厂里当过工人，在工地干的算是技术活，不用出太大的力气。我对面的小情侣是西安的大学生，这次是趁放寒假来北京旅游的，于是和我聊起北京的著名景点，老人和老伴听得很认真，老人时不时还要问上一句。我问老人：“你在北京打工七八年了，难道没有到北京的景点转一转?”老人对我说：“工地离北京市区也好几十公里呢，再说干活很少有假日，就是能过假日，也是累得在床上休息。”大家你一句我一句，聊起天时间过得就快了，不知不觉就到了晚上十点。小情侣旅途累了，两个人靠在一起很快睡着了，老人的老伴此刻也已进入梦乡。我和老人虽没睡着，也不好再说话打扰别人，也就闭上眼休息了。

当我醒来的时候，看手表已经凌晨四点多，火车还有两个小时就抵达西安了。我发现身边老人不见踪影，其他人睡得很香甜。我起身去上厕所，出来的时候，发现老人在两节车厢交接的吸烟区坐着。我走了过去，问老人为何坐在这里，难道不冷吗？老人说：“里面太热，我不习惯，我坐上火车睡不着觉呢。”我和老人抽起烟，又聊了起来。老人说到自己过去的遭遇，他对我说：“我活了六十三岁，究竟也没把世事看清楚，但一生总结起来，也是失望多过希望，坎坷多过平坦，不如意十有八九。就拿我的人生来说，刚生下来，父亲就跟着军队坐火车走了，从此下落不明。长大上学的年纪，祖父划成地主遭受批斗，我也没过一天安稳日子。该长身体的时候，遇上了大灾难，虽没饿死却也营养不良，身体再没生长。家乡待不住，跟着母亲坐火车投奔外祖父，虽说是亲人，也还是有寄人篱下的感觉。后来母亲改嫁，为的是让我吃口饱饭。我到了该谈婚论嫁的年龄，正经人家的女子自然看不上咱们，只好找了个哑巴媳妇，也算是过到今天。后来在工厂当工人，刚过上安稳日子，工厂又倒闭了，我为了养儿女，生活自然艰辛。母亲去世的时候，对我说：这一切不幸都归于命运，如果说有罪过，就怪你父亲投错了队伍。我如今在外面打工，还不是为了儿女顺畅一点。说到我这辈子，真是一言难尽，谁能把这个世界说清楚呢。”老人说起往事，面容凄楚，叹息不已。

我听了老人的遭遇，唯有沉默。再大的道理，都不能对这位遭遇不幸的老人做出合理的解释。如果这样的遭遇降临到其他任何人身上，谁能做到心如止水、气定神闲？我注视着老人饱经沧桑的面容，心里有说不清的滋味，不禁涌出泪水，老人布满皱纹的眼眶也涨满浑浊的泪水，我们相互看了很久。

我下火车的时候，送给老人一条香烟，我对老人说：“路上留着抽吧。”老人不肯收下，我塞了几次才勉强接受。老人对我道谢，千言万语都在眼神里。

我至今不明白，自己那天为何要在站台停留了很久，一定要目送老人的火车离开。

告别幼稚

一位刚参加工作的大学生，与我在微信上交流，他向我倾诉他的许多困惑。他说他不能适应社会，患上了重度抑郁症，白天没精神，晚上睡不着，吃饭也不香，整天生活在悲观的情绪里，看见窗户就有想跳下去的可怕想法。我们交流了很久，我得知他是很优秀的学生，他从小学到大学都是在西安的重点学校就读，如果从他的学生阶段来讲，他的确出类拔萃、无可挑剔，谁能想到这样优秀的学生，现在的状况竟然是这样糟糕。

我和这位大学生交流之后，夜里在书房静静思考，这位大学生所说的很多遭遇，其实我都曾遭遇过。刚走上社会的人，谁没有遭遇过工作和感情上的挫折呢？生活中凡是坚强自信的人，骨子里流淌的是成熟；生活中凡是抱怨消极的人，骨子里流淌的是幼稚。

人在成长的过程中，不能告别幼稚，就难免有这样或那样的灾难。

我们生下来，父母爱我们，进了学校，老师爱我们，父母和老师对我们都是不求回报的爱。有时我们会和父母闹矛盾，但是父母对我们的感情并没有改变；有时我们会和老师闹矛盾，但是老师对我们的关心并没有改变。父母和老师的爱滋养我们的心灵，也使我们以为世人都会爱我，我是世人不可或缺的角色。当我们走上社会，面对形形色色的人物，面对真真假假的言语，面对盘根错节的关系，我们的内心恐慌起来，好像一粒沙子掉进大海。如果头脑还如学生时代一样幼稚，就经不起生活的考验。

我对那位患了重度抑郁症的大学生，讲了三个故事，他的内心豁然开朗，对生活不再困惑迷茫，渐渐有了信心。

第一个故事，讲的是我的一位朋友。他在部队工作，他的领导当时大权在握，可谓呼风唤雨。来自领导的指示，周围的人不敢不听，都要统统照办。很多人都知道领导的做法违反原则、违反纪律，如果拒不听从领导，可能就要遭受打击，如果一味听从领导，就可能坠入深渊。我的朋友在这位领导手下工作，不可能不参与这位领导的一些事情，但是这位领导出事后，周围的人几乎都被牵扯进去，唯独我的朋友不仅独善其身，反而能够被组织赞扬并提拔。当军纪委来调查这位领导的时候，周围人都胆战心惊，唯有我的朋友心如止水。军纪委的人单独约谈我的朋友，朋友拿出一个包裹，对军纪委的人说，我什么都不用说了，这个包裹里有我和这位领导所有的来往记录，我本人清清白白，没有做任何对不起党和人民的事情。我的朋友受到了上级的赞扬，不久后又被提拔，而一些人虽然没有参与这位领导的犯罪，但是由于不能交代清楚，最后都受到不同程度的处理。朋友对我说起这件事，他感叹周围这些人都被领导的权势所迷惑了，忘记了原则、纪律的存在，心存侥幸，以为这位领导不会出事。其实只要违反原则违反纪律去做事，就会留下蛛丝马迹。某些认为领导能一手遮天，认为能不留任何痕迹，这种心存侥幸的想法就是幼稚的表现。

第二个故事，讲的是我的一位同学。他和一个女孩谈恋爱，两人刚进大学就开始交往，我的同学给女孩买东西，带着女孩旅游，请女孩吃饭，交往几年下来，花了很多钱。等到大学毕业后，女孩突然提出分手，我的同学无法接受。他想向女孩去要回自己的损失，又觉得这样太伤情面，可是面对女孩提出分手，我的同学又痛不欲生。他向我倾诉他的遭遇，我告诉他，你以为给女孩买东西，带着女孩旅游，请女孩吃饭，就能得到女孩的芳心，这样的想法本身就是错误的，感情是不能用物质交换的，否则世间的真情就不存在了。就算用丰富的物质交换，让女孩答应和你结婚，也不能保证你们的婚姻有美满的结局。我们总是以为凭借什么，就能得到什么，好像世间的很多事都如加减乘除一样简单，却忽略了这个等式成立所需要的条件。小学生的脑子里，可以有我对他好，他就一定要对我好，我给他办了事，他就一定要给我办事的想法。成人的世界，永远不要把事情看得那么简单。许多人从开始就注定等不来，许多事从开始就注定没结果，这就是社会的现实。如果什么事都有目的性，那么很多事注定会落空，人的感情也会遭受打击。大自然最高的规律是水到渠成、瓜熟蒂落，成熟的人不会强求任何人和事，只有幼稚的人才将自己的想法强加给别人，每当别人不答应，他就觉得整个世界欺骗了自己。其实世界何曾欺骗，只是自己不够成熟。我的同学听了这番话，很多困惑都得到了解释。他笑着对我说：你说得对呀，我当时又没给女孩说，你吃了我的饭、花了我的钱，你就必须嫁给我。我和这个女孩本来就没有做这样的交换，她和我分手了，我应该珍惜的是我们在一起的美好回忆，我之前的想法实在太幼稚了。

第三个故事，讲的是我自己。我刚参加工作的时候，由于年龄小，看不清社会，谁说什么我都相信，白白耗费了我很多精力和时间。有一年冬天，我情绪低落，心里想不开了，就和朋友去山里闲逛。走到半山腰，有一个农家小院，我们走了进去，发现里面的房子一排书架上摆满了书，我正好奇山里还有这样爱读书的人。就在这时，屋里出来一个中年男子，他邀请我们到屋里坐坐。他沏了茶，我们就聊了起来，我觉得他很有智慧，就向他诉说我的遭遇。他笑了笑说，你的毛病不在于别人，在于你自己！别人说的话，只要有那份心就是好的，你何必非要让他实现呢？每做一件事，先想好失败，最后如果失败了，就不必难过。如果能够成功，那么你的喜悦胜过别人十倍。思想稍稍变化，结局就完全改变了，这就是思想的美妙啊！临走时，我向这位中年男人鞠躬，我感到自己此前的幼稚，成熟的人首先是想好失败，所以不会因失败而困惑，这就是成功和失败的辩证统一。

我想向所有刚上大学或者马上大学毕业的朋友讲述这三个故事，无论社会有多么的残酷，无论生活有怎样的痛苦，不要去抱怨任何人和事，任何的抱怨只会消耗你的感情、精力、时间。唯有告别幼稚，才能掌控自己的命运。

朋友为何走到一起

有一天，我碰到这样一个问题：是什么让你和朋友长久地交往？如只能回答一个答案，我会毫不犹豫地选择品德。

当然了，朋友交往的原因很多，有的是爱好一致而交往的，有的是需要帮忙而交往的，有的是一起共事而交往的，有的是兴趣相投而交往的，凡此种种不胜枚举。朋友毕竟是换得快，走了一群又来一群，如树上的鸟，有的来了唱几嗓子走了，有的来了唱一阵子走了，有的则在树上搭窝做巢，长久地留了下来。俗话说，人往高处走，水往低处流。人们向上发展是自然规律，就如同草木生长。人们随着爱好、乐趣、工作的变化，交往的朋友自然会有所变化，但这都不是忘掉朋友的理由。

我过去不理解，有个朋友给人办事要收钱，再小的事情都要收。我有次鼓足勇气问他，有些是举手之劳，怎么还收钱呀。他回答我，这些人用过了你，就不会再来了，但他们还会有事，我这次收了钱，他们下次有事来找就不会不好意思了。你不收些钱，他们不好意思找你，他们也许一时没有找到能办事的人，也就把事情耽搁了。再说，收些钱，让他们心里好受，我心里也好受，这样有利于大家身体健康。后来我发现，这个朋友办事收钱也分人的，有些长久来往的朋友，他是分文不取，别人拉扯着硬塞都不要，这足以说明他不是爱钱。我顿时感悟，这位朋友有佛的境界。你看那些寺里的佛，受众生香火，还众生所愿。但不能说，佛不保佑那些烧不起香火的穷人。我们拜佛，首先是觉得佛有慈悲心，我们被善良所吸引，是自己心生善念。

最近这几年，我身边走动的人很多，看起来热热闹闹，过庙会一样，但来得多去得也多，大浪淘沙留下的就是金子。我发现这样一个规律，一些朋友求你办事时，说话也多、人也殷勤，但事情完了，他们就变冷漠了。真正长久的朋友，办事时是一个样子，不办事了还是一个样子。过去，我认为朋友交往是智慧，但太阳再亮，总有照不见的地方，我们的智慧岂就真能和每个朋友分享。西方人说没有永远的朋友，只有永远的利益，但如果真是这样，历史上的许多事情就无法解释。所以我说朋友长久交往要靠品德，世间的人和事都是互相吸引的，光明正大就能看到清晰，鬼鬼祟祟就一片晦暗。我非常欣赏一个朋友的话：你就是再聪明，瞒过一时岂能瞒过一世？为人偷偷摸摸，就让人厌恶；为人堂堂正正，就让人喜欢。

朋友身上有好的品德，就值得我们长久地交往；我们身上有好的品德，就不会终生孤独而没有朋友。

生活之上
——写给朋友赵多彪

生活好像是吃喝拉撒睡，一天天的单调循环，人来到世界自己哭，离开世界别人哭，哭完也就完了。屠宰厂里牛羊的命运掌握在人类手里，人类的命运又被谁掌握呢？人生六七十年的光阴说过就过，刚上车还没坐稳，车就到站了。

多彪兄是全国知名的数学老师，说实话，我的数学一团糟，可是这并不妨碍我们交流。说到数学这门学科，如今的中国人可谓精通算术，坐着、站着、躺着，脑子无时无刻不在快速运算，加减法、乘除法、四则混合运算法用得行云流水。算着有多少利益，算着有多少好处，算着有多少回报，唯独没算自己失去的光阴。生活中朋友交往成了简单的算术，今天我送你三百元的礼物，他日你送我二百五十元的礼物，这一来一去你就挣了五十元。今天你请我吃饭花了四百元，明天我请你吃饭花了三百元，这一来一去我就挣了一百元。婚姻也成了简单的算术，张三家房子一百六十平方米，陪嫁二十二万的大众车一部，礼金十万二千元；李四家房子一百四十平方米，陪嫁四十八万的宝马车一部，礼金八万八千元。拿城市住房均价计算，平均每平方米为六千七百八十元。嫁张三则挣一百四十万六千八百元，嫁李四则挣一百五十一万七千二百元，看来嫁给李四更为合算。国人如今对数学可谓情有独钟，数学似乎也在解决生活中的一切难题，难怪如今数学老师补课火热，语文老师却门可罗雀。

许多人的生活，除了物质之外，似乎再没有别的，走上社会工作的这些年，我才真正地理解了很多成语，比如“视财如命”“唯利是图”“锱铢必较”，过去的理解只是流于表面而已，现在才算真正地心领神会。让先富带动后富的愿望是好的，可是我们的先富者没有古人“达则兼济天下”的胸怀，有的只是不能满足的欲望，小富要变大富，大富要变巨富，巨富还要垄断。

几千年来，中国不能改变的依然是“卒想吏，吏想官，官想当丞相，丞相想皇帝，皇帝想成仙”，一层有一层的烦恼，好像天下没有一个快活的人。我们很多人背着沉重的思想包袱，也被所谓的脸面苦苦折磨。过去和乡镇基层的朋友打交道多，我发现他们比城市人活得更坦荡更快乐。有次我去了一位乡下老哥家里，他对我说，本来是要招待你吃肉的，可惜最近手头紧张，今天咱们一盘花生米，一瓶玉米酒，吃了油泼面，无话不能说。我们吃的虽然简单，可是我们心里舒畅。我的一位朋友是种苹果的，曾经答应给我送几箱苹果，后面打来电话，对我说，今年寒潮霜冻了，给你的苹果算是泡汤了，只能等来年送你苹果了。我听了这话，却比吃上苹果还要高兴。相反很多城里人，见面说了一堆，最后无一兑现，说过的话烟消云散。如果丧失了生命的真诚，又哪里祈求生命赐予的庄严呢？

今年过春节，我接触了一些不愿回家过年的打工青年，我问他们是什么原因不想回家，他们有的说是自己挣的钱太少了，回家害怕丢人；有的说是回去被亲戚这个问那个问，挣多少钱、买没买下房、有没有车，这使得他们有家难回。好像城市就是一座金矿，不挖到万两黄金就无脸见江东父老。还有一些青年，他们在老家人眼里是光鲜亮丽的，可是在城市做着出卖肉体、抢劫偷盗的营生，他们的内心早已千疮百孔。

鲁迅先生说，吃人的礼教，现在吃人的是错误的价值观。一个学生从上小学，就接受着所谓的成功学教育，似乎人生就是上战场，不成功则成仁。报纸、网络上流行大量错误导向，所谓的“心灵鸡汤”在我看来实在害人不浅！难道我们就不能安安静静地做一个好人？非要去发财，非要去出名，非要去成功？多少年轻人被世俗逼上梁山，出卖了灵魂，出卖了尊严，我们的价值观是不是该修补重建了？

我们的课堂难道不该是培育“真人”的课堂？我们似乎更应该教育学生一些生命本质的东西，呼唤学生的真性情。

生活也许是遮眼浮云，但是生活之上是阳光。

日常话语

生活里能说的大话、严肃话、幽默话毕竟是少数，多数的话都是日常话；日常话就如白开水，平淡无味，却谁也离不开。

人们常说命运，许多人都说到了佛家、道家，说前世、说祖宗、说基因，最后说了等于没说。我是这么理解命运的：如果父母是我们的命，那么朋友则是我们的运；你不能选择父母，却可以选择朋友。换句话说，你交什么朋友就决定了你走什么运。人这一生，交好友就能走好运，好朋友多多益善。

生活里不是你帮我就是我帮你，我没有见过谁活了几十年，不找人帮忙也不帮别人，如果真有这样的人，这个人还真是活出了境界。且不说别人，就说佛祖圆一切愿，也享用众生香火。人一有困难就坐不住、睡不着，好像生了场大病；等获得别人帮助，困难得以解决，就好像大病初愈，脸上眉飞色舞，走起路来喜气洋洋。人们常说人情，岂不知人情是你情我愿，有了困难才想到别人，这样的人通常就会被困所难。

君子不爱钱，但君子不能没有钱，有点钱才显出了君子的威严。

有次我坐三轮车，讲好是五元，到了地点后拉车的人硬说十元，怕我不给还呐喊，我笑了笑，给了他十元。多给就多给吧，可是我要对他说，我少了五元，我不会穷，你多了五元，你不会富。后来想许多事情，觉得都可以这样理解，有句话叫志存高远，在我看来则是看远方能志高。

有一日，青海的朋友来西安，同行的还有一位喇嘛师傅。那天晚上我们聊得很愉快，其间就说到人的危险，世间为何有人遇难身亡，有人就能遇难呈祥。这就说到了人的心灵感应，我们常常觉得和谁在一起心惊胆战，那么就不必再和此人来往了，这种感觉就像我们看见一所快要倒塌的房子不能进去一样。

今年去杭州，住在香格里拉饭店，夜里我出门坐上一辆出租车，我让司机带我去滨江大学城。司机却把我拉到了一家夜总会门口，非让我去里面，说有杭州的小姑娘，很便宜的。我知道自己要进人家圈套，那里面所谓的姑娘就是酒托，今晚不让你花个上万元岂肯罢休。那个司机说他在外面等我，说这里少有出租车，让我把手机号码留给他，等我玩完他来接我。我装作吃惊的样子对他说，我的手机忘在宾馆了，我必须回去取，他绕了半个杭州城把我送回去，下车时我问他车钱多少，他说六十元，我看他够辛苦，掏钱给他，没想到他怎么都不肯要。我回房间一觉睡到天亮，也不知那位司机在外面等了多久，怎样怨天怨地。我把这件事说给杭州的朋友听，朋友对我说，男人一辈子不贪钱、不好色，就不会出大问题。我记得那个司机和我在车上交谈的一个小时还是很愉快的，他说他喜欢西安，他的同学很多是西安人，说他就喜欢和西安人打交道，他爱吃西安的小吃，总之他和我东拉西扯、谈天说地联络感情，但他的目的就是要骗我。记得过去有个江西人，骗了我身边的许多朋友，但唯有我没有上当。朋友问我原因，我说我从不接他的电话，他打得再多我就是不接，他的话我一句都不想听，他又怎能骗我。所以我们下定决心不和奸邪之人来往，他们又怎能对我们有所侵害?

平日穿衣、吃饭、睡觉，看似简单却都不简单。衣服不论好坏，首先要干净，穿干净的衣服不为别人而为自己。我发现，衣服干净了，人出门在外心情就好，办事效率就高，衣服脏了人心情有些萎靡，办事效率就低。穿干净衣服，就需要人勤快洗，这就是勤快的人容易成功的道理。说完穿衣再说吃饭，吃饭不可太饱，吃得太饱容易瞌睡，会耽误后面的工作。最后我要说睡觉，一是睡觉的房子要通风，我们的大脑不能缺氧，我们的呼吸必须通畅。二是睡觉的房子不能太大，要不然容易散了人气。三是睡觉时不要想事情，大脑兴奋，人就难以安眠。现在许多人容易失眠，但最好不要吃安眠药。我有段时间就失眠，睡前喝牛奶、听音乐、做运动都不顶用，后来别人找到一个办法，每当睡不着只要翻几页××的诗歌，马上就睡着了。

人年轻的时候，要少吃没名堂的饭、少见求名利不择手段的人，集中自己的精力，干些自己想干的事情。屈原说九死不悔，人死一次就够了，何必要死九次。我发现这样一个规律，干事的人是不说事的，不干事的人话说得很多，可说得再多自己又做不到，废话一堆。废话说多了，人也就成了废人。

对联纪事

自　序

闲来无事，就喜欢构思对联。自知不是李白、王维的角色，就不敢轻易写诗。很多年前，户县的荣国安先生送了我几大张古体诗韵律表，并说如要作词，他还有厚厚的一本词牌韵律要送我。我把诗词韵律学了再学，记了又记，总觉得照着韵律写诗，就如身负锁链跳舞。若是细致人，还能勉为其难，像我这样粗粝的人，还不像狗熊跳舞惹人笑话？诗写不好，就作对子，这本是自己的娱乐，偏让许多朋友知道。大家说，独乐乐不如众乐乐，我们过年的春联靠你帮忙，父母过寿的寿联你要精心酝酿，孩子婚事的喜联你要写得喜气洋洋，老领导去世的挽联你要写得庄严悲壮。

我开始是用细头的黑签字笔写，许多人看后都不满意，怪我写字小气。后来我索性用粗笔写，人又怪我没写繁体，说中国书法讲究写繁体。我说，我哪里写的是书法，我是写字。朋友却说，你就按这个字体用毛笔写出来，我写出后他们竟瞪大眼睛，连说满意。并且振振有词，一事不烦二主，一女不嫁二夫，我就这样莫名其妙地承包下写对联的差使。人什么不干最是安宁，若是干事就变得热闹。家人常说我亏欠着自己，受益着朋友。这话怎么说呢，一棵树若是招不来很多鸟，怎么体现其生命旺盛？鸟来得多了，就会有人驻足欣赏，这树也就成了风景。

这一年，我事情太多，脱不开身去秦岭山里写作，要去也就等八月了。晚上和亚平、春辉、施哥几个人喝酒聊天直到星月满天，回家无法安睡，想写文章生不出感觉，突然想到何不把我过去写对联的故事写出来。这样一想，便来了兴趣，于是就有了这篇文章。

一、走了很久未觉累，回头一看不容易

那天是在安今尧家里，我进门时，他父亲文兰正写书法。书桌上摆好了笔墨纸砚，我进门坐下，文兰先生却对我说不写不写了，并指着刚写的字，我看见上面写的是四个大字：心情不好。有了烦恼不自欺，这是文兰先生的个性。我们坐下聊天，茶喝了三遍，门响了，进来的是彭宏，他西装整齐、皮鞋铿亮，脸上笑笑的，走起路来身上带风。他进来看见摆好的笔墨纸砚，就拿笔要画荷花，这是他的强项。他画荷花不施色彩，追求作品清淡如水，如此方能生出不入浊世的意境。彭宏画完荷花，还没有落款，门又响了，进来的却是李哥。

大家坐在一起，谈文兰先生的书法，论彭宏的绘画。李哥说，小刘，你给我写个对联吧。周围站的一圈人哪个不是书法家，我要写起书法还不露了尾巴。古人说，兄有赐弟不辞，建民兄发话，我就一定要写。想到了李哥风雨几十年，他平时那么多事情，看不出来他累，但我们这些小兄弟，哪个不为他挂念。我迅速起笔，写了这副对联。

彭宏读后说，走远了就不在乎旅程，富贵者能够舍得，功高者不计得失，这对联是超脱者的心里话。

文兰先生读后说，关键就在于这句“回头一看不容易”，如果人生

没有回眸，怎能品味出酸甜苦辣。

坐了一会，大家都是忙人，手机不停地响，催促着大家去另外的地方。李哥拿了我写的对联，文兰先生收藏了彭宏画的荷花，彭宏则拿走了文兰先生的“心情不好”四个大字，说这幅字收藏上几十年后就意义非凡了。我们出了门，外面天空阴沉，像是快塌了的感觉，天气预报说这几天要下冬天的第一场雪。

再后来，我给许多人用毛笔写过这副对联，却再没有心酸的感觉。

二、若有烦恼心需静，身在逆境胆应豪

蛇年夏天在秦岭，陪我的是潘家兄弟、司机张广收。

山里的蝉像海港上轮船的汽笛，一阵接一阵的，隐没在无边无际的绿色林海。

民安哥被官司所烦恼，这事困扰他两年有余了。虽然他对我笑着，可天晴是不一样的，有时是没有一片云彩蓝灿灿的晴，有时是阳光乌云交织雾蒙蒙的晴。

民安哥说，你给我写幅字吧。

我说，那就写句让我们能自信起来的话。

想了半天，佛家说，怨憎会、爱别离、求不得，都是人生的烦恼。和尚参禅要静，政治家决策要静，一般人睡觉要静。烦心者如火，宁静者似水。一盆熄灭的炭火，你越吹它越热，你不吹它自己就凉了。想到我们一起走过的秦岭山，有些时候看似过不去的路，鼓足勇气也就过去了。民安哥身上如能多些静气、心中多些侠气，就能活出自我的风格。

我写完这副对联，一只巴掌大的蝴蝶钻进窗来，翅膀开合，停在了离茶几不远的地方，张广收走近前好奇地看了又看，蝴蝶并没有飞走的意思。我对大家说，这定是庄生幻化的蝴蝶。

三、门前冷落兰为友，若少金银多读书

刘甫是位老中医，几十年里诊治过的患者无数。大家总是生病时想起他，但那时人们心情都郁闷，对他自然也没有好脸色。等人们病好后，能吃、能喝、能跑、能笑，又忘记了他的辛劳。他脸白眉淡，整天白大褂不离身，有人说他像传说里的无常老爷。世间人都怕死怕下地狱，所以对鬼神无比敬畏，许多人恨不能倾家荡产去巴结鬼神。寻不到鬼神，就只能寻大夫。许多疑难杂症，天南海北的大医院治不好，就找到了刘甫这里，抱着死马当活马医的心态，整个身体就像机器修理一样，完整地交给了他。过去病人嫌这嫌那拒绝治疗，现在无路可走，就听从了刘甫的安排。刘甫不仅医术高，还善于观察每位患者的心理活动。他十几岁就研究《本草纲目》，通读《周易》，也爱琢磨奇门遁甲，还兼修《梅花易数》。他说他知道患者的病因，但他有时不能说出来，接着他就讲了一个故事。

一位领导来看病，陪他的是夫人和女儿，他望闻听切后，知道领导房事太多，因此昏昏倦倦的，领导却硬说他得了慢性感冒。他让领导的夫人和女儿回避，他给领导在耳边说了病因。领导大吃一惊，让他要保守秘密。领导在外面包养了两个女学生，过去是享受，如今是无力应付。他告诫领导，千万不敢再放纵情欲，并开了药给领导。领导吃了药身体刚恢复，又忍耐不住欲火，听不进刘甫的话，后来人不行了，去医院住了一年才出院，从此也没了过去精气神。刘甫对我说，大夫治得好人的病，治不好人的命，换句话说就是改变不了人的脾性。

我爱和刘甫说话，他是大夫却懂得风水阴阳，我也因感到新鲜而有了兴趣。刘甫买了新房装修好后，让我写对联，他要挂在书房。我思来想去，就写了这副对联。我们物质上如果匮乏，精神上一定不能再匮乏了。读书不为致富，而是为得到灵魂的安妥。唯有灵魂安妥了，我们的身体才能真正舒服。

四、入海方知天地远，出水才见两腿泥

王兄去外县赴任，我们大家朋友多年，自然都要去送他。

他那么瘦弱的人，现在扛了这么重的担子，大家真怕他吃不消。务虚自然容易，实干却要能力。临行时，他让我写对联，身边没有宣纸、毛笔，就用饭店的签字笔在本子上写了上面这句话。

不干事永远没有麻烦，干了事就要应对一个接一个的麻烦。站的位置不同，看问题的方法也就不同。唐代王之涣有句诗，“欲穷千里目，更上一层楼”。站高自然看远，阅人无数方敢评人。事情干完了，回过头才能知道得失。就如我们写文章，写的时候心里满意，写完了就会发现许多问题，不能因为有问题就不往下写。我们需要结果的验证，对家人、对朋友、对自己，走完整个春天才能进入夏天。

社会要想进步，就需要我们客观公正的眼睛。

五、神龙出海降雨露，猛虎入山动风云

我的一位长辈，在政法系统任职。他性格刚毅，办事公正，善恶分明，老百姓们私下都把他比作古时候的包青天。

我有次去大院找人，遇见他坐着车。我知道他公务繁忙，不敢上前打招呼，就立在树下等他的车过去我再走。没想到，他的车从我身边开过没多远就停下了，我听见他叫我的名字。我回头，他已经走了过来，我赶快迎上去。他问我最近有没有写作，我说一直在写。他点着头说，狼要吃肉，狗要看家，作家就是要不停地写作。我对他说，您要注意身体呢。我们见了面说话很短，几乎都不超过五分钟。告别时，他让我有了新文章，就交给他的秘书，并对我说，文章好或坏我还是看得出的。

有次他在丈八宾馆开会，晚上让我去他的房间。我们谈起文学，当时我刚去了几个贫困县，回来没有多长时间。他对我说，你会写对

联？我说写得不好，都是朋友们一起时的文字游戏。他让我写一个，我就写了这副对联。他念了几遍，问我要表达什么。我就说人们对政府的要求不高，就是希望政府能倾听大家的声音，关键时候能出台对应的政策，这些政策能够有力地执行下去。社会上需要安定，管大事更要管小事，大事上管好能起到震慑作用，小事上管好人们就对政府有了信心。只有公平公正，才能造就一方乐土。就像农村人家里有粮有牲口就觉得饿不着肚子。国家富强就要有繁荣的经济、强大的军队、和谐的政治、安定的社会、公平的法律。他听我说完，并没有记对联的内容，而是把我说的话记在了本子上。

六、如有妙语随笔记，心生善念应力行

上海一位朋友来西安，我们一起去回民街吃贾三灌汤包子。

她每次都来得匆匆忙忙，旋风一样来了又去。她在影视界里奋斗，时间对她而言就不能自己掌控，拍戏像走钢索一样，走上去就要走到头，没有走了一半返回的道理。

在我看来，她虽然是学表演专业的，却有着极高的文学天赋，我常惊奇于她的悟性。什么事情不用过多解释，只说一句，她就明白了。

我们在一起说日常生活，说老子的顺其自然，说什么是实名什么是虚名。她说，好的演员能演出令人难忘的形象，好的作家能塑造出震撼人心的形象，一个在台前一个在幕后，干的是同一件事。我说，演员要学习作家的吃苦精神，作家要学习演员的模仿能力。

吃完饭，我们出门，回民街上回族信徒正成群结队去清真寺。她笑着说，你的书法呢，还不送我？我说，字多丑的，你还要？她竟撒起娇，把我的衣服拽了又拽，我比她年龄大，从来都是让着她，便答应几天内给她寄一幅书法。

送她上了飞机，给她写的话就脱口跳出。我说上面这句话，应该说是哥哥对妹妹的关心。读书何必一摞一摞读书本，山水可读，天空

可读，阳光雨露也可读，社会这本大书更可读，遇到精华处应该留心感悟。行善何必刻意为之，能照顾好父母就能善待朋友，能善待朋友就能回报社会。心里有善念，遇到机会就应该力行，最后不必计较功德大小。地狱门前有副对联说得好：有心为善虽善不赏，无心为恶虽恶不罚。

七、夜半煮茶待知己，踏破铁鞋换真心

我的朋友中搞艺术的多，多数人到了晚上都犯瞌睡，搞艺术的人反而精神兴奋。

现在人和人见面是要约好时间的，如果贸然上门肯定受人埋怨，但搞艺术的人反而欢迎朋友不请自来，尤其是在创作遇到困难的时候，需要从朋友那里得到灵感。

有一日我和画家王友，书法家张友、李友，都鬼使神差地去了钟友的家。钟友问我，你怎么想起今天上门来了，我坦诚地回答，我是被冥冥中的东西催促而来的，大家都说有同样的感觉。他们让我构思对联，今夜要让张友写后就挂在客厅，我很自然地就将上面这句话写了出来。

古人是没有电话的，通讯要靠书信，有时想见到谁要靠缘分，就如三国的刘备请诸葛亮出山，三次去隆中才见到诸葛亮。夜里煮茶不单供自饮，更为了招呼不期而至的朋友。友谊深了，就成了真挚的爱。友谊有时是单方面的，不用为对方做出任何牺牲。爱意味着互相关怀，有时要牺牲自己来成全别人。

八、每读佳句如饮酒，最爱善言似听琴

自古文人爱书。老陈卖书为生，按说卖什么就不该过于喜欢什么，否则会影响买卖的心情，但他却迷上了读书。

老陈读书是受我的影响，原来他只看电视剧，书店里摆一个又小

又旧的彩电，画面和声音都差，里面哇里哇啦像一堆人吵架。后来我和他谈文学作品，他说写得有这么好，我卖了几十年书怎么没有发现。

老陈每当收到好书就给我发短信，我在他的店里，经常能买到印量很少的珍贵书籍。有次他问我，读书是什么感觉，我说你爱什么？老陈说，我就是爱喝酒，喝了酒心里痛快。我对他说，读好书就是喝酒，读到精彩处就如饮美酒茅台。他对我说，读书不如喝酒，你能读书如喝酒，那一年要省多少钱。我笑着说，商人骨子里都想着钱。老陈说，没有名就要有些钱，要不然人活着没有尊严。

春天里我忙着，没有空去老陈的书店，等我有空去的时候，他的店由于文艺路改造已经拆了。我连说可惜，他那些剩下的书我应该认真翻翻，说不定就能找到我需要的。我打电话给他，语音提示着该号码已经停机。我只说人海茫茫，见不到老陈了。过了两个月，他的电话就打来了。他告诉我前段时间，店被拆了，父亲也病了。现在他重找了地方，就在大雁塔北广场。他现在没有了店，成了一溜地摊，他坐在椅子上喝茶，不变的是手里要捧本书。我去了，他见我很高兴，拿了一堆最近收的旧书让我看。我说，你开业了，我送你一副对子，他看了这个内容，对我说听琴有什么意思，改成听戏更好，人间的忠奸善恶戏里都有了。我点着头说，听戏好，你现在来一段。他扯着嗓子就唱：好一似百把剑来把心剜，恨只恨西地里黄龙造反，打来了连环表要主江山。万岁爷把圣旨传下金殿，郭元帅拔壮丁到我门前。我婶娘要害我灭门霸产，与宋成暗地里设下圈套……他唱得实在恓惶，路人都看他，他老婆让他住嘴，对他说，别人唱戏要钱，你唱戏是要命呀。他对我尴尬地笑了笑，露出两排被烟熏黑的牙齿。

九、隔水何妨来观月，雾中不碍去赏花

春绿旺盛的时节，我和施哥、建民兄等人去商洛。

车上了高速公路穿越秦岭，猛地钻进隧道，即刻不见天日。好不

容易车冒出了隧道，又要临水行车绕山行路。窗外的草木正俏皮着，让人喜欢得心疼。一个小叶子，又一个小叶子，这些数不清的小叶子，组成了一汪浅绿色的深泉，一池嫩绿色的湖水，一条深绿色的江河，我们的小车就漂浮在绿得耀眼的海洋中。

人们习惯每到一个地方，就要谈这个地方的人物。商洛的头号人物，大家都说是贾平凹先生。施哥在贾先生身边工作几十年，说起贾先生，他比任何人都有发言权。

我常思考陕西的作家前辈们的历程，他们出生在条件恶劣的农村，成家于浮华猖獗的城市，成名于人情冷暖的社会。这些前辈如牛一般奉献，吃着干草、喝着冷水，产出的是香醇的乳汁。现在许多年轻的作家，生活条件比前辈优越千倍百倍，写出的东西糟糕得让人说不成，没有混沌的大气象，有的是矫揉造作。前辈们捏泥能捏出老虎，我们今天难道就只能捏老鼠？龙生龙，我们就沦为龙生的跳蚤了？总之，我对许多年轻作家的写作理念不认同，我害怕我们把什么都要问清，什么都要看明。浩瀚的海洋来自平凡的溪流雨露，雄浑的山岳成自无名的碎石细沙。写作如果宏观上把握不住，就像开车踩着油门不管方向盘。

我们几人游了商洛的山水，尽兴而归。回到西安，城里华灯初上。我有感而发，写了这副对联，但愿从事文字创作的朋友能得到些许启发。

十、唯有真心对明月，人间何处染风尘

这是我给一个女孩写的对联。她美丽善良，年少时遭遇家庭变故，在社会上飘荡多年，推销过啤酒，也当过门迎，卖过保险，也当过服务员，一直没有过上理想的生活。她心性清高，屡遭世俗讥笑，举止小心，却被好事者造谣。

我挥笔为她写了这副对联，眼泪忍不住钻进没干的墨字，在宣纸

上开出了一朵忧郁的小花。

怎么说世上的人呢？莲花生于淤泥却绽放出高贵美丽的花朵，金光玉滑的外表有时包裹的是腐败的内瓤。谁又能想到，一颗小小的种子里，藏着参天立地的志向。

美丽的姑娘，请原谅我无法形容对你发自肺腑的敬佩。

十一、雨中放歌君子志，好坐大堂小人心

有一日坐在家里写文章，心里慌慌的，好不容易写完，竟又不满意结尾，一气之下把几张稿纸撕得粉碎。我总觉得有什么事要发生，正想着有什么事，电话就响了，西藏拉萨的号码。接通了，里面传来王康先生的声音。

这些年他为了推动环保，如不倦的千里马到处奔走，真正干起事又如孺子牛一般踏实。我最佩服的就是他这类干实事的人，你和他们一起说话，就仿佛在圣洁的光芒里沐浴，渐渐地褪去精神上的污垢，整个人仿佛轻松了很多。

他不说我也要为他写的，要写就写他是个君子。

孔子奔走时冒风顶雨，多少人却在大堂上自以为是。孔子修订《春秋》，以防乱臣贼子，我写不出《春秋》，就写了这副对联，表达我对他的敬爱。

十二、岁月沉浮老，白头我先知

在杭州西湖边的茶馆，坐了一圈朋友，说好聚在一起聊天，等大家见了面心里一个劲喜欢，面对着面却不知该说什么。我的习惯是，大家无话可说，那么我就要说了，就像烧水有了第一声咕嘟，整壶水就开始接二连三地咕嘟。

于是，我对大家说，我佩服爱因斯坦，他有个相对论，所以他是爱因斯坦。我的理解就是，一样长的时间，上学时过得真慢，干事业

过得真快。你和讨厌的人在一起，就觉得度日如年，你和喜欢的人在一起，就觉得光阴似箭。我们不曾为今天没有完成工作而伤心死去，是我们潜意识里觉得今天干不完还有明天；父亲一生没有成功觉得并不要紧，是潜意识里觉得可以把希望托付给儿子。今天过去就有明天，那么这一世过去还有没有来世呢？没有人能给出答案，所以我们要拼命工作。如果人有来世得到了验证，那么虚度一生就如虚度一天。大概能证明存在来世的只有上帝了，但上帝在哪里，恐怕只有上帝清楚，我们都不清楚。我时常为岁月仓促而逝感到万分焦急，那种感觉就像母鸡下不出蛋、将要渴死的鸟儿找不到水。于是羡慕起上学的人，他们有工夫炫耀自己的成绩，真正干起事业的人，怎会一步一回头呢。

大家听我说完，都议论起自己对时间的认识。他们和我的感觉差不多，都是在毕业以后才觉得时间长了翅膀，再也不是上学时的蜗牛爬了。

是的，坐着坐着，黑发就会成为白发，年少时远大的志向也会落空。大家要分别时，我写了这副对联。林妹妹家住杭州，这副对联就交给她保管。下次大家聚会时一定要拿出这副对联，并要提醒大家。

十三、长安闹市人不识，坐在书斋有相知

蜜蜂整天忙着采蜜就忘了自己享用，老鼠偷粮食倒是为自己储存。我给别人写了这么多对联，也该给自己写副对联了。

写什么呢，就写自己是个普通人，走在路上没人注意。寂寞书斋我要坐下去，红尘闹市我也要静观，虽然我在红尘中是爱看人而不被人看的角色。

进闹市不带烦心回家，出书斋不带清高入世。养了蚕难道就为穿绫罗绸缎，爸爸总是看着儿子吃饭香才心里满意。我是因为有一帮朋友而觉得幸福，他们处处帮扶我，算是我此生的相知，我感谢他们，就像草木感谢着阳光雨露。

于是明白，《西游记》里为什么是师徒四人和一匹白马。唐僧那么柔弱，为何能在一路狼虫虎豹的威胁下随处参禅；孙悟空怕什么紧箍咒，唐僧念紧箍咒岂就是真的恨孙悟空？在我看来，他们实际上是互相成全，人生中能互相成全的朋友，就能长久地交往。

收　获

我对一个朋友说，一只鸡每天下一颗蛋，鸡是得意的，主人也骄傲。一只鸡如果一天能下很多蛋，鸡的心情就不再是得意，反而有些恐惧了。朋友问我，这个故事是听谁说的。我告诉朋友，我说的是自己在这一年的感受。

中国的传统是不爱言所得所获的，认为这些话说多了，人就容易沾上俗气。不说不代表心里不想，就像煎饺子，锅盖揭开势必油星四溅。我学生时候喜欢一个女孩，时刻想着她，可人家就是不理我，有回我得到那个女孩的纸条，心脏就一下下地跳，胸里好像有只老鼠要钻出来。那时的我想争荣誉，想受老师夸奖，但我始终是默默无闻的，小学人正红的时候黑了，初中连黑的机会都没有。如今想来，便顿觉可笑，我如果今天是当初的心态，等岁月流逝、机会不再，我的悲伤就不是逆流成河，恐怕要逆流成海了。

唯有收获自己的果实，灵魂才觉得安妥，命运才被自己所把握。自己一手栽培的庄稼，不论长成什么样子，收获的时候人都心里踏实。凡对岁月有所畏惧，就说明你并不了解自己。人活着就需要知己，这样人不会孤独，人活着更需要自知，这样人就不会卑微。我经常看见有些人，明明和别人不够交情，却让人办够交情才办的事情，他们一开口，我就知道这件事不会有结果。话说回来，人生在世谁不需要别人的帮忙，问题在于你平日的所作所为，值不值得让别人对你这样帮助。

我遇到再多的坎坷，还是要感谢岁月的公平。岁月让种子长成树，又让树升华开出了花，有了花自然也收获果实。我的内心不再有少年时渴望收获的激动，我的灵魂在收获到来前比过去更加安详。我祝福每个人都有丰硕的收获，不论是物质上的，还是精神上的。

混饭的事业

混饭不好听，却很实在，人活于世，谁离得开穿衣吃饭呢？

还是少年时，听广播里说书，就不止一次听过英雄豪杰的落魄，比如姜子牙卖面、刘备织席贩履、秦琼卖马、朱元璋当和尚，等等。命运面前，人是卑微渺小的，无论是谁，混饭始终是个问题。

一个年轻人，从学校走上社会，恨不能倾其所学化为所用，可是很多事情没有经验，有的人面对困难退却了，有的人扑腾几次不成放弃了。学校里所学的知识，看来是没有多大用处的，唯一有用的就是那张混饭的文凭。从此之后，告别读书，三五年后，记忆衰退，听人说起学过的知识，好像见到自己爷的爷的照片，瞅着面熟，就是唤不出名字。理想早成了过眼云烟，混饭的事业变得重如泰山。

不知不觉，来人间很多年了，算一算日子，时间有点紧迫，心里难免有些着急。可是想一想释然了，反正大家都在混饭，又不是我一个，何况我还有儿孙，将来肯定比我强很多。金山银山，说到底也是混饭的事业。

日子一个接一个过去，如果不出意外，混饭的事业要雷打不动。老子混完，儿子再混，一代一代壮大混饭的事业。只要人类不灭亡，混饭的事业就会蓬勃发展下去。

桃花依旧笑春风

去蓝田县的一路上，桃花开得娇媚无边。

公路边一树树的花，白色的素雅、红色的热烈、粉白的纯净、粉红的温馨，自自然然地开花，每朵花都带着春天的玄机。僵硬的枝条活跃起来了，把春风吸进嘴里舔化了，盛开这一季的绝代芳华。稍读过唐诗的人，就想起诗人崔护，想起他留下的那句“人面不知何处去，桃花依旧笑春风”。

西北地区的春天很短，花期就更短。

此时，公路上停下的车如长蛇，人们在桃林中拍照，发到朋友圈里分享，赢来许多点赞、许多夸奖。微信圈里到处都是桃花，到处是春的消息。按理说，公路是喧嚣，桃林是静谧，若不是春天的花期，谁会停下急促的脚步呢？

桃花盛开，给燥热的世界带来清凉，人活得很累很烦的时候，渴望的是诗意和远方，也许并不能走得很远，当我们读着这句“人面不知何处去，桃花依旧笑春风”的诗句，与盛开的桃花依偎，顿时感到思绪千年，穿越汉唐。

《三国演义》中刘关张在桃园结拜为兄弟，于是有了“桃园结义”的美谈，这是英雄豪杰与桃花的故事；田园诗派创始人陶渊明《桃花源记》“黄发垂髫，并怡然自乐”，这是平民百姓与桃花的故事；诗人李白《山中问答》“桃花流水窅然去，别有天地非人间”，这是世外高人与桃花的故事；画家唐伯虎《桃花庵歌》“桃花坞里桃花庵，桃花庵下桃花仙。桃花仙人种桃树，又摘桃花换酒钱”，这是丹青妙手与桃花的故事。

岁月安好，桃花依旧娇艳，只要人长久，就不缺欣赏桃花的眼睛，也不缺赞美桃花的文章。我对朋友说过，一个人如果喜欢另一个人，就会去他走过的地方，去做他爱好做的事情，感受他点点滴滴的气息，以求拉近心与心的距离。

此情可待，已成追忆；人面桃花，物是人非。

比起日月星辰、山川河流，人生真不过是白驹过隙，就是这么短暂的时间，还有各种无法预料的无常。春风年年相似，花开一遍又一遍，唯有这人不知在何处，又去何方。

站在桃树下，我思考这样一个问题：到底是岁月无情让人有情，还是岁月有情让人无情。想了很久没有答案，顿时一笑，真是多情反被无情恼……

汽水、火腿肠、饮料瓶

如果将人生分为很多阶段，在我看来，少年时的情感是最真挚的，少年时的记忆是最珍贵的，虽然少年时所经历的都是些小事。

我识字念书的时候，正是国家实行市场经济的初期，同学的父母基本都在国家单位上班，拿的工资和私人老板挣的钱比少得可怜。家长们手里不阔绰，孩子就没什么零花钱。那时候在我们眼里，世上最好喝的东西莫过于汽水，世上最好吃的东西莫过于火腿，世上最值得收集的东西莫过于饮料瓶了。

那时候，谁能隔三岔五喝一瓶汽水，大家就很羡慕，觉得每天喝汽水的孩子是世上最幸福的人。记得有一年夏天，我去乡下的表哥家里做客，一群孩子你追我赶地玩捉迷藏，大家玩得满头大汗，这时候表哥邻居家的孩子提议，去马路对面的小卖铺买汽水喝。六个孩子在兜里摸零花钱，乡村的孩子自然不如城市的孩子，除了我表哥摸出来两枚一元的硬币外，其他的孩子摸出来的都是一角五角的硬币，大家凑到一起只有四元钱，这意味着只能买到四瓶汽水。六个孩子分四瓶汽水该怎么分呢？就在大家都不知所措的时候，我表哥对其他孩子说：

“我弟弟是从城里来咱们农村做客的，咱们应该让客人喝一瓶汽水，剩下的汽水大家平分就是了。”表哥说的话，孩子们异口同声都赞同。于是一群孩子跑到小卖铺买汽水，老板收下四元钱，用起子打开四瓶汽水放到柜台上。表哥把一瓶汽水最先递给我，我觉得很不好意思，就向表哥推辞。这时，一个乡下孩子对我说：“你是客人，应当喝了这瓶汽水，说过的话是不能变的！”那天，我觉得自己喝的汽水胜过人世间任何琼浆玉液，就在喝完汽水的那一刻，我觉得自己幸福的泪水流淌了下来。

小学二年级放暑假，我和几位同学一起去学校附近的春晓园游玩。快到中午的时候，大家走到路上饿了，有同学就提议，为什么不去买袋切片面包，夹上火腿肠吃呢？他这么一说，大家肚子就更饿了，想到吃面包夹火腿肠，大家的口水都快要流出来了。我们去旁边的大雁塔国营超市买面包、火腿肠，看到火腿肠标价七元，面包标价六元三角。一位同学对我们说，前面有家私人超市，火腿肠和面包都能便宜点，不如去那里买吧，剩下的钱还可以买些泡泡糖。大家一致说好，便连走带跑向那家超市赶去，说起来距离很近，我们却足足用了二十多分钟，走到超市的时候，大家早就饥肠辘辘了。买了火腿肠和面包，大家急不可待地打开包装准备吃。就在这时，看到不远处路口的电线杆下，一个蓬头垢面的女人抱着孩子，在翻拣快餐店丢弃的一次性塑料饭盒，女人半天找不到吃的，怀中的孩子哇哇大哭。在那个年代，我们的家庭都不富裕，却没有谁家里吃不饱饭，第一次看见这个世上有人还吃不上饭，大家都觉得很难过。谁都没有说话，一致走了过去，将面包和香肠递给那个女人之后，大家扭身就走，我看见一位女同学长长的睫毛滑落下几滴晶莹的泪珠，她侧过脸不想让我们看见她哭了。

小学四年级的时候，学校里有位学生得了白血病，大家都搞不懂什么是白血病，但都知道这种病能要人命，突然听到身边有人要死亡，大家都感到心痛。学校号召全校师生捐款，所有同学都拿出平日里积攒的零花钱，全班凑了五百元，但是对白血病治疗而言，这点钱是杯水车薪。有同学就提出，如果把平时喝完的饮料瓶收集起来，也能卖相当的一笔钱，于是大家都懊悔，为什么平时没有把丢弃的饮料瓶收集起来呢？从那时开始，大家都注意把喝完的饮料瓶收集起来，有时还会从上学路上、学校操场上捡饮料瓶，好像饮料瓶是世上最珍贵的东西，如同灵丹妙药能救人性命。等到期末的时候，我们把这些饮料瓶卖成钱之后，送去给学校大队辅导员饶老师，饶老师看着这堆皱皱巴巴用皮筋捆扎的钱，半天没有说话，她的眼圈红润了，泪水在眼眶里打转，有位女同学对饶老师说："饶老师，您怎么哭了？"饶老师用手擦拭眼睛，哽咽地对我们说："老师觉得你们太可爱了，老师为你们感到骄傲！"

在各种欲望猛烈冲击每个人心灵的当下，我突然觉得网络上热议的豪宅、名车、私人飞机都不值一提，在我灵魂深处弥足珍贵的反而是少年时代的汽水、火腿肠、饮料瓶。正是这些东西曾使我们的生命被深沉地感动，我祈祷这样真挚的情感，在我们每个人的心灵中不要泯灭，也不要断绝……

岁月很长，不必解释

当我的人生航船刚刚驶入社会的大海时，面对光怪陆离的种种现象，我不禁一阵恐慌：生活似乎到处都隐藏着险滩暗礁，似乎随处都潜伏着鲨鱼猛兽。我当时年轻好强，对什么人都推心置腹，做什么事都用尽全力，为了这些人和事，我一天到晚忙忙碌碌，连自己的写作都撂到一旁。除夕烟花漫天的夜晚，我独自躺到床上思考，越想越害怕，我竟然有四分之三的时间，都用来维系这些关系，都用来做这些事情，我如同一盘被别人吃剩下的鱼骨头。

我不禁喟叹，活得真是累，活得真是烦，人生竟然会如此乏味，人生的快乐好像只是小说里的故事，在现实生活中根本无从寻觅。社会中的人千奇百怪，有时你按照正常思维去理解他们，等待你的只是失望和嘲讽。有些人用圆滑为人处世，当时似乎是避过很多麻烦，但是麻烦就在那里不断积攒，终有一日等待你的是炸弹爆炸，足以让你粉身碎骨。该如何在生活中找到快乐，我曾经苦苦思索，为此读了很多史书，最终发现古人的方法，根本无法应对当下的生活。

有一次，我接待一位北京来的高僧，席间他对我很感兴趣，他说我有慧根，与佛家有缘，我对他说："我根本没有入佛门的打算。"这位高僧对我的话并不反感，他说："佛家讲观心自在，欢喜随缘，我本就没有劝你入佛门的意思。"我对这位高僧充满好感，他在西安的几天里，我跟前跟后用心接待他，当我送他去机场的时候，他对我说，你既然有慧根，我只送你一句话，你日后悟出了，就有了上乘智慧，胜过他人读十年佛经。他将一张事先写好字的纸递给我，纸上写着：万事得法，不如一默。

送走那位高僧之后，我还是不能很好地处理身边纷杂的人和事，经常感到身心疲惫，更没有悟出高僧送我那句话的意义。直到有天和诗人原野喝酒，他喝得晕晕乎乎，对我说："冠琦，很多事情你不必去解释。"他说者无心，我听者有意。当我一个人深夜在书房的时候，将这句话反复思索，想起高僧赠我的那句话，我大彻大悟，有些事真的不必去解释，解释只会把简单的事情弄得复杂，把有理的事弄得没理。过去有很多事，正是因为多余的解释，反而让别人对我怀疑，我出力不讨好，还要承受内心的痛苦。

我将这句话当作生活的至理名言，并且用它解决了很多麻烦，我突然发现原来生活也可以这样快乐。岁月这么长，为人处世并非一场比赛，并不能都有结果，很多事情且让它过去，时间久了，大家就会看得清清楚楚。

不必解释，就意味着把真相交给时间考验。

我的一个朋友让我给他帮忙，我在陕西和北京两地给他动用了好几个重要的关系。没想到这个朋友不放心，又找了另一个我认识的朋友帮忙。后来事情办成了，那个办事的朋友说这件事从前到后是他办成的，向这个朋友邀功，并且接着就让这个朋友给他办事，他好从中获得利益。我的一些朋友得知后，就对这个朋友的做法看不过去，让我去给解释，如果换作过去，我肯定会去解释，现在我觉得解释根本没有必要。

不必解释，就意味把真相交给别人思考。

我过去面对一些所谓的朋友，经常抹不开面子，这些人有了事就来献殷勤，没有事了就纷纷远离。这些所谓的朋友，有时真的让人无奈，你出于礼貌又不好冷落他们的笑脸。他们并非坏人，而是因为追名逐利，把朋友视为通行的桥梁，把友谊视为简单的交换。有一次，一个所谓的朋友几次约我去吃饭，我只好答应。那天，他在一家高档的酒楼定下宴席，他叫了一些人作陪，有我认识的，也有我不认识的。他不变的是那张笑脸，他对我说，这件事就全部交给你了，你把这件事一定办好！听了这话，我心里反感，我并没有义务给你办事，我就对他说："这件事我要麻烦别人，我只能去给你问一问。"我话音刚落，他就收了笑容，对我说："听说老李的事情是你给办的，我认识你比他早，我的事情你更要给办。"如果换作过去，我肯定会去解释，现在我觉得根本没有必要，我对他说："人的亲密程度和认识的早晚没有关系，和来往的次数没有关系，司马迁和李陵连喝杯酒的交情都没有，却能为李陵舍生忘死。"见我这样说话，那顿饭吃完后，他就再没和我联系，我也正好免去麻烦。

岁月很长，一个人岂能事事都办好，岂能让所有人都满意，人生只要掌握好大的方向，只要把握好大的原则，只要活出自己的品格，何必在一些小事上纠结。很多误会，不必解释，你的智慧岂能让所有人都领悟，唯有用尽一生的时间，你的品格才有定论，何必在乎暂时的荣誉和赞美。

××有一次打电话和我聊了一夜，很多过去美好的记忆都浮现在我的脑海。还记得她离开西安的时候，当时默默无闻，我也刚开始创作。那时的我们幼稚单纯，她刚离开西安的时候，我们经常打电话，后来电话少了，都是发短信。我能理解，那时她很忙，经常几天几夜都不能休息。值得庆幸的是她终于成名了，真正的天下谁人不识君！作为她的朋友这让我是多么的自豪，比我自己成功还要激动。周围的朋友知道我们过去的关系，经常让我联系她，求她办各种事情，我统统推辞，有的推辞不掉，我就说她成功后早就翻脸不认人了。后来，没想到这句话传到她的耳朵里，使她很伤心。我是怎样的人品，她是最清楚的，我当时那样做完全是害怕给她招惹麻烦。我当时就想，哪怕她对我有再大的误会，我都不能给她招惹不必要的麻烦，我太清楚她的成功经历了怎样的坎坷，她的成功实在是太来之不易了。我们就算再也不来往，就算她的耳边有怎样的言语，就算我的身边有怎样的嘲讽，我们都彼此信任，谁都没有多说一句。自她离开西安之后，我们有十年没有见面，作为朋友而言，我们彼此经历了漫长的考验，当她打来电话的时候，我有种想哭的感觉。我们曾经的友谊如明月清风，明月还是她离开古城时的明月，清风还是她看书时吹拂头发的清风。

岁月很长，不必解释。

厌　烦

一切感情交往，最终彻底结束，多数情况不是因为磕磕碰碰的冲撞，或鸡毛蒜皮的口舌之争。你须知道的，厌烦才是感情交往的致命伤。

我发现了这样一个规律，凡是朋友或爱人的关系，最终可能走向决裂。这两个人之前的关系，肯定是好得没话说。什么情投意合，什么如胶似漆，都不足以形容他们的关系。可他们一旦散了，就像一盆水泼进了沙漠，再无挽回的可能。

有时候，我们说要包容人，但处处包容，早晚有包不住的时候。感情关系的破裂，如同刀劈竹子，开始劈的头几个竹节是最硬的，不出大力一定劈不开。可一旦劈开了前面最硬的几个竹节，后面的部分轻而易举就劈成了两片。两个人感情热火的时候，都容易看见对方的优点，却从不计较对方的缺点。但越是不计较缺点，一旦计较起来就不得了。

由厌到烦，就如吃多了油腻的东西，一闻到油腥味就想吐。

感情上有厌烦，那么事业上又何尝没有呢。金庸小说里的独孤求败，武功高强而没有对手，最后对自己高强的武功，也就感到了乏味和无聊。在某个领域里，谁要是一枝独秀几十年，如果说这个领域成全了他的名誉，换个角度也可以说，这个领域折磨了他人生所有的激情。

巴尔扎克在自己的手杖上写了这样一句话：我在粉碎一切障碍。卡夫卡则在自己的手杖上写了相反的一句话：一切障碍都在粉碎我。如果将这两句话放在一起，大概就可以总结我们的人生。

我们有时是从理解到不能理解，有时是从不能理解到理解。

妓女为了金钱，能够委屈自己，将年轻美貌屈就猥琐丑陋。我们又何尝比妓女高贵多少，我们不还是将青春屈就了制度，将理想屈就了物质，将情感屈就了世俗。可笑的是我们，明明接受了世俗，活在世俗也享受着世俗，又要装出不接受世俗的清高，最后连世俗都厌烦了我们。

我认识的一位写书法的先生，原来把书法爱得一天不写就六神无主，如今却折了所有的毛笔，砸毁所有的砚台，从此再不写书法。他对我说，不是我厌烦了书法，是书法厌烦了我。这句话说得真好，他一说完我就记下了。许多时候，哪里是我们厌烦了感情和事业，分明是感情和事业厌烦了我们。

给远方朋友的回信

龙海洋先生：

你好！

从我上初中开始，你读我发表在报刊上的文章，到我出版第一部作品，你从遥远的吉林省给我来信。这样的友谊，让此刻在灯下的我，回想起来心生感动，你对我长期的支持，我唯有万分感激。

记得你还在陕西当兵的时候，我在报刊上发表的那篇文章，你来信说你看了好几遍，我笔下的故乡让你感动得流泪，那时候你才入伍一年多时间，从祖国的西南到了西北，条件的变化让你不适应，你说你特别思念故乡，想念你的外婆。还记得，你给我来信的第一句，说你读了我的文章，就猜想我是一个多愁善感、才貌双全的姑娘。为了这件事，我不得不在给你回信的开头，就做了性别上的澄清。我们至今没有见过面，却一直保持着默契，我感激着你对我的支持，在多少个日子里你给了我创作的信心。记得有一段时间，我因为有人在报纸上发表批评我的文章，而不想继续写作，你的来信鼓励了我，你当时在信中这样说，司马迁写《史记》的时候就没有读者，吴承恩创作

《西游记》的时候只有一个读者，就是他的妻子。你对我说，你们警卫连三班的全班战士都喜欢读我的文章，我比司马迁和吴承恩幸运多了，没有理由就这样放弃写作。我被你一语惊醒，从此再没有放弃写作，在这里我要向你再次表示诚挚的感谢。

说到人生的变化，可以说的就太多了。岁月更迭，让种子变成了参天大树，作为人世间的行者，我们的脚步没有理由停滞不前。就你而言，从学校毕业到远离家乡入伍参军，再到转业后远赴东北经商，自己当了老板。你所走的每一步，都不是一本书能轻易形容概括的。经历这么多的变迁，你还保持着阅读的习惯，这在当下浮躁的社会已是很不容易。

你在信中说，现在文学上许多有创作实力的作者，却不能被媒体所广泛宣传，这对于文学界而言，是种悲哀。我赞同你的观点，的确有许多作者，没有被媒体及时发现，而使得作者要经受更久的考验。但我也要说明一点，媒体的作用，并非万能的，你在信中夸大了媒体对作者的宣传作用。我对报刊与读者的关系，有这样的看法：关注政治新闻的读者，对其他新闻的阅览，可能就不像读政治新闻那样认真；关注体育新闻的读者，对其他的新闻可能就不太关心。如果把培养作者的任务交给媒体，效果未必就很好。磁铁能吸引铁钉、铁屑，却吸引不到石头、木棍。你我过去不认识，如今却成了挚友，这是互相吸引的结果。一个作者，关键问题是要创作出好的作品，其次才是谈论作者本人的经历。现在许多媒体有这样的不良风气，介绍一部作品，如同古代的博士买驴，写了满满三张纸，却找不到和驴有关的内容。有的是下笔千言离题万里，有的是王顾左右而言他。像这样的报道，读者看后兴致索然，作者也觉得很尴尬。这样的报道，有不如无。

未来的文学可能在载体上发生变化，但在创作主体上，我认为依旧以现实问题为主。我们的社会正在发生着巨大的变化，我们的国家正在经受前所未有的考验。社会的各个阶层，都出现了不同程度的忧虑。现在的文学素材，就像秋天到来，到处都是成熟的粮食、瓜果、蔬菜，只要你善于观察，就会有巨大的收获。使我不能理解的是，许多作者此时却闷在书房里，写着自己想象出来的社会现象。等到书籍出版后市场冷落，又开始破口大骂，抱怨读者无知，抱怨书商势利。同样是蔬菜，为什么人们越来越喜欢带着泥土、形状自然的，越来越不喜欢化学物质催出的又肥又大形状统一的。新奇的东西，在最开始出现的一个阶段里，的确能激发人们好奇心，但随着时间推移，人们不再对这些东西感兴趣，这些东西就销声匿迹了。

需要说明的是，我并非你所说的有意低调，实在是我水平有限，没有高调的能力。何况，一颗鸡蛋放在筐里，肯定比满桌来回滚安全。你向我要的书法，我已经寄给你，愿你一切顺利。

祝好！问安！匆此，即颂。

友：琦

2013.9

致友人书——我们需要呼唤激情

（《年华像风一样自由》修订版后记）

何双兄，再过几天就到中秋节了。人在忙碌中，关心的是收获，忽略的是时间。好不容易有了收获，又可惜付出了那么多时间，但内心认为是值得的。当然有不劳而获的人，他们的收获看似容易，其实也要付出很大的代价，或利用父辈的关系，或出卖自己的色相，或挥霍祖上的财产。我总觉得，唯有面对自己辛劳付出后得到的果实才觉得激动，单是这种感觉，便千金难买。就像古代的文人，十年寒窗无人问，一举成名天下闻，倒不是说考中了进士就能家财万贯。人生在世，比物质更贵重的东西，就是在奋斗中挥洒的激情。

激情，可以是曹雪芹胸间酝酿千山万壑、世态人情，却困居陋巷、食不果腹的无悔；激情，可以是毛泽东战南北打江山，为了实现理想笑谈生死的境界。

我们这一代人不缺吃穿，最易消磨的便是激情。偏偏缺少激情，就很难营造出大的气象。

在多少个日子里，我一直感激你对我写作的鼓励与支持，如我是一棵默默无闻的小草，你的鼓励就是一缕清风，使我在多少误解、多少困难中心生安慰。我的这本《年华像风一样自由》散文集，就是在你的关爱下诞生的，因此书出来了最先送你。送给同学亲戚，人家会认为咱们无非是出了本书就到处炫耀。送你则名正言顺，这本书刚刚出来，就像是一个咿呀学语的婴儿，你毫无疑问就是这孩子的干爹。

我说这话，也是希望你多多关照这个孩子。外人不好说三道四，你是自己人，一定要多说几句。苗不正则树不直，土不实则台难起。没有细微处的严谨，就不存在整体的美观。这件事我说过了，你一定要记在心上。

这本书，我首先向你推荐我认为好的几篇。

从思想变化上讲，你可以读《人的救赎》《人海中的自己》《爱也很自由》。

从生活情感上讲，你可以读《生死握手》《我把我唱给你听》《从甘河到西安》。

当然，《风雨司马祠》《悲剧英雄诸葛亮》《绝色的西湖》也不错，放在这本书里，和前面的几篇比，前边的就像房子的屋顶，后面的就像房子的墙壁，我也说不出文章好在哪里不好在哪里。这是你能理解的，就像再好的医生，也治不了自己的病。文章好与不好，都是我写的，凡倾注情感的东西，就很难从好与不好上评价了。就像你我平时也评论人，但不评自己熟悉的人，就是评也要当着他的面评论。可一旦说到巴金、鲁迅、沈从文时，却能够谈笑从容，随心所欲。人一旦去世，就成为历史中的人，历史本就是罗贯中说的“古今多少事，都付笑谈中”。大凡是自己写的文章，总感觉和自己难以割舍，什么东西一旦看久了，也就适应了，开始时视觉上的敏锐也就不存在了。

对于什么是好散文，我有一个大前提，就是能写出大情怀和大智慧的散文是好散文。比如范仲淹的《岳阳楼记》写的就是家国情怀，王勃的《滕王阁序》写的就是人生智慧。但是有一点，越是朴素的文章，越容易让人领会到大的情怀，越是通俗的文字，越容易让人感悟出大的智慧。比如李密的《陈情表》，比如彭端淑的《蜀之鄙有二僧》，就体现了这个观点。

鱼必游于水，鸟必飞于天。磁铁能够吸来铁钉、铁屑，却吸不来石子、树枝。在庙里烧香的未必是虔诚的信徒，在深山里住着的未必是真正的隐者。前几天，我写了一副对联：生死酬知己，谈笑有先生。这大概就是对像你这一类人说的。

苏东坡有首名为《赠岭上梅》的诗，内容是这样的：梅花开尽百花开，过尽行人君不来。不趁青梅尝煮酒，要看细雨熟黄梅。

人这一生，得意也好，失意也好，应该有一个信念，时时刻刻要珍重情感。我们生下来，父母是最亲的人。到了后来，有了朋友，朋友有长久的，也有短暂的，该留的想散散不了，该散的想留留不下。总之一句话，好合好散就行。说到你，我的朋友，每每读你的文字，我就如狂饮一壶佳酿般酣畅，你是少有的还能保持平实叙述的作者，这在浮华猖獗的当下，是非常难得的。记得有次我读你的一篇散文，看你写自己家乡的贫困，一点也读不出你的厌恶，我随手写了这样的一句话：冷眼看世事，不愧热心肠。

前些天，一位朋友对我说书法，得出这样一个结论，灵人学不够，笨人学不会。大概我就是笨人吧，有多少好的东西我都学不会。所以我对任何人的任何言论都服气，往往一群人坐在一起，静默者我，被嘲者还是我。看来我是成不了事的，我生下来就胆小，怕人打怕人骂，打不过人家更骂不过人家。人常说，撑死胆大的，饿死胆小的。上小学的时候，我同桌抄我的卷子，后来临到交卷时，我改错了一个地方。成绩下来了，人家考了 100 分，我考了 97 分。我是多么的窝囊，有时人家把我卖了，我还给人家数钱，数完钱还要给人家说谢谢。我爱上当，有次我坐出租车去西门，平时去都是二十元，可这次出租司机问我要四十元，并说换了别人肯定要我四十五元，我稀里糊涂给了四十元，等下了车醒悟过来，就一路走一路恶心自己。如果我能真正恨起谁就好了，遗憾的是我谁也恨不起来，我不缺的是阿Q精神，最擅长自我安慰。不过这样也好，我从来不为什么人什么事，一生气就好几天好几个月，弄得自己病恹恹，把好好的人活成了林黛玉，丢了男儿气概。

现在已到中秋，过了中秋就是国庆，过了国庆就是元旦，过了元旦这一年就过去了。今年我的生日，本该好好庆祝的，我偏偏坐在去上海的火车上，一路看窗外风景走马灯似的变换，听车上的人漫无目的地乱发牢骚。唐僧取经，经历了九九八十一难，我想我以后的困难还多着呢。眼下的事情就是这本书，这本书本就难产，从今年春天一直拖到了秋天，农村的朋友问我，家里的玉米都收完了，你的书怎么还没出。前一段时间，我怕谁问我的书，我越解释就越受难场。在这过程中，我是多么的惭愧呀。

现在书终于出了，这个难产儿会有怎样的命运呢？若它是鸡就飞不上天，有翅膀也变不了鹰。都是鱼，鲨鱼、鲸鱼就独占大海，鲶鱼、黄鳝就蜗居泥塘，你不拽它，它就一辈子不出来。本不该向你说这些的，但我还是说了，其中的意思你也知道，我就不多解释了。

信就写到这里。

祝好！问安！

友：琦

2013. 9. 17

心存敬畏

很多年前，我的一位朋友对我说，地狱门前修行多。

按道理，修行的目的是上天堂，为何修行的人反而下地狱呢？朋友就给我讲了一个故事，说从前有位屠夫和修行者住在一条街上，屠夫为了养家糊口，早出晚归十分辛苦，修行者只是去庙里打坐念经十分轻松。修行者很懒惰，他每天早上起不来床，就让屠夫经过他家时叫醒他，年复一年日复一日。修行者去世后，发现自己下了地狱，修行者觉得冤枉，就对神灵申辩，说自己一生修行，为何反而下了地狱？神灵对修行者讲，你一生修行，却不懂慈悲，屠夫为了养活家里人多么辛苦，你还让屠夫每天叫醒你去念经，以达到你上天堂的目的，这就是罪孽。神灵对修行者说，你看看地狱门前的对联是怎么写的，修行者看见地狱门前有这样一副对联：有心为善虽善不赏，无心为恶虽恶不罚。

听完这个故事，我心里非常震撼。按道理，我们精通什么领域，对什么领域应该是熟悉的，而且应该具备这个领域的素质，但是现实中有的人反而容易连一般人都不如。就好比说官员，手里拿着人民赋予的权力，应该比群众要遵纪守法，但是有多少官员锒铛入狱。就好比说明星，整日出现在各大电视媒体，他们应该比常人更注意自己的形象，可是多少明星陷入黄赌毒，让人大跌眼镜。就好比说文人，他们肩负弘扬文化的重任，应该比普通人要尊重文化，可是多少文人为了利益写道德沦丧的垃圾作品，反而让人深受其害。就好比说教师，作为人类灵魂的工程师，应该比学生要深明道理，但是多少教师说话做事，还不如学生有觉悟。这样的例子在生活中太多了，可谓不胜枚举。

一位高官退休后对我说，他当了这么多年的官，可谓战战兢兢，如履薄冰，用《易经》的话说就是“君子终日乾乾，夕惕若厉”。可是还有一些官员，他们为所欲为，为了自己的利益可谓不择手段，等待他们的只能是法律的严惩。这位退休的高官对我说，如果丢了敬畏之心，那么身居官位，就如坐在刀山火海之上，一念之差，万劫不复。

一位修行佛法几十年的教授，邀请我吃饭。我去了之后，发现满桌都是鸡鸭鱼肉，他对我说这都是素食做的，但是又不丢鸡鸭鱼肉的美味。他在席间大谈佛法，最后我只对他说一句话，我不太懂佛法，可我也知道佛法是为了消解欲望。常人吃肉是为了肉的美味，也是为了强壮身体。但是吃这些似肉非肉的东西，为了达到自己修行的目的，却还不舍肉的美味，欲念比常人吃肉要大，如何能修成正果？这位教授听了我的话，沉默不语。

古代的各行各业，都有自己的祖师爷，入行之前，首先要参拜自己的祖师爷，为的就是敬畏自己所做的事业。《周礼》有言：“知者创物，巧者述之，守之世，谓之工。百工之事，皆圣人之作也。”农业的祖师爷是后稷，教育的祖师爷是孔子，木工的祖师爷是鲁班，酒业的祖师爷是杜康……如果入了行弄虚作假，就是欺师灭祖，会被整个行业所排斥，终生不能再入这一行。

现在社会上弄虚作假的事件层出不穷，道德沦丧的事件时有发生，归根结底是我们缺乏敬畏之心。西方人说，敬畏是智慧的开端，认识圣者便是聪明。当然，人也不能盲目敬畏，我国民主革命伟大先行者孙中山有言：“敬畏当敬畏的神，不敬畏不当敬畏的人。”

我读李养正书法

初次见养正先生，他就坐在我的身边，这就注定了我与他之间的缘分。他身体魁梧，坐相庄严，使人敬畏，我没敢上前搭话。那次活动接近尾声时，压轴环节是展示养正先生给学校题写的八尺书法，上书“风华正茂”四个大字，现场掌声雷动，他给我很深的印象。后来，通过朋友原野的介绍，我与养正先生有了更多的交流，我就越发敬佩他的书法造诣，更敬佩他的为人处世。

养正先生，20世纪50年代生于蓝田的一个书香门第，他在父亲的指导下，自幼就接受了良好的教育，也正如他的名字取自《易经》，寓意根正苗直以成栋梁之材。他自小临帖习字，长成后博观约取，工作在军工企业，退休后才真正开始在书画界活动。养正先生创办西安盛唐书画艺术研究院，在他的号召下，很快聚集了一批书画家，他带领书画家在全国开展了很多活动，进大都市也走小山村，上高原也下盆地，使盛唐书画院真正有了盛唐气象。

书画圈里是非多，大家读艺术更读人品，往往艺术没有定论，人品先有定论。在纷杂的议论当中，我听到关于养正先生的都是好评。

这使我惊讶，养正先生不是单纯的书法作者，他更是这个行当的活动家，接触着方方面面，他能和不同品性的人处好关系，这一点就足够我学习一生。

养正先生的书法潇洒、静雅，行笔用的是落日之圆满，落笔用的是泰山之沉稳。他的书法透露着书卷气，心有平正而在险绝处开拓，历尽险绝之后务归平正。他不任性张扬，也不古怪刁钻，结构正大，笔法自然，粗观之有清风，久赏之得明月。他的书法，可挂于书房不可张于赌坊，可悬于大堂不可藏于暗室，赠学子则养心，赠老者则增寿，赠文人则养性，赠商人则养德，赠病者则养生。

若说一年是四季的轮回，面相乃五官的组合，书法就是精神与技法的高度概括。故而偏工易就，书善难求。很多人穷其一生临帖，只是掌握了书法作为符号的外在形态，没有上升到书法作为艺术的内在气韵。读养正先生的书法，即是读他的精神，坦率而不偏激，包容而不排斥，集众家所长，又不为规矩所累，能读出他历尽波折之后的冷静，生活喧嚣背后的平淡，人生磨砺之后升华的智慧。

养正先生是和新中国一起成长起来的文化人，经历了社会转型的各个时期，他对时代的解读客观而真实。他经常说，艺术来源于生活，生活就是大众，没有大众的审美，艺术即不存在，艺术家能做的就是创作，真实、平静地反映我们的生活。

熊猫画家王西林

陕西人知画家王西京，而不知画家王西林，或知画家王西林，以为是画家王西京的兄弟。我第一次见西林，他就向我解释，我和西京可没有亲戚关系，许多人在外面乱传我是王西京的兄弟，让我很不自在。他头大身长，眼大眉稀，耳大轮阔，口大肩宽，分明是当官的面相，不知怎么就舞弄上了笔墨丹青。他嘴拙不善言辞，众人说话，他静默如佛，有人注意他时，他投去憨笑，人以为其傻，实则有大智慧。

朋友向我介绍，西林是陕西大荔人，生于20世纪60年代，自幼爱文艺，在家乡很有名气，人都说王家小儿善画，教室桌上、家里门上、厕所墙上都是他拿粉笔所画人物。西林长大后，来西安一家企业接替父亲的工作，上班没过多久企业就倒闭了。他失去工作，独自走在西安的大街上思考，好儿不种爷娘地，好女不穿嫁时衣，王西林的未来要靠自己！于是应聘到《炎黄文艺报》当编辑，后来工作有成绩再当主编，这个时期他接触了很多书画家，取众家所长，形成了自己的艺术观点。他勤而好学，将所思所想及时记录，便有了他的文集《墨海走笔》。

西林初学画，爱画竹子与美人，竹子乃文人所爱，美人是君子好逑。他笔下的竹子淡然而无凌云之势，美人温柔而无妖艳之姿。也许是遭受过挫折，经历过坎坷，他早期的画作极少张扬泼辣，与他的实际年龄不符，如不识他，真以为这是世外隐者所绘。后来，他开始画花鸟，这一时期的构图稳重，用色和谐，清爽有趣，是典型的文人画。他对色彩的把握更炉火纯青，正如扬雄所言“丹青初炳而后渝”，他的画更有层次更显立体更具神韵。

如果说作者在创造作品，倒不如说是作品在选择作者。西林走上熊猫画的道路，我认为符合他一贯的性格发展，也吻合他此前的绘画风格，是自然的瓜熟蒂落。人都知熊猫为国之瑰宝，而不知熊猫画是画之瑰宝。大熊猫数量少，画大熊猫的人更少。艺术家与其说不愿创作熊猫画，倒不如说是无法画，并非是不会画，而是缺少借鉴不知如何画。清代画家郑板桥说：“要有掀天揭地之文，震电惊雷之字，呵神骂鬼之谈，无古无今之画，故不在寻常蹊径中也。”我将当下的艺术家分为三等：上等是超然造化，与天为徒；中等是师法古人，能传精神；下等是随意宣泄，真情流露。我认为一切艺术是信息的传递，信息场本身是存在的，永恒如日月星辰；艺术家在选择过程中自己排列组合，然后将人格化、艺术化的信息传递给观众。就如作家将三千多个汉字去组合排列，汉字本身是已经存在的，作家创作作品，如何排列文字、如何组合词语是艺术手法，主体与客体的成功统一是艺术。

西林选择创作熊猫画，要经历怎样艰难的创作！熊猫是家喻户晓的动物，画出水平很难，古今的国画又少有借鉴，画熊猫而传神难于登天。我曾对一位熟悉西林的朋友说，西林画熊猫肯定是下了工夫的，他画到今天这样的状态，就是天才也要画最少二万张草稿，否则不可能达到震撼视觉、呼之欲出的艺术效果。艺术家的成就来源于锤炼艺术，艺术的道路没有捷径，正如欧阳修所说，“学书费纸，犹胜饮酒费钱”。西林画熊猫是将熊猫谙熟于胸，然后去创作，虽然是工笔画，但不局限于画像，而是画趣、画意、画境，正如张彦远所说“外师造化，中得心源”，他的画更多地表现出他的情感、他的艺术主张。

三年前的夏天，我在周至老县城避暑，遇见大熊猫秦岭保护站的李站长，他对我说，大熊猫这种动物，分布于我国四川、陕西、甘肃，陕西的秦岭大熊猫和其他地方的熊猫有明显的差异，秦岭熊猫的个体最大，四川的熊猫头长似熊，陕西的熊猫头圆像猫，鼻骨短，脸更圆，最为憨态，有“国宝中的美人”之誉。李站长对我说，别看大熊猫憨憨的，其实最聪明了，山里的狼和豹子从来不敢招惹大熊猫，别的动物见了狼和豹子，都是惊慌逃窜，然后被狼和豹子从后面袭击掏了肠子。大熊猫见到狼和豹子，屁股就地一坐，啃自己的竹子，狼和豹子敢扑上来，大熊猫就猛地用力给一爪子，狼和豹子不死即残。再就是，如果熊猫生了病，就会摇摇摆摆地走进村子，到村民家友好地串门，动物保护站就会派人去治疗。

西林笔下的熊猫，正是这种自然与人的和谐存在，画中的熊猫似乎是与人交流，想要告诉人一些道理，并非傲然孤独地存在。他笔下的熊猫，三五成群嬉闹如孩童，或独自在树上若有所思，或是成双结对、亲密无间。熊猫在大自然中，我行我素，我情我趣，如同上帝。

大熊猫是自然界的“活化石”，作为中国的国宝，象征着吉祥如意、富贵平安。我相信，西林的熊猫画有朝一日也会如国宝大熊猫一样，将美好的祝愿带给千家万户，将美的艺术献给世界。

怀文学之心而来

——记西安外国语学校《文心》创刊

当肖雨龙老师将《文心》杂志样刊交到我手中时，我的眼眶不禁湿润了，我想起了不久前去世的中国文学巨匠、中国作家协会副主席陈忠实先生，他在临终前对这本刊物和西安外国语学校的文学新苗寄予殷切的厚望。当封面上陈忠实先生手书刊名“文心”两个字映入我眼帘的时刻，泪水终于忍不住流淌下来。

这是陈忠实先生在生命的最后时刻用毛笔题写的刊名。陈忠实先生一生为很多刊物题写过刊名，但西安外国语学校的《文心》杂志真可谓先生的绝笔之作。我在参加陈忠实先生追悼会期间，与陈忠实先生生前好友及同事说起此事，他们都说这真是上天的安排，陈忠实先生一生怀着对文学的敬畏之心，最后留下了这样的字迹大概也是天意！陈忠实先生的好友，陕西省作家协会副主席朱鸿老师与我说起此事时，建议我将这件事记成文字，但那几天我沉浸在对陈忠实先生去世的哀痛之中，思绪大乱，心神不宁。在雨过天晴、阳光灿烂的日子里，我看到西安外国语学校编辑的《文心》杂志，又怎能不有感而发，要为这本杂志的出版写些文字。

谈起《文心》杂志，就要先介绍西安外国语学校。西安外国语学校是陕西一所著名的全日制十二年省市重点学校，也是1963年由周恩来总理亲自批示成立的首批外国语学校之一。这所学校的原址在西安市第十中学（原西北局高干子弟学校）的东隔壁，当时前后招过三个年级，共六个班。在那个年代，能上这所学校，对于孩子和父母而言都是无上的骄傲，学校的校徽和西安外国语学院的校徽一模一样，就是院校一字之差，在当时谁能带着这枚校徽上街，同年龄的学生会无比羡慕。据西安外国语学校1965届校友李生海回忆："外语学校云集了不少高干子女，但他们都是各小学的优等生。加之学校成立伊始就树立了良好的校风，这些高干子女都能严格要求自己，他们学习认真，大多是班里的学习尖子或班干部，有的还是共青团员。他们为我们新生树立了良好的榜样，是我们学习和成长过程中的正能量。"西安外国语学校在20世纪90年代末搬迁到西安北郊凤城一路，也就是现在的新址。在新址建设的学校焕然一新，办学质量和办学规模也超过从前。现在的西安外国语学校，有近4 000名学生，开设了几乎所有语种教学，西安人形容走进外国语学校就是把一只脚迈向世界一点也不夸张。

自2015年9月在西安市莲湖区试点"优秀文化进校园"活动开始，我就担任这项工作的主要负责人和联络人。西安外国语学校作为开展这项活动的全省首批十二所中学之一，率先成为陕西省青少年校园写作基地。成为写作基地之后，西安外国语学校的校园文化建设工作格外积极，由学校委托德育处主任肖雨龙老师负责与我接洽。我第一次走进西安外国语学校是深秋时节，校园里的红叶如火如焰，操场上学生做操秩序井然，校园到处生气勃勃。我正要进门，却被门卫拦住，表示一定要给里面的人打电话且必须登记，当然在每所学校都是如此，但在后面的接触过程中，我来学校的次数多了，门卫依旧如此，这也体现了西安外国语学校的管理之严。

我在接触肖雨龙老师的过程中，了解到了学校丰富多彩的校园文化，学校将品德、法制、文学、艺术、体育等内容贯穿到学生的发展之中，常言腹有诗书气自华，来到西安外国语学校就能感受到这样的文化风气。当时，我们的活动刚刚开始，肖雨龙老师与我在交谈中，说起陕西省知名青年作家杨则纬就是他的学生，他是杨则纬的语文老师兼班主任。对于杨则纬我很熟悉，知道她上中学期间就出版了自己的小说《春发生》，现在已是陕西省青年作家中的佼佼者，但我并不知道西安外国语学校就是杨则纬的母校。肖雨龙老师谈起杨则纬的成长，说杨则纬过去在班里写作只能算是中上水平，但这个女孩对写作勤奋执着，别人写日记写一个本子，杨则纬就要写两个本子，在学校期间，杨则纬在肖雨龙老师的指导下，她的写作渐入佳境，越写越好，随后出版了自己的第一部小说《春发生》。我向肖雨龙老师建议，不如就为包括杨则纬在内的三位青少年作家举行一次研讨会，结合学校的“书香校园”启动仪式，把这件事的头开好。肖雨龙老师说，我们学校一直坚持让学生走出学校，再回到学校，这样有助于我们教育工作者总结经验，对在校的学生也是有效的激励。前不久，知名歌星苏醒校友就回到了学校，浙江卫视全程录播，这种活动很有意义。随后，肖雨龙老师带我见到了负责这项工作的崔平、王颖副校长，我们当即一拍即合，决定在 12 月 25 日，也就是西方圣诞节这天举行活动，当时离这个日期也就剩下短短的半个月时间。

人们常说，要想看谁的实力，就让他做件事情。通过这次活动的组织和准备，我看出了西安外国语学校的实力，一声令下，全员开动，所有环节都反复论证、仔细考虑，当天的活动有两个会场，主会场在大操场，分会场在学校综合楼，集体合影在主教学楼前，来的二十多位作家分别要进入学校的各个班级，每个班级都要准备好有关这位作家的资料。这项工作是纷繁复杂的，在很短的时间里做好准备工作，考验着学校的每个部门及部门之间的配合。我们时常赞叹高楼广厦的宏伟壮观，忽略的是这些高楼广厦是由寻常砖瓦堆砌而成的。日子一天天临近，工作一天比一天繁忙，大家辛苦却也幸福，只要把活动做好，这些劳累算得了什么呢？一切准备都有序地进行着，所有该做的工作都已经做好了，就在大家都觉得可以松口气的时候，西安的上空却出现遮天蔽日的雾霾。活动当天，要在室外的操场上举行活动，很多媒体都要来摄影录像，遇到雾霾天气，一定会严重影响活动的质量和效果。活动当天是星期五，我们等到星期四天空仍旧是雾蒙蒙的，一点光亮也没有，我们都在想，这真是活动的美中不足。上天眷顾文学的痴心人，更要为这场盛大的活动添彩。那一夜，无风无雨，第二天早晨起床推窗望去，天空湛蓝如洗，晴空万里。我下午驾车顺路接著名评论家王仲生、诗人沈奇，他们对我说的第一句话就是，今天的天气怎么会这样好？昨晚没有一星雨一丝风，这天气自己就晴了，真是奇怪。我在心里想，世间的事情诚则动天，这场活动正应该如此圆满。

2015 年 12 月 25 日，西安外国语学校真可谓群星云集。出席的作家中，既有得过鲁迅文学奖的陕西省作协副主席吴克敬，也有年过八旬的评论家王仲生，还有包揽所有国内儿童文学大奖的著名儿童文学作家王宜振。最可喜的是，在参加活动的作家中有杨则纬、孙雨婷这样二十多岁的青年作家，还有西安外国语学校琢玉文学社的文学新苗。这次活动分为琢玉文学社成立大会、青年作家研讨会、作家进班级与学生交流、作家在餐厅与学生共进晚餐四个环节，最让我动容的是最后两个环节，西安外国语学校的同学们表现出对文学如饥似渴的热爱，同学们积极地提问，向作家们虚心求教。这次活动之后，西安外国语学校决定出版校刊《文心》杂志，并且在学校图书馆开辟出专门的区域，设置了《文心》杂志的编辑部。既然要出刊物，自然要找人题写刊名。陕西是书法家云集的省份，但书法和文学兼长且有极高威望的人，当属陈忠实先生，陕西除了陈忠实先生，谁又能将这三者汇聚一身呢？

说到找陈忠实先生题字，我自然是有信心，我在初中一年级就与陈忠实先生结识，之后陈先生不将我视为学生，而称我为小友，我有几次重要的事情，陈忠实先生都为我欣然题词。但陈忠实先生自从2015年春天开始，就生病住院，前段时间听说陈忠实先生病愈了，而且陈忠实先生的好友欣喜地告诉我，陈忠实先生请客，他看着陈忠实先生将一大碗泡馍吃完，我想能吃泡馍肯定是体力恢复了，陈忠实先生这病怕是真的好了。我犹豫再三，拨通了陈忠实先生的电话，大概嘟嘟了三声，陈忠实先生接了我的电话，电话那边传来熟悉的声音，虽然声音不如往日洪亮，但说话依旧不减往日的底气。我问先生的身体如何，他停顿了片刻，然后对我说，这病怕应该好了八成。我向陈忠实先生讲述了优秀文化进校园活动的情况，陈忠实先生非常耐心地听着，连说好好好，这事弄得好。陈忠实对年轻作家的关怀是有口皆碑的，陈忠实先生写成《白鹿原》之后，将后面人生的主要精力和时间，都用在扶持文学新人和文学活动上面。我提到这本杂志，并提出如果在身体条件允许的情况下，学校希望他能给这本杂志题写刊名。陈忠实先生当即就答应，虽然没有说什么时间把书法给我，但答应得如此爽快和干脆，在过去是没有的。我和陈忠实先生通话时长5分钟，挂电话是下午5点26分。也就是第二天早上九点，陈忠实先生的助理杨毅老师，就给我拨通了电话，告诉我字已经题好了，我拿到的是印有省作协字样的信封，上面写着我的名字，右下角落款是“陈托”，里面是两张四尺斗方书法，陈忠实先生特别交代，一张交由学校出刊，另一张赠我作为纪念。

我见到杨毅老师时，在楼梯上问他陈忠实先生的身体状况，杨毅老师说，手术做完了，正在家里恢复，问题应该不大。谁能料到天不假年，也就是不到一周的时间，就传来陈忠实先生再次病发住院的消息。接着两个月里，病情一天比一天恶化，4月26日晚从西京医院传来陈忠实先生吐血的消息，之后的每一天大家都忧心忡忡，所有关于陈忠实先生的消息都终结于2016年4月29日早晨7:40分……

中国文学的天宇，一颗巨星陨落了！

陈忠实先生对《文心》杂志题写刊名，又两次亲自打电话给我，向我询问青少年作家的发展情况，询问《文心》杂志的编辑情况。陈忠实先生说话不多，皆为斩钉截铁、落地有声之语。我向陈忠实先生说，学校很重视“书香校园”、文学活动。陈忠实先生说，中国的事情，领导重视，下面积极，这件事就能办好！我向陈忠实先生说，这个杂志出来你要当顾问呢。陈忠实先生说，我能做什么你只管说，娃们家的事天下第一。

斯人已去，印记犹存，音容笑貌，宛如昨日。

我翻看《文心》杂志的稿子，就惊叹西安外国语学校学生的写作水平、见识程度、表达能力。虽然是学生之作，文笔难免稚嫩，但这些作品汇集的信息量之大是前人不具备的。过去的人生活闭塞，不知大千世界，可能知道山高海深，却不知道山如何高，不知道海如何深。现在的学生，真可谓站高看远，胸襟阔大。过去的人只知道吃穿，吃饱了肚子好像就有了幸福，穿好了衣服好像就有了尊严。现在的孩子，有了丰厚的物质生活之后，考虑的就不是这些问题，他们目光浩渺，见多识广，有的孩子足迹遍布世界，过去的孩子坐在马车、驴车上跑以为是快，现在的孩子坐在飞机、轮船上遨游世界，真可谓一日千里，岂是过去的孩子能够相比的。俗话说，读万卷书，行万里路。我读《文心》杂志的“大美长安”栏目就感受到了这点。现在的学生很会读书，他们是凭自己的兴趣和爱好，在这个基础上挖掘自己需要的东西，把学识变为自己的涵养，最终上升到自己的气质。如火焰生蓝光，珠玉有宝气。

在《文心》杂志的“青春T台”栏目中，很多文章是值得我们细细品味的，作者们对自己与外部世界关系的考虑要高同龄人一筹。我早就知道西安外国语学校很多孩子都在学校寄宿，有的从小学就开始独立生活。我看了这些文章，就知道这样教育的好处。我们常说自由思想、独立精神，如不能给孩子提供一个独立的环境，只在糖罐蜜罐里成长的孩子，没有一个不是乖张腻歪的。人们说通情达理，不与外部环境接触怎会通情，不懂人间百态，也就谈不上懂得道理。学生笔下的世界是纯粹的，是干净的，到处都圣洁光明，读这样的文章就是享受，好像漫步青山绿水间，孩子的天真洗涤着我们的灵魂。

品读《文心》杂志的“绿野寻踪”栏目，我就惊奇于学生文字表达水平的高超。生活里人们都说三分长相七分打扮，很多人会打扮就美，但如果不会打扮还不如不打扮。这些文章体现的特点就是，既能把自己的意思表达清楚，同时也能让别人愉悦地接受。说到这里，我就要谈语言的素养，如果老师没有一定的水平，那么学生要想发展就很困难，好的语言素养，必须要有人引导和指点。在这个年纪，写这样文章，不能不说是老师教得好，也是学生自己勤于思考的结果。

读完《文心》，我就生出许多感慨，陈忠实先生虽然离开我们，他的精神还在人间，正如著名作家贾平凹所说的“水流原在海，月落不离天”。《文心》杂志是陈忠实先生寄予厚望的杂志，现在如婴儿般呱呱坠地，我希望学校能长久地办下去，也希望各界在未来关注这些孩子的成长，让《文心》成为校园文学的圣殿、校园文化的旗帜。学校是最神圣的地方，也是最干净的地方，许多人走到天涯海角，都忘不了自己的校园生活。《文心》现在是一棵春芽，未来必然会成为参天之木，这些学生之中有很多已经表现出了文学潜力。

万花盛处松千尺，群鸟唱中鹤有声。我们怀一颗文学之心而来，以文学的名义相聚。我们祝愿这份杂志越来越好，祝愿西安外国语学校的学生越飞越高！

文学让我们如此感动

千百次我问自己，为何对文学如此痴迷？每一次，想到文学就心潮澎湃；每一次，想到文学就热血奔涌；每一次，想到文学就流下热泪。

文学如慈母的怀抱，使我温暖踏实；文学如情人的亲吻，使我如痴如醉；文学如挚友的支持，使我战胜困难；文学如严师的批评，使我走向光明。

有人说，文学的高潮早已过去；有人说，文学的地位不值一提；有人说，文学的创作已经衰落；有人说，文学的发展充满坎坷。

不管人们如何议论，文学依旧是文学，圣洁如珠穆朗玛，永恒如星辰日月。

翻阅中国厚厚的史册，文学是老子、孔子、庄子、孟子的经典，文学是司马迁、班固、陈寿、范晔的史著，文学是屈原、李白、杜甫、陆游的诗歌，文学是司马相如、韩愈、柳宗元、苏东坡的散文，文学是曹雪芹、吴承恩、罗贯中、施耐庵的小说，文学是关汉卿、马致远、白朴、郑光祖的剧作。每当提起这些名字，内心的情感就不能自已；

每当提起这些名字，想说的话就滔滔不绝；每当提起这些名字，迷茫的心灵就能找到方向。

文学始终像太阳一样，似乎和我们很远，如论距离相隔上亿千米；似乎和我们很近，就如阳光一般无处不在。

每当利益汹涌的潮水将我们快腐蚀的时候，文学使我们摆脱铜臭的外壳，剥离层层叠叠的关系网，让我们看清真实的自己。

生活当中，文学是一种情怀，更是一种品德，无时无刻不在感动着我们。

我上初二的时候，开始给报纸投稿，第一篇稿子投过去一周后马上见报。我当时并不知道报纸栏目的电子邮箱，所以每次投稿是用钢笔写在稿纸上寄到报社。那年冬天，我一共在报纸发表五篇文章，大年三十的上午，我接到报社编辑徐老师的电话。她首先是鼓励我的创作，希望我坚持下去，最后建议我把稿子的电子版发到电子邮箱，这样文字就不会出现偏差。这时候，我才明白我之前发表的五篇稿子是徐老师用电脑打出来的，这让我内心感动，这个世界上原来有人默默支持我的创作，这坚定了我文学创作的信心。

鄠邑区的荣国安老师，是陕西省国防工业学校一名退休教授。他一生专注于古体诗创作，退休后更是创办报纸，成立诗词社团，走进中小学向学生普及诗歌文化。他和我相识于西安的一场活动，分手时他告诉我，他来西安为了省钱，所以住在城墙边防空洞改造的小旅馆里，住一晚上三十元钱，旅馆房间刚好摆下一张床，如果地方稍微大一些，他要请我去好好聊天。我当时认为荣国安老师家庭困难，所以日子过得清贫。后来，我去拜访荣国安老师，他一百六十平方米的房子空空荡荡，除了必需的一些家具、电器之外，就再没有什么东西了。他的爱人对我说，荣国安老师爱诗词呢，他希望诗词不要在年轻人中断绝，所以自己每月印刷报纸，把报纸送到学校，让学生们传阅，组织学生们搞活动，一个月快七千元的退休金基本都用在这上面，他整天吃咸菜夹馍，家里一年四季都是萝卜青菜。他的爱人说，谁劝他都不听呢，只要他喜欢让他这样弄吧。我这才明白，荣国安老师是为了文学而选择过清贫的生活。荣国安老师紧紧拉着我的手，他对我说："一些有钱人，一些当官的去信教信佛，其实并非信仰，而是灵魂空虚的表现。我是一名共产党人，我不信这些，我就做弘扬传统文化的事业，看着学生一个个会写诗歌，就是我最大的快乐。"后来，我听别人告诉我，荣国安老师去世之后，除了当月未发的退休金，他的存折剩了二十一元七角。荣国安老师虽然清贫如此，他的精神世界富可敌国。他生前认识或不认识他的人，都为他平凡而伟大的一生感动流泪。我在几所大学的文学院介绍荣国安老师的事迹，学生们听了都流下泪水，一位西北大学的学生对我说："荣国安老师让我明白了活着的意义。"

众所周知的文学巨匠陈忠实先生，与他相识的时候，我刚上初中。有一次，我将自己的习作寄给陈忠实先生，请他给我提些意见。过去了两个月都没有回音，我以为陈忠实先生把这件事忘记了，让这样一位大作家去看初中学生作文岂不是幼稚的想法！有一天，陈忠实先生给我打来电话，我的心激动得快从胸膛里跳出来，他给我说了二十多分钟，过后我都不记得说了什么，我的大脑一片空白，我也忘了自己给陈忠实先生说了什么，我觉得刚才的通话就像做梦一样。后来，在陈忠实先生的帮助下，我走上了文学创作的道路，我的第一本书，陈忠实先生为我题字："少年如花样样红"。陈忠实先生关爱、提携着年轻人，每个和陈忠实先生交往过的人都无不钦佩他的品德。陈忠实先生临终前，为西安外国语学校题写杂志刊名，他和我打过三次电话，他每次都说："娃的事，天下第一！"陈忠实先生去世后，三秦大地上的老老少少无法接受这个消息，人们来灵堂吊唁的时候泪如雨下。许多人都说，陈忠实先生永远活在人间！

文学的大厦不会倒塌，因为文学大厦的根基是亿万读者，正是读者支持着文学的大厦，让文学代代流传。

我在写作之初，曾受到批评，一位教授认为我写的都是生活中不值一提的事情，我的文笔没有华美的语言，所以认为我不懂怎么写文章。我当时年龄小，被这位教授头顶的权威帽子吓住了，很长一段时间没有写作。在这个过程中，当时在陕西参军的一位叫龙海洋的战士就给我写信，他说他们警卫连的所有战士都喜欢我的文章，鼓励我继续写下去，他让我放心，文章的好坏最终由读者评判。我心里感动，我觉得并非自己在写作，我要对得起我的读者，我的文章要全部交给读者检验，读者的夸奖才是我写作的最高荣誉！在生活当中，这样的事情数不胜数。一位兰州的朋友，以前我们并不认识，后来通过别人的介绍，他曾专门来西安和我交流文学，我们交流了一天一夜，他坐飞机又回了兰州。一位叫李卫锋的西安出租车司机，我曾坐过他的车，他非常爱文学，我们交流了一路，最后下车时计价器显示车费六十二元，他对我说这个钱我不要了，因为我们交流了一路，我敬佩写作的人呢！我硬塞给他，我回家后就在想，出租车司机挣钱不容易，他就因为我懂文学，就主动说不收车费，我被他的文学情怀深深感动。有次我和朋友去蓝田游玩，我们中午住在农家乐，我向农家乐的老板买他院子里种的核桃。他对我说，你如果能把你带的那本书给我，我这五斤核桃都给你。他对我说，他爱看书呢，他刚才无意中翻了我的书，他就想读下去。在我的生活中，这样的例子数不胜数，无数来自读者的感动，使我感到文学的神圣。

如果说文学给我们的生活带来最大的收获是什么，我觉得就是这份感动，这份感动让我们感受到生命的存在，让我们明白世间有种情感永远不能释怀……

归 途

青山不改，绿水长流，后会有期。

这句话常见于武侠小说，成为江湖儿女离别时的用语。人生如没有经历过死亡危机，怎会品悟到这句话中有多么凄凉。

我们每个人从诞生的那一天开始，死亡就平静地摆放在我们面前。死亡给了我们精神世界的极大自由。拥有生命，可以去追名逐利；拥有死亡，可以不去追名逐利。一个人如果搞不清楚自己活着为了什么，那么即便给他上帝的宝座，他也不会有任何尊严。

活着为了什么，似乎是个简单的问题，但解答起来真有些费劲。难怪圣人孔子说，未知生，焉知死。我们连活着该干什么都没搞清楚，怎么会知道死亡这样晦暗不明的事情？从现实社会来讲，多数人活着似乎不是为了积累财富，就是为了通过财富实现物质上的享受，这似乎是社会的主流。

我平时常接触青少年，发现如今的青少年更加爱钱，张口闭口离不开钱。甚至有一些大学女生，为了钱可以出卖色相。每当我遇见这样的学生，我常问他们两个问题，无论怎样积累财富，怎么享受物质，似乎都离不开消耗时间。好比出卖色相，似乎是获取暴利的途径之一，可是也避不开耗费时间，而且这件事触犯道德和法律，道德的情感纠结占用人正常思维的时间，法律的惩罚占用人自由行动的时间。即便有条件，不必积累财富，钱来自父母或情人，去取款机拿钱可能就几分钟，甚至父母或情人把钱送到面前。但是要通过这笔钱实现物质享受，还是需要耗费时间。比如去国外旅游要办理各种手续，少则数天多则半月，为了这件事焦急的等待也要耗费时间。因此，有这样一个结论：智慧高的人享乐用的物质极少，智慧低的人享乐用的物质极多。我经常对有了新生儿的家长说，教会孩子用极少的玩具取乐就能极大开发智力，那些能把一两个玩具长期玩下去的孩子都很聪明。

几年前，有一位资产数十亿的企业家，请自己的大学老师吃饭，我也在被邀请之列。酒过三巡之后，这位老师对他说，你快五十岁了吧？他回答道，老师记性好，学生明年就五十岁了。老师对他说，合适的时候，你赶快把企业让别人干吧，你该干自己喜欢的事情。企业家很茫然，他思索半天，对老师说，企业就是我的事情，怎能让给别人？我准备培养我的儿子，等他有了管理经验，我就把企业交给他。老师听了这话，自斟自饮一杯酒，对他说，你这辈子我看都算浪费了，怎么还要浪费孩子的生命？十年前，你有一个亿的时候，我就劝你从企业中退出来，那时你不听，老师看着你头发也白了，吃饭不香，觉睡不着，就心疼你，没想到你越陷越深。这位企业家听了，似乎心有所动，但是并没有听老师的话。去年夏天，我在西北大学的家属院门口，偶然遇见这位老师，就问他这位企业家的情况，他对我摇着手说，可惜了，可惜了，他已经去世了，他的企业也查封了，他这辈子唯一的心愿是让儿子接管企业，这是一个荒谬的想法，如今企业没有了，对这个孩子倒是件好事。这位老师叹息半天，对我说，多少人一辈子还不是稀里糊涂就完了，能清醒认识自己的人太少了。说完话，这位老师与我告辞，我一直目送他的身影消失在人群之中。

时间如同一条通向死亡的轨道，我们的生活之中，充满死亡的味道。战争是大死亡，事故是小死亡，人类还面临无数病菌的威胁，死亡可谓无处不在。有时候，匆忙的相见，转眼是永别人世，短暂的交谈，也许是最后一次。

古时候，人们格外珍惜每次相遇，自然也难舍难分。“纵使相逢应不识，尘满面，鬓如霜。”“桃李春风一杯酒，江湖夜雨十年灯。”“金风玉露一相逢，便胜却人间无数。”“最是人间留不住，朱颜辞镜花辞树。”这些前人的诗句，今人读后依然动情。

青山不改，近在咫尺；绿水长流，如在眼前。

死亡对于每个人而言，只是时间问题，因此死亡赋予生命公平、崇高、神圣的意义。如果人能够无休止地活下去，那么自己也要厌烦自己，多数人也将无所事事。在我看来，如果人的生命没有尽头，世间所有神圣的东西都将消失。我曾经对朋友说，如果人类不存在死亡，我没有理由让我的双腿不在达官贵人面前发抖。有了死亡，我的双腿不仅不会发抖，我还会藐视他们中的一些人。每当世俗的欲望来袭时，想一想死亡，就会心静如水，然后怀着最大的热情去做自己的工作。

我羡慕我的一位朋友，他为官基层，在任期间完成了很多惠及当地百姓的工程，在当地享有极高的美誉和威信。有次，我和他走到他家附近的一座小山上，他看着山下波光粼粼的湖面，坐在草丛里吸烟。吸完烟后，他躺了下去，似乎聆听四周悦耳的鸟鸣，他躺了足有十几分钟，然后坐起身，对他的儿子说，我死后，你就把我安葬在这里，这里真美。

我相信，我的朋友生命充实，说到死亡才会如此坦然，死亡在他看来，如同赤子回到母亲的怀抱，好像英雄大功告成重返家园。我认为，这样的人生，已上升成一种境界。这样的人生，真可谓不虚此行。

曾经过年不随便

爷爷在世的时候，过年是不随便的，处处都有道理，处处都有讲究，过年在我心中如仪式一样隆重。

小孩子都喜欢过年，我也不例外。小学放了寒假，我就天天看日历等着过年。那时候想着到了春节，我就长大一岁，成长的感觉是多么奇妙。似乎长大了就可以做一切喜欢做的事情，我当时脑子里想做的事太多太多了，每次过年就如一个又一个站点，时间列车载着我去向往的花花世界。

到了腊月初八，年的气氛就浓起来了。爷爷早晨要熬一锅粥，粥里头放着八种食物，他告诉我这是"腊八粥"。记得有一年，在新疆工作的大伯寄来了葡萄干，爷爷高兴地放到了粥里，让家里人都要喝，还要问我们吃到葡萄干没有？如果吃出来了，爷爷就说这是大伯寄来的葡萄干。如果说没吃出来，爷爷就会再给碗里盛一勺有葡萄干的粥。我们家住的地方离大兴善寺、大慈恩寺很近，寺里的和尚到了这一天也煮粥给人们免费喝。有一年，我和爷爷从家里喝完粥，走到大慈恩寺看到人们提着饭盒排队领粥。我就问爷爷，为什么咱们要自己煮粥喝？爷爷对我说，自己能做的事千万不要麻烦别人，寺里的粥也有限，你多吃一碗，别人就少吃一碗，你要为别人想。

过了腊月初八，离春节越来越近了，街上的集市一天比一天热闹。这个时候，爷爷会买来花生、瓜子，然后放到锅里炒，每回都要炒很多，炒完一锅又一锅。第一锅刚炒出来，我总是迫不及待去吃，有回还烫得嘴起了泡。爷爷炒完花生、瓜子，会把这些东西装进一个个精致的布袋子，让我送给院子里的一些朋友。家里人对爷爷说，花生、瓜子不值得专门给人家送去。爷爷说，花生、瓜子是不值几个钱，谁没吃过花生、瓜子？这是我亲手炒的，这里有我的心意！

那时候，超市商店不像现在春节照常营业，那时超市除夕下午就放假了，再次开门最早也要到大年初五了，所以什么东西都要提前准备。爷爷不论什么东西都要多准备，他对家里人说，万一谁家没准备齐全，咱们的东西可以给他救急。大家都认为爷爷是多此一举，谁会过春节不准备好东西呢？没想到有一回，真有一位朋友春节前被派去外地处理紧急公务，家里的父母又住院了，他在外地心急如焚，爷爷准备的东西刚好派上用场，他感激不已。我对爷爷说，这回终于是碰上了。爷爷郑重地对我说，就算碰不上这样的事，也要有这样的心。

值得一提的是，每次过年前，爷爷要在印着精美图案的明信片上给我写下新年的祝福，他写完后投到街上的邮筒里，再等邮递员把明信片送上门，明信片上面会多一个邮戳。我当时不明白，同样的东西，爷爷为何要折腾一番。

当一切准备就绪，欢乐的除夕之夜来临了。饭桌上除了鸡鸭鱼肉外，最不可少的就是饺子。在那个年代，饺子皮要自己擀，饺子馅要自己剁，看着大人们这么辛苦，一大早就开始剁馅，我对饺子的情感自然超过其他食物。爷爷包饺子的时候，要给饺子包进去一枚用开水煮过的硬币，谁吃到包着硬币的饺子谁新年里最有福，吃到的人要给大家说吉利话，我似乎一次都没有吃到过包着硬币的饺子。后来，爷爷嫌硬币脏，就改成包一个咸菜的饺子，这次我吃到了，虽然咸在嘴里却甜在心上。

吃完年夜饭，大家围着电视机收看中央电视台的春节联欢晚会，茶几上摆满花生、瓜子、杏仁、糖果等各种零食，但是这些东西都吸引不了我，我们当孩子的急着去放鞭炮，大人们同意我们去放鞭炮了，我们的欢乐才真正到来。那时候大的鞭炮不敢独自放，爱玩的是点燃后能拿在手里的烟花，再就是摔到地上啪啪响的摔炮，还有在地上打转的叫“风火轮”的鞭炮。当我们这些孩子在院子里玩够了，肚子似乎有些饿了，又回家吃桌上的各种零食，当时觉得电视节目没意思，便纠缠着大人讲笑话、讲故事、讲谜语。

这时候，爷爷会给我讲他过去的故事，我记忆最深刻的就是他和黄司令打赌的事情。当时是一九四七年，部队驻扎在东北，司令部仓库里的粮食突然天天减少，连着好几天都减少了几袋粮食，仓库门窗没有任何损坏的迹象，找不出盗粮的贼，部队里便传言是狐仙作怪，弄得人心惶惶，惊动了黄司令。当时爷爷在黄司令身边工作，他们关系很不错，爷爷长着络腮胡子，黄司令亲热地叫他“刘大胡子”。黄司令征求他的意见，他对黄司令说，哪里有什么妖怪，全是人作怪，我马上给你擒贼。黄司令根本不相信，之前警卫班查了好几天，也没有找到任何蛛丝马迹。黄司令对爷爷说，如果你能抓到贼，我就把我的外国怀表送给你，如果你抓不到贼就把你的胡子全刮了。爷爷没有去仓库附近蹲点，也没有去仓库附近侦查，第二天凌晨四点就把贼抓住了。

我正听得津津有味，爷爷突然不讲了，他让我安安静静地看会春节晚会，等快到夜里十二点，他再继续讲。我沉浸在故事中，生怕爷爷不揭晓谜底，好不容易熬到十一点半，爷爷才继续讲。爷爷告诉我，凌晨四点他去每个营房里绕了一圈，看了看架子上的衣服，连人都不用看，就把盗粮的贼认出来了。我很好奇，就问爷爷是怎么认出贼的，难道衣服会开口说话？爷爷笑着对我说，那个粮仓有一扇很小的窗户，是用来通风的，窗框的木头很粗糙，所以贼的衣服上留着木屑，他将盗粮的人找出来，那个人死不承认，反问凭什么说他盗粮。爷爷就讲了这番道理，在场的所有人都心服口服，盗粮的人也无话可说。人们都惊奇，仓库的窗户那么小，这个人是如何钻进去的。原来那个人练过武功，会"缩骨"，所以进仓库对他来说是轻而易举。我问爷爷，那个人最后是不是坐牢了？爷爷对我说，按当时的规定，这样的行为是该枪毙，但是他向黄司令把这个人保下来了，这个人后来在南京军区当了高官，一生感念爷爷的救命之恩。我问爷爷，当时为何要保这个人，盗粮是不对的事情。爷爷对我说，这个人是他抓的，如果枪毙这个人自己得到奖赏，这就是不仁。这个人盗粮是为了养活亲人，如果枪毙这个人，他的亲人也活不成了，这就是不孝。这个人有如此高超的本领，只要诚心悔改，就可以戴罪立功，如果枪毙这个人就是不义。这个人枪毙了对于部队是损失，留下来也许能够立功，如果还要枪毙这个人，这就是不智。

讲完故事，过了十二点，我要给爷爷、奶奶郑重地磕头，他们会赏给我红包。说起红包，过年期间，亲朋好友你来我往，大人们都会给我发一个红包，里面的金额自然也不相同。有次，我对爷爷说，谁谁给了我五百元的红包，谁谁只给了我二十元的红包。爷爷皱着眉对我说，红包的大小说明不了什么，皇帝给你一块金子不足为贵，皇帝有的是金子，一块金子对他而言是沧海一粟。穷人给你一袋馍馍足以为贵，穷人只有一袋馍馍，也许给了你，他就要挨饿。

时光令人敬畏，日子如水一样流逝，转眼爷爷去世已经十几年了，过年的味道渐渐寡淡了，我对爷爷的思念不减反增。记得爷爷经常对家里人说"三代读书，才会做人；三代为官，才知吃穿"。这句话直到今天，我才悟出一点道理。

想象另一个人的遭遇

风不能抵达的地方，
语言一定能够抵达。
语言不能抵达的地方，
情感一定能够抵达。
——摘自朋友的诗句

一

夏日的午后，少年坐在院子的矮墙之上，欣赏蓝天上流动的白云、周围的一草一木。世界在少年眼中，如圣殿般庄严。那一阵阵从树上飘来的蝉鸣，仿佛无数信徒虔诚地诵经。

树木撑起的叶片青翠欲滴，隔开天空上的骄阳，投射下一股沁人心脾的清凉。带着草木清香的风摇晃叶片，抖落绿色的光，绿光在地上欢快地跳动，好像孩子好奇的眼睛。

此时此刻，少年突发奇想，他觉得自己未来适合做一位花房师傅。

这是个会让人嘲笑的想法，因为大家接受一贯的教育认为，世界上有无数大事等着我们去做，我们迟早要惊天动地，侍弄花花草草自然是胸无大志、甘于平庸的表现。这奇怪的想法，当然不能告诉大人。

少年看着院子里提着公文包来往的大人们，觉得他们的生活十分无聊，每个人好像钟表上的指针一样有条不紊地走过人生的春夏秋冬，走着走着，步履蹒跚，满头飞雪。

大人曾告诉少年，那位有些秃头的男人是个在电视里整日出现的大人物。少年脱口而出的竟然是，大人物有多大？他又不会成为毛主席！他干不动的时候，一定会去找花房的师傅学习养花。花房里有很多退休的大领导，他们在花房师傅面前，如小学生一样听话。

花草不会说谎，只要种子没变质，就会遵从自己的内心，生根、发芽、长叶、开花，偶然有歪曲的枝条，用那把打磨锋利的剪刀修剪后，又会焕发光彩。

当第一次听到皇帝新装的故事时，少年可怜那个皇帝，他活得真无聊啊，如果世界上真有这样的皇帝，他还不如抛弃皇位，去当一位花房师傅。

少年的脑袋里，经常涌出无穷无尽的想法。

他常常想象一个人的遭遇，就如遇见一条河流，想一步一步走向它的源头。有时，少年听说某个人大起大落的遭遇，他常会眼眶湿热，那感觉如目睹九曲黄河的波澜壮阔。不论每一条河流是否抵达大海，或在中途干涸，仅就河流的历程而言，都是一部厚厚的小说。

院子里的大人，经常夸赞花房师傅是世上真正的君子、无双的国士。

几十年前，一位大领导在政治运动中被关押后，他的子女沦落街头，无人敢收留，只有花房师傅伸出援手，尽管花房师傅缺衣少食，还是东借西凑抚养孩子。为孩子，花房师傅受尽冷嘲热讽，遭到无数白眼，蒙受亲友埋怨。大家说，这是“黑帮子女”，你不能再管了，你已经犯了政治错误。后来，这位大领导恢复工作，对师傅千恩万谢，师傅对他说："当时我想着你的难哩，就算你犯了'错误'，你的娃娃没错，这是最大的道理。"

花房师傅的这句话，看似普通，重如江山。

二

少年记得，一个秋风萧瑟、木叶摇落的季节，他和院子里几个大孩子出去玩，回家时走到院子门口拐角的地方，看到一位老乞丐向路人讨吃喝。

少年没有能力帮助老乞丐，只能恳求大孩子帮忙，为首的大孩子笑嘻嘻答应了，走上前和老乞丐搭讪，答应去食堂给老乞丐拿吃的。他笑着对老乞丐说，我给你拿些烧饼，再给你要些炒菜和鸡腿，今晚食堂如果有丸子汤，我也给你盛些。

老乞丐听了，欢喜地点头道谢，麻木可怜的双眼泛起几缕亮光，好像月光洒在湖面。大孩子让老乞丐不要走，过一会儿，他就会把吃的送来。

少年跟着几个大孩子朝院子里走，发现大孩子并没有去食堂，反而和几个跳皮筋的女孩子兴高采烈地聊起天。少年看大孩子正在兴头，不敢催促，只好站在一旁，他相信大孩子答应老乞丐，就一定会去食堂给老乞丐拿吃的。

时间过了很久，为首的大孩子不但没行动，还和一个长头发的女孩子玩起跳棋。这让少年感到难过，他觉得愧对老乞丐，他对那个大孩子提起这事，大孩子不屑地摇头，告诉少年，他断定那个老乞丐骗吃骗喝，早走了！

少年心中大惊，不论从老乞丐的穿着打扮，还是他可怜的眼神来看，都不像骗人。少年如果顺着大孩子指引的思路，自然可以找到不理会此事的道理，可是他心里放不下老乞丐，他觉得不论老乞丐是否骗人，都应该把吃的拿去，万一老乞丐是真的需要帮助，岂不是让老乞丐白白等候。至于帮助老乞丐有什么必然的因素，似乎也就是动心而已。

少年没有本事去食堂拿吃的，他不认识食堂的师傅，他只有不断央求大孩子，大孩子烦了，对少年郑重其事地说，你年龄小，懂什么！少年并没放弃，他继续央求大孩子。少年的坚持，得到长头发的女孩子同情，这位女孩子也让大孩子去食堂拿吃的送给老乞丐。

大孩子很扫兴，扔下手中的跳棋，站起身对少年说，拿吃的送给老乞丐可以，但是老乞丐如果不在门口，少年要拿三个月的零花钱给大家买零食。周围的人听了这话，都说是个公平的主意。少年听了这话，心里犯起嘀咕，他是可怜老乞丐，却和老乞丐素不相识，并不能为老乞丐担保，如果老乞丐走了，他就要白白损失三个月的零花钱。

这是对少年真正的考验，虽然只是一次微不足道的选择，却搅得少年心中不安。如果不牵涉自己的利益，少年自然能坚持自己的主张，可是牵涉自己的利益，少年感到刚才还十分高大的自己，变得孱弱如一棵在风中摇摆的小草，随时有被连根拔起的危险。少年如果不提此事，这件事也就过去了，毕竟坚持的人仅少年自己，少年可谓人群中的少数，就算不坚持自己，也是少数服从多数，年龄小服从年龄大，见识少服从见识多，世间的道理好像又本应如此。

可是，少年觉得这件事，并不能这样去想，无论有再多正确的道理，都让他忘不掉老乞丐颤颤巍巍的身体、结结巴巴的话语、哆哆嗦嗦的双臂，老乞丐那不足百斤的躯体化为一块千斤大石，压在少年的胸口。如果不兑现这个承诺，少年就无法面对老乞丐那双刚刚亮起来的眼睛。

想到这里，少年受到巨大的鼓舞，他觉得自己变得坚强有力，这股力量让自己可以平静对待世间再多的嘲笑，坦荡接受再大的损失，微笑面对一切的挫折。

少年对为首的大孩子说，一言为定！如果老乞丐离开，他愿意接受这个后果，并且信守承诺，第二天就把三个月的零花钱送来。

为首的大孩子听了少年的话，神情如被雷电击中，周围的孩子也被少年坚定的话语所感染。他们快步走到食堂，大孩子让食堂的师傅给饭盒里夹了几条鸡腿，盛了些炒菜，要了五个烧饼，丸子汤不方便携带，只好算了。

他们满怀热情，向门外赶去，如同完成一项使命。

当他们到了门口，老乞丐刚才待过的地方空空荡荡。他们在街上寻找了好一会儿，却找不到老乞丐的影子。

少年有些失落，大孩子却安慰少年，也许老乞丐一会儿就回来了，可是等了好久，依旧没见老乞丐回来。

天渐渐黑了，街上的路灯亮了，看来老乞丐不会回来了。

少年看着身边的大孩子，他们并没有嘲笑挖苦自己的意思，甚至连一句埋怨的话也没有讲。饭盒里吃的东西已经凉了，大孩子问门口站得笔直的警卫，那个老乞丐是什么时候走的。警卫说，他们刚进院子不久，老乞丐就朝东边去了。大孩子把饭菜递给警卫，告诉警卫，如果晚上老乞丐经过门口，一定要把吃的东西给他，并告诉老乞丐，这是刚才那几个孩子送给他的。警卫点了点头，把吃的东西放进门房，警卫用从未有过的目光看着这几个孩子，就像看一位大人物的眼神。

少年输了，按照约定，他明天应交出三个月的零花钱，这是他信守承诺的代价。几个孩子朝院子里走，一路上大家很沉默，少年多么希望大孩子说几句话，哪怕是挖苦的话，可是大孩子一言不发。

他们遇见刚才那个长头发的女孩子，女孩子向他们打听老乞丐的情况，大家继续沉默，少年忍受不住，告诉女孩子情况，他想到女孩子会嘲笑他错误的判断。但是没有，女孩子听了，什么也没说。大家告别回家，这天就这样匆匆过去了，少年虽然明天要失去三个月的零花钱，但是今天的所作所为，让他睡得安稳。

第二天，少年将钱给大孩子的时候，遭到大孩子的拒绝，他摇了摇手，一笑了之。

那一晚，老乞丐究竟有没有路过门口，好像一个谁都不能触碰的禁区，谁都不曾去打听，这件事仿佛就根本没有发生过。

三

如果这辈子有一件最值得做的事情，就是把人间的苦难写成文字，让每一个倾诉苦难的文字化作一颗种子，当人们心灵荒芜的时候，把这些种子取出一些播种在心里，一天只用播种一点点，日子久了，心灵就会美丽起来。

人与人之间，两颗心灵能近到何种程度？

李商隐有诗句：身无彩凤双飞翼，心有灵犀一点通。

当我们把个人的信仰剥离、集体的荣誉剥离、兄弟的情义剥离、夫妻的爱情剥离、朋友的友谊剥离，剩下的就是庸俗的自己、乏味的人生、丧失灵性的生命。

心灵的力量，来自一个人对另一人的感受，一颗心对另一颗心的守候。不能想象另一个人的遭遇，并肩再久，终归陌路；盟誓再长，也是殊途。

少年记得，他的祖父告诉过他，自己有一位台湾的朋友，两个人从小在同一所私塾念书，是从小玩到大的伙伴，后来信仰不同，两人分道扬镳。兵荒马乱的年代里，两人失去了联络，音信全无，再见面的时候，两人都已白发苍苍，年过花甲。饮过三杯酒，顿流满脸泪。

当两人发现彼此都还活着，生活的欢乐似乎增多了。

一位老人说，我怕你死亡，战争太残酷了，死人就如同收割机割麦子，等机器过去了，连这个人叫什么名字，家在哪里都不存在了。

一位老人说，我怕你自杀，斗争太残酷了，斗争就如同油锅里炸油条，翻来覆去地炸，丧失尊严，屈辱地活着，这比死亡还要可怕。

这催人泪下的想象，终结在两人找到对方的时候。如果两个人都清楚对方好好地活着，那么自然不会有这样强烈的感觉。

科学技术发达的时代，我们通话、见面的成本越低，我们的情感越是廉价。当人类的活动丧失情感的时候，一切人类都可以用机器去代替，机器会比人类更完美地完成各种工作，这无疑是人类在本世纪最大的悲剧。

有时候，独自想象另一个人的遭遇。这种感觉就像一棵树在风中呼唤另一棵树，一朵云在天空寻找另一朵云，一只骆驼在沙漠遇见另一只骆驼。我们留心、用心、动心，就会找到人生许多隐秘的东西，这里面就蕴藏着做人的欢乐。

往事之一

——文章发表的前后

人一生有许多事情值得纪念，对于我而言，第一篇文章发表的时刻，虽然时光已逝，我却记忆如昨。

许多人问我是怎样热爱上文学的，我认为自己能和文学结缘，最大的原因在于自己儿时不善于与人交流，所以我爱一个人独自思考。我很小的时候，和爷爷、奶奶生活在一起，他们教给我的生活哲理，我这一生都咀嚼不完。他们培养了我良好的生活习惯，比如同龄人喜欢睡懒觉，而我受爷爷的影响，每天六点半准时起床。自己的衣服自己洗，自己的事情自己干。后来，我和许多同龄人去外地办事，住在宾馆的同一间房中，我六点起床了，朋友却要等到八九点才开始刷牙洗脸。但我接受社会上的新事物也是缓慢的，这也让我陷入了尴尬，上学时同学们都议论的一些歌星，我全然不知。当时同学们都在玩电脑游戏，那时的我刚在堂哥的指导下，学会了电脑的开机和关机。如果几个同学在一起，聊到了歌星或电脑游戏，我不知道也就不敢乱说，要么是沉默不语，要么是找个理由赶快走开。

现在，我时常在想，命运中的种种偶然，怎么就降临在了我的身上。如果我儿时不去农村养病，如果我的爷爷不那么早地去世，如果我没有经历种种困难，如果我没有在小学时犯错误。我的后来，或许都不可能接触文学。文学对于我而言，永远是别人的事情，我不可能对文学的热爱一发不可止。世界上有那么多人，每个人的生活看似一模一样，但如果仔细观察，又都千差万别。开始的时候，都是一样的泥，可最后被生活塑造，就变得完全不同了，有的成了客厅里的茶壶、茶碗，有的成了厨房里的米缸、面缸。

我小学的时候，疯狂喜欢一个女孩，做梦都是她，但是我和她只交流过一次。那是小学广播操训练时，她是领操，我让她教我，她给我示范了两遍。就那一次对话，我和她的缘分就到头了。当时我语文好，我若是第一，她肯定是第二。小学时上课外培训班，我为了多见她一面，放着我家门前的班没有上，却每个周末早起走四站路，就为了看她一眼。后来打听到，她还上着外语班，我为了能见她，也去上外语班，尽管我对外语没有任何兴趣。我上了整整一年，书里的单词才记住了二十多个，后来放了暑假，我把所有学过的外语知识全部还给了老师。

后来，我喜欢写古典诗词文赋，一位德高望重的前辈，读了我的作品对我说，你若生在古代，中个秀才或举人岂不轻而易举。但是我生在现实社会，我就是把文章写得和苏东坡一样，也不能上朝侍奉君王。我的父母没有别人的父母聪明，他们没有强迫我学习，所以我总看别的孩子累得够呛，而我却十分悠闲。别人说未来要当市长、省长，我听着他们对美好未来的憧憬，却对未来一片茫然。我当时最大的理想，就是当个花匠，再高一点的理想，就是当个出租车司机，不过开车的理想由于我视力不好，我的爷爷已经给我排除了。我的爷爷对我以后当个花匠是支持的，我当时只有十岁，却能辨认四十多种花的种子，我能在仙人球上嫁接，我了解二十多种植物的习性，我能连续一年时间，每天观察植物的变化。我的这些经验，被自然课老师表扬了很多次。我想，我不错的观察能力就是在那个时期养成的。

我要说说我上小学所犯的错误。当时我在小学担任了重要的职务——班长，同时负责全校的卫生和纪律。但我却为了一个连模样都没看清的外校女孩，和外校一个学生约架，许多同学都说，那个外校的女孩，是那个学校最漂亮的女孩。我这样做的目的，还是为了引起我喜欢的那个女孩的注意。后来，我因此被撤了所有职务，我也做到了让她注意我，她对我的遭遇也很同情。撤职的那天，我没有一点后悔，反而是快乐的，我请十几个同学吃了冰激凌。为了让他们分享我的快乐，我又买了五瓶啤酒，他们喝得醉醺醺的，把空瓶子乱扔，还砸烂了谁家的窗户。接着，我丢掉了市级“三好学生”的荣誉。当时凭着这张证书，可以上西安许多重点中学，我父亲的同事把这个消息告诉了他，他和我母亲为此和我谈了一夜，但我对这个荣誉却没有表现出一点留恋。那年，我的班主任，在六一节的当天让我出去。为的是不让同学们和我接触。我像传染病细菌，已成了学校中的“危险分子”。我得知老师说的这些话，没有任何愤怒，我想我就是被开除了学籍，也能做一个很好的花匠，我自信我培育的花，能让所有人满意。那么眼下我经历的这一切，又算得上什么呢。我当天就去花房见了花匠师傅，我说我可能要和他一起工作了，他说我应该再大一些，至少要上完初中，我说我爷爷当年十几岁，已经领导一个县的地下工作，这点小事，我还不能胜任？他笑着说，你个碎娃，还有吃天的志向，要学你爷爷。我说，怎么不能学，如果现在打仗，给我把枪我马上就去前线，看看我是不是贪生怕死。花匠师傅说，你太像你爷爷了。他说，你爷爷厉害，当年在县里，你爷爷领导的工作小组被敌人出卖了，死了十二个同志，你爷爷后来回来报仇，用机枪把十几个汉奸、土匪一梭子弹就撂翻了，你爷爷连眼睛都没有眨。他说着说着，就瞌睡了，我给他盖了毛巾被，掩了门出去。走到花房门前的一棵梧桐树下，我用刀子刻了这样一行字：永远向爷爷学习。后来过了十几年，花房被拆了，我想起了那棵树，去找寻那棵树的下落，多方打听后，我在大院办公楼的绿化带里找到了它，我刻的字还在，只是被拉长放大了。十几年里，什么事情都在变化，连这棵树都挪了地方，人常说树挪死人挪活，现在这棵树移走了，在另外的地方仍然郁郁葱葱，更让我坚信了世界上不存在绝对不可能的事情。

我直到现在，还想起小学校园的景象，还梦到小学的同学们。我在小学，留下了自己终生难忘的记忆，再没有一个地方，比小学的校园更让我留恋。但是从此以后，我没有再踏进小学的校园，我没有和任何人提过小学的事情，倒是别的学校的同学，把我的那点坏事加工渲染，到处传播。

我痴迷于文学，源自我内心真实的寂寞和苦闷。

寂寞，是天上的星星。

苦闷，是荒凉的大地。

我看的第一本文学书，是《伊索寓言》，其中反复看过几十遍的篇章，是《农夫与蛇》《狮子和鹿》《龟兔赛跑》。当时，唯有这本书，给了我心灵巨大的冲击。我试着写这样的故事，我的奶奶听了我写的一篇后，问我这是从哪里摘抄的，我说是我写的，她觉得我年纪太小写不出这样的故事，所以根本不相信。

我的堂哥当时和我看一本科幻书，我看得入迷，又开始试着写小说，后来写了一万字没写完，我母亲要看我没给，我只给我的堂哥看过。后来，这个本子丢了，我至今还记得故事的大概，我写了一个在学校被老师、同学都讨厌的小男孩，偶然进入了学校后面的一间废弃的房子。那个房子的地板下面，有一条通道通向一个未知的世界，那里住了一群被困在地球的外星人，他们要为自己的宇航器寻找能料。于是，这群可怜的外星人，希望这个小男孩可以帮助他们，并且告诫小男孩，如果把这个秘密告诉了老师家长，他们就会永远回不到自己的星球。这个小男孩，从没有被谁这么重视，于是一股自豪感促使他答应了外星人的请求。但这个小男孩，自身的缺点太多，他刚走出那个废弃的房子，就后悔自己答应了外星人。他贪吃零食，爱慕虚荣，见到漂亮的女生就不知所措。他有这么多的缺点，却被命运安排干这么大的一件事情。他从内心觉得自己是个英雄，但他在生活中是个狗熊。他克服着困难，磨砺自己的意志，让自己有了甘于默默奉献的品质。但最后许多人都得知小男孩和外星人有联系。校长、老师、家长、社会上的人，都诱惑小男孩，让小男孩说出秘密。他们先是吓唬小男孩，但是小男孩不怕，但他们用各种好吃好玩的东西诱惑小男孩，小男孩就非常痛苦了，他怀疑自己的目的，他甚至一度觉得外星人不必回去，他们在地球上也可以过得很好。但是责任感让小男孩必须帮助外星人。最后，他克服种种困难，把外星人送回了他们的星球。外星人走后的第二天早上，他去找自己喜欢的小女孩，想把这件事告诉她，但小女孩看不起他，小男孩刚说外星人，小女孩就说小男孩撒谎，并把这件事告诉了老师。原本小男孩不必遭受此后的种种困难，但是校长、老师等许多人知道外星人离开了地球，都对小男孩一直欺骗他们很生气。他们不让小男孩上学，不准同学和小男孩接触，家长也不给小男孩零花钱，小男孩被逼到了无人理会、生活艰难的地步。但是半年后，另一群贪婪残忍的外星人来到地球，侵占了人类的家园。最后，贪婪残忍的外星人让地球岌岌可危，人类却束手无策。善良的外星人请求小男孩去他们的星球，如果小男孩同意，他们可以拯救地球。小男孩想都没想，就答应了，后来地球被拯救，而欺侮小男孩的老师和同学都被外星人用法术变成了猪狗牛羊等动物。但是小男孩还是恳请善良的外星人，把他们变回来。整个地球都在感激小男孩的救命之恩，小男孩为此也得到了自己喜欢的那个小女孩对他的爱慕。

这是我写的第一篇小说，之后我很长时间没有写过别的。我在创作的过程中，感受到了前所未有的快乐。我从小听爷爷说“天将降大任于斯人”的那段话，所以我觉得没有经历困难的人，是弱小不堪一击的，没有经历过朋友误解的人，是容易骄傲自满的。我写作是因为情感需要宣泄，灵魂需要倾诉，是在情感满溢时的不得不发，是在生命陷入低谷时的悲壮突围。

我后来的创作，可以说受到三类人的影响。一类是像我爷爷这样的革命军人，他们都是少年时参加革命，走南闯北，把生死置之度外，将牺牲视为最大的荣誉。还有一类，是我母亲故乡甘河村的乡亲们，他们生活艰难，有乐同享，有苦不言，虽有小私小利，却勤勤恳恳。他们信奉佛教，对生死轮回、因果报应深信不疑。还有一类，是我父亲早年在车间的工友，他们性格爽朗、明辨是非、直言不讳，对事认真，对朋友言而有信、一诺千金。

世界上有那么多的政治家、艺术家名载史册，有那么多高大的纪念碑纪念伟人的功劳。无名的是这个世界上默默工作的普通人，在我的老家，一个人从诞生时写进族谱，再到去世时埋进坟地，这个人留在人们记忆里的，只是一个模模糊糊的影子。我儿时和我姥爷在田间散步，每天早晨都要经过一片坟地，这片坟地大概埋过一个家族的十几代人，其中有些墓碑歪歪斜斜，上面的字迹已经漫漶得无法辨认，谁也不知道这些人一生的经历。

我所见过的许多乡村，是那样的贫困，即便从那里走出过一些高级干部，对一个乡村而言，又有什么意义呢？在我的印象里，乡村像一个长了疤的苹果，挖掉了烂的这块，那块又烂了，似乎就没有新鲜的时候。

上初中的时候，我的作文写得不好。曹老师说我，的、地、得不分，经常犯语法错误。但我就在想，这些问题都是可以学习后改正的，好的作品要看思想内涵，要看深度，也要看广度。苏轼说，横看成岭侧成峰，远近高低各不同。对于作品而言，你这样想，他那样想，从来都没有标准答案。可笑的是一些出题人，动不动问作者的主题思想，作者在创作之初，哪有统一的思想，贯穿一种思想的是论文，不是文学作品。

上初中时，我同年级的一个同学在《西安晚报》发了篇文章，早读时老师念了一遍。我才知道，原来作品是可以发表的，我不知道发表作品有稿费，我只知道发在报纸上，就像家属院门口的广告牌，可以让熟悉的人看见。我把自己写的一个看门老人的故事也投给了《西安晚报》。大概过了一个星期的时间，我父亲就告诉我，在晚报上有我的文章。这是我人生中第一次投稿，不到十天时间就发表了。与许多作者相比，我是幸运的。

我能走上文学道路，要感谢我的两位老师。初中时教我语文的曹老师，让我有了扎实的文学基础。采用我文章的《西安晚报》副刊的徐老师，给我添了一双文学的翅膀。这两位老师对我的帮助，我永远难以报答，中国人说大恩不言谢，我能给她们回报的实在太少。我是一介书生，不能给老师送金山银山，我只能用不断取得的成绩回报她们。许多人猜想，我和徐老师交情很深，其实我在发表文章之前，和徐老师素不相识，第一次见面也是在三四年以后了。对于曹老师，我毕业后几次想去拜访，可我犹犹豫豫地始终没有去拜访。我实在是胆怯，我不是曹老师的得意弟子，我上学时的成绩在年级里能排上中等就很不错了，我上初中时没有入团，也没有在班里担任过任何职务，学校评奖更是轮不到我。我和许多同学相比，算什么呢？别人是十几层的大厦已盖了一半，我顶多是盖了个随时要散架的鸡窝子。

我发表了第一篇作品后，又接二连三地发表了更多的作品，我家的亲戚、我父亲单位的同事、我过去的同学，都看见了我的文章。当时，我下笔也勤，一晚上就能写一篇，写后就能发表。那一年，晚报几乎每个月都有我两篇文章。不知道的亲戚问我父亲，说你儿子发文章那么多，你花了不少钱吧。我父亲说发文章不要钱还有稿费，亲戚不信，说自己单位的谁，要评职称发文章花了几千元，还是发在没有人知道的刊物上面。

直到今天，我常常想起发表第一篇文章的时候。这么多年过去了，我也琢磨出一个道理。一个人的能力被认可，有着许多机缘巧合。人的能力固然重要，但没有机遇也干不成事情。杜牧说“东风不与周郎便，铜雀春深锁二乔”，说的也是这个道理。那天，我去晚报社拜访了徐老师，给她送了我写的第一本书。出了报社，不远的地方就是湘子庙。我进去烧了三炷香，感激冥冥中的上苍。

往事之二
——遭遇尴尬

我少年时口直，见别人说错了话，就要当众纠正。如果是同龄人，大家一笑也就过去了，但若是长辈，我这么一说，岂不是让他很没有面子。我成年以后才明白，人所遭遇的难堪，岂止是兜里没钱那么简单。有时人所遭遇的尴尬，可能让人记很长的时间，有时也可能让人一生都无法忘掉。

我先不说自己遭遇的尴尬，而想说自己给别人造成的尴尬。

那是一个春天，我参加文学交流会。因为初涉文学，我对这个会议很在乎，早早就到了开会的地点。我兜里揣着一个小本子、一支签字笔。虽然已到了春天，但是天气还是很冷，我一个人站在长廊上，注视着那间教室，我对文学充满了热爱，我希望自己融入文学的队伍。我焦急地等待着，窗外的太阳越升越高。

在漫长的等待中，开会的人陆续来了。他们乘坐的轿车一辆挨一辆停着，几乎占满了楼下不宽裕的空间。一群西装革履的人，从各自的汽车里钻了出来，互相谈笑着，向六楼的教室走来。走在最前面的，是拿着一沓会议文件的女主持，她特意化了妆，看上去很漂亮。

她走到会议室门口，我问她几点开会，她没有回应。我想她可能没有听清，也就不再问了。学校的后勤人员来了，开了会议室的门，里面黑漆漆的。那个开门的男人最先走了进去，拉开了里面的窗帘，冬日的阳光照了进来，会场已经布置好了，不仅黑板上方有横幅，讲台上还摆着艳丽的塑料花。我跟着主持人走了进去，前排的位置我自然不会坐，我选择坐在靠后的位置。大约几分钟后，开会的嘉宾们到了，落座时互相推辞，最后论资排辈，用了几分钟时间才坐好。工作人员给第一排的嘉宾端来了水果，过了一会儿又端来了茶水。我想会议应该开始了，但是没有，主持人还在前排和嘉宾说话，似乎讨论谁该最先上台发言。时间一分一秒地过着，我旁边的一个中年人，很客气地问我在哪里工作，我说我上初中，因为这一年发表的作品多，所以被叫来参加会议。中年人点了下头，对我不再有任何兴趣，就转过脸和他旁边的男人说话，谈论的是如何在某某刊物发表作品的事情。

会议开始了，先上台的是主持人，讲了现代文学的大好形势，说我国一年出版一千部长篇小说，文学刊物高歌猛进，发行量逐年增长，创历史新高。后来连续上来了两位先生，都在谈文学的大好前景，我对他们的话深信不疑，我内心火热火热的，对自己从事文学创作充满了信心。两位先生下去了，主持人走上讲台说，之前的两位老师，讲得都很好，希望下一位老师多讲讲创作主张。于是念了一个人名，紧随其后的是很长的一串名衔，主持人放下了稿子，开始鼓掌，全场也稀里哗啦响起了掌声。台下一位白发苍苍的老人，从第一排最中间的位置走上了讲台。这位老先生，可能没有想到今天要讲创作，所以上台想了很长时间，才开始讲第一句。他主要在讲亚里士多德的《诗学》，后来又讲了文艺复兴时期几位大师的思想，那个阶段，我恰好就在读这些书籍，他在台上讲，我在台下记。讲了四十多分钟，要下台时，主持人示意这位老先生不要着急，希望台下的听众发言，向这位学问渊博的老先生提问。我记得很清楚，当时我身边的男人，正和他旁边的男人达成了合作，一个答应给另一个在某某杂志发五篇诗歌，另一个则给他发表两篇散文作为回报。主持人看着全场，却没有得到回应，大家各忙各的，主持人的眼睛转来转去，希望谁能为她解围。

我站了起来，我并不明白那天为何要站起身，我更不明白的是，为何自己说起话来就说个没完。我其实有些紧张，台下坐了那么多的教授、学者、作家，我一个学生有什么资格发言。首先，我更正了老先生的一些错误，老先生说自己没有想到要讲创作，所以没有准备，但是强调这些都无关紧要。本来，我可以至此坐下，但我并没有这样做，年轻气盛的我听到了他说的“无关紧要”，就把自己心里的一些想法说了出来，而我说的和他说的截然不同。老先生有些不耐烦，说这些观点他讲了几十年，还从来没有谁反对。整个教室一片静谧，如一池死水。老先生要下台，一位中年人站了起来，说他也同意我的观点，并且援引了许多我闻所未闻的理论。中年人说，这个问题很简单，有些人却误人子弟几十年。老先生十分生气，把火冲我发，说现在的年轻人，不好好用心创作，整天就给人当孙子、当徒弟，以这样的方式得到主子的赏赐。我再没有学识，也知道这句话是冲我发的，我向来脾气不好，就大声说了句：不许（须）放屁。我这么一说，台下许多人就笑了，把严肃的会场弄得有些乱了套。老先生指着我，说在这种地方，还有如此粗俗的人，可见和他作对的人都是什么水平。我也火了，就说您刚才口口声声说近代最大的文学家是毛泽东，难道不知道这句话出自毛泽东他老人家的《念奴娇·鸟儿问答》？怎能算是粗俗，难道您时常欺师灭祖？他气得说不出话，刚才那个附和我意见的中年人鼓起了掌，竟有好多人跟着他鼓起了掌，老先生的喉咙不断发出咕咕的声音，他一气之下摔门而去。后来会议继续，说了什么我记不清了。只记得总结时，主持人说，这次会气氛很好，开得很成功，大家走时不要忘了拿纪念品。

我没有领纪念品，我的心情低落至低谷，我并不害怕得罪了老先生，或得罪了老先生的弟子。我是为自己的到来感到后悔，也为自己冲动的发言感到羞愧。台下有那么多创作文学和研究文学的人，我算是哪根葱，就张狂着发言。即便是发言，又为何要顶撞那位老先生。我爷爷在我小时候，常教导我：敏于行而讷于言。我不过是发了一些小短文，就把这些至理真言忘到了脑后。

我看着参加会议的学者、教授，都坐上了自己的轿车，或是司机离了很远就跑过去拎包，大约五分钟后，这些人和汽车都消失了，好像今天就没有开过会一样。我一个人孤孤单单地走到了门口，在寒风中等待回家的公交车。就在我等车的那一刻，我明白了我不过是一介书生，我即便能像钟楼上的大铁钟一样响起来振聋发聩，响不响不还是由别人做主。我掏出了两元硬币，挤上了如沙丁鱼罐头一样的600路公交车。刚才所发生的一切，都如虚幻的梦境，唯有我母亲在家里给我正包着的饺子才无比真实。在公交车上我发誓，以后一切关于文学的会议我不参加，即便参加我也不会发言。

就这样，我平静地度过了好几年，所有的会议我都不参加，谁叫我都不去。有一次一位老师派司机给我送了邀请函，我告诉司机，我肚子不好，正在拉稀，害怕去了会场拉到裤子上，弄得满场臭烘烘的。司机看了看我，有些不相信，我给他拿了包别人送我父亲的好烟，他点点头就走了。

从此，我没有遭遇尴尬，我也没有给任何人带来尴尬。

好话我是不会说的，谁让我像乌鸦一样，长了难听的嗓子。既然人们都爱听好听的，我还不赶快用绳子把嘴捆起来。幼儿园的时候，老师给我们讲了一个故事，我至今把这个故事当作真理，如果我将来有了孩子，我第一个要给他讲的就是这个故事。幼儿园的老师说，从前有只乌龟有只兔子，他们互相有仇，有次兔子抓了乌龟，问乌龟，你怕火还是怕水？乌龟知道兔子要害它，就说自己最喜欢火，一遇到火就浑身有劲，力大无穷。最怕的是水，一遇到水就口吐鲜血，全身筋骨断裂。兔子说，你要火，我偏不给你，我要给你水，于是把乌龟扔进了河里。没想到，乌龟到了河里，游得悠闲自在。兔子生气，就下河捉乌龟，要把乌龟捉回来用火烧，但是兔子忘记了自己不会游泳，竟被河水淹死了。我小时候不明白这个故事的寓意，直到我小学犯错误时，才明白了这个故事的道理。

接下去，我要说我所遭遇的尴尬了。上高二的时候，学校组织作文比赛，所有人都写，写完后要参加第一次评选，第一次评选完后，参加第二次正式的评选。第二次的评选在一所大学进行，早上写完下午评奖，就和考试一样。我那次不知为什么脑子出了问题，头一年比赛时我就坚持不参加，可这次比赛我却参加了，而且我们一个班只有我一个人拿到了参赛的资格。我参赛的这篇文章，是几天前登在《西安晚报》上的，当时省里几位文学前辈专门夸过这篇文章。我参加了比赛，老师和学校都期盼我能拿到奖项。我至今不清楚为何要让自己走到这样的境地，我当初有自己的规划，目标就不是拿这种作文比赛的奖项，这样的比赛，得了奖只能让自己骄傲，耽搁自己的进程，不得奖又会让学校和老师失望。

但我参加了这次比赛，我信心十足。我一直在期待评委是像晚报郭老师和徐老师那样的专业作家，我的内心如海水般翻涌着，整整激动了一个下午。可当我看见来的作家我的心就凉了一截。那个戴眼镜的老师我见过，最爱在《知音》发表作品，光听他写的文章题目就能把人吓一跳，什么“苦命的妹子啊，哥哥给你一片天”，什么“疯狂电梯里，我把我给了谁”。后面的那位老师，我也认识，是西安一家报纸婚姻版块的编辑。再就是，各个学校的语文老师，他们写过什么我不清楚，但名号里肯定会有高级或特级。那天，念获奖者姓名的时候，我的老师和我们学校的同学都期待我的名字能够出现。但是没有，从特等奖到二等奖都没有，三等奖由于得奖者太多没有念。接下来，要给所有人合影。我听到初中的学弟、学妹对我的嘲讽，他们说听他们的老师说，我的文章如何如何好，但竟然连个二等奖都得不上，看来我也只能在我们这个小小的学校里张狂，出了学校我屁都不算。虽然声音小，我却听得一清二楚。我为自己感到羞愧，我真正陷入了前所未有的尴尬局面。我只能走出会议厅，我为今天的失利而流泪，那天乌云密布，我刚回家天空就电闪雷鸣。一切的不如意都将过去，但这次尴尬却让我有苦难言。虽然一次作文比赛的失利，不会判我写作的死刑，但我的无能却真实展现在了全校师生面前。

到了星期一，校长念得奖名单，在念我名字的时候，她停顿了很长时间，她以为自己看错了，或别人写错了。我的名字念过后，有漫长的二十多秒的停顿，直到她戴上眼镜，仔细确认无误后，那个沉重的三等奖才朝我的名字劈头盖脸地砸了下来。全校许多人都在笑，都将目光投向我们班的队伍，然后随着我们班同学的目光，又投向了站在队伍最后面的我。我的脸火辣辣的，我感到自己成了被火烧着的乌龟。

晨会结束得很快，我在许多人目光的注视下，步子也走不快了，真像一个临阵脱逃回来的指挥官。几天后，同学给了我一张很大的奖状，上面印了许许多多的印章。这张奖状刚到我手里，我就把它送给了我们班角落的垃圾桶。

日子一天天地过去，我早已离开了学校。我感激我的老师，我也感激我的同学。人生如果分为几段过，我觉得要珍惜的是上学的经历，因为在学校大家是最平等的，至少他考了一百分，你努力努力也能考九十九分。可一旦到了社会，许多事情不是你想干就能干的，你就是有吃天的本事，首先要看社会给没给你吃天的机会。

我想我不适合在学校，我多变的性格不适应那种单纯的生活。我喜欢复杂与困难，喜欢多变，喜欢不断接触新人新事物。虽然还要遭遇更多的尴尬，但我认定了自己的道路，我就会一步一步地走下去。

即便我的周围都是死者的尸骨，即便迎面而来的是惨败而归的挑战者。但是，我认定了一条道路，我每前进一步，内心就充满了满足感。我永远记住了这次尴尬，看来我在以后，不仅要管好嘴，还要防住时刻会膨胀的内心。

往事之三

——无路可走坐观云

作家柳青说，人生的道路虽然漫长，但紧要处常常只有几步，特别是当人年轻的时候。这句话自从柳青写进了书里，就被无数人传诵着。

人生的道路确实漫长，但漫长并不代表艰难，如是一马平川，那么可能一日千里；如是十八弯山路，那么可能步步艰难。生活的复杂性，将人与人分流，如寻求安逸的人，永远不会去面对繁难的社会。有人扛五十斤，还争着要扛一百斤，有人扛五十斤，还想卸下二十斤。人生的紧要处如何应对，各人有各人的办法，什么地方紧要，我想谁都弄不明白。比如，我遇到的朋友里，有人整天唉声叹气地对我说，当年他放过了某某大领导的女儿没娶，结果那个女孩被他单位的谁娶了，今天那人当了某省的副省长，他也不指望当副省长，但他觉得自己当个副市长绰绰有余。还有人对我说，当年自己傻，买了煤矿正赶上那年煤不值钱，自己整天喊无处“倒煤”，等他把煤矿卖给了另外一个人，结果过了三年，那人当股东，每年都挣几百万。

要我说，所谓的紧要处，不就是该坚持的没有坚持，该放弃的没有放弃么。人生说到底，不就是在舍与得之间周旋。小舍有小得，小得有小舍，将欲取之，必先予之。

我在一座寺院里看到和尚为众人讲经，他讲完了，许多人都去叩拜菩萨。我对和尚说，平时多行善，有事不磕头。和尚没有反驳，反而把我视作知音。许多人说，信徒多能上天堂，李哥常说，地狱门前修行多。我常常看世上的种种人，种地的农人、教书的先生、工厂的工人、买卖的商人等，大家干着各自的事情，不害人就能思想中正，心性善良就会身体清明、灵魂干净。

我和大家讨论什么是紧要处，本身就是个愚蠢的事情。我若说人生的紧要处是上学，你肯定能举出没有上过学的人，最后成就了辉煌事业的例子。我若说人生的紧要处是婚姻，你肯定能举出没有婚姻的人，最后却成了伟大的人物的例子。既然如此，不如不说。

在我儿时的记忆里，有这样一个男人，他老婆死了，子女又很多，吃不好也穿不好。别人隔三岔五吃肉，他家就是下面条。别人的孩子穿上了好看的衣裳，他家的孩子年年穿旧衣裳。你自然要问，他为何不辛勤工作？他并非懒惰，而是当时的农村实在落后，一家人就是成天耗在地里，收获的粮食除去成本，交了这税那费的，剩下一点可怜巴巴的钱，也就是刚好填饱肚子。他干着零活，过去的农村不像现在乡亲间给谁干活要收钱，有时要得比外人还多。过去谁家盖房，村里都要派人，属于义务劳动，到了你家盖房，大家也会帮你。这个男人干活就很积极，成天打探谁家盖房，谁家一盖房，他第一个去。他出力多，别人看在眼里，活干完了，他得到的礼也最多。别人给他几斤肉，他烧出了油后，自己又不舍得吃肉。通常烧了一碗肉，一家人推来推去，老大夹给老二，老二夹给老三，老三又夹到了他的碗里。这个村子里，许多人家我都吃过饭，唯独他家我没有吃过，他家吃饭你推我让的场景，谁看了都揪心。

这个男人把日子过成了这样，按理说该整日愁眉苦脸，但他不这样，他反而每天夜里拉二胡，他一拉二胡村里就静了，猪也不嚎狗也不叫，音乐流淌在村庄的角角落落。那震动着空气的音乐，似乎带着改变村庄、改变世界的决心，谁也没想到，这种音乐来自甘河村最破最烂的房子里面。

人在贫困中是痛苦的，我深知没有钱的悲哀。我爷爷的那一代人，就是因为旧社会的贫困，才不顾生死干了革命。我可亲可敬的乡亲，就是因为生活艰难，才抛弃祖业背井离乡。身上有钱，心里不慌。再好的朋友在一起吃饭，也要操心带上钱，如果朋友没带钱或钱丢了，你恰好没有带钱，那场面岂不是很尴尬？陕西有位很知名的作家，和他的司机吃碗面也是各掏各的钱，我想我一辈子，都达不到这位前辈的境界。朋友来了我家，肯定是我请客，有钱了吃饭馆，没钱了家里吃。对于朋友的回请，我往往逃避，我怕别人掏钱请我，这并非死要面子。我深知人生在世的艰难，尤其是没有钱的艰难。一个女孩子来城里夜总会当小姐，父母劝不了，几个长辈都去劝，可是女孩子说我起码是自己养活自己，谁也就劝不动了。什么道德什么精神，都是在吃饱饭后才能谈论的，再崇高的理想也是在一日三餐解决后，才能去想的。

如果这样想，佛是崇高的，因为佛能以身饲虎；可笑的是凡人，不能以身饲虎，却要批评虎的凶残。

人类历史几千年，直到文明发达的今天，依旧有小偷、强盗、妓女的存在，我儿时和老师一起批评这些人，说这些人不思进取、好逸恶劳、没有道德、行尸走肉。但现在再想，有时人干什么不是自己能决定的，许多人一出生就被剥夺了受教育的权利，一出生就注定了挨饿受罪。可是这群人，从古至今都存在，这就说明从古至今，没有过真正的平等，而且整个人类还在越来越不平等。

《礼记·大同篇》中描述的生活方式，中国的圣贤们追求了几千年，不仅没有实现这个目标，离这个目标反而越来越远。没有私心，才能谈论这个目标。没有任何私心的人，这个世界上怕是没有，既然没有这样的人，那么这个目标也就永远都实现不了。

当人觉得生活中的所有路被堵死，人的思想也必然陷入了僵局。

唐代王维说：行到水穷处，坐看云起时。

前行已是不能，唯有静坐才能凝神。越是手足无措，越要心如止水。

无数的事例证明，人面临的岔道越多，选择起来也就越艰难。许多干成事情的人都是所有路被堵死后，不得已选择这条路一直走，走到最后事情反而成了。

无路可走坐看云，云的多变，弥补了现实中的枯燥简单，最关键的是，云给了人思想上的自由和单纯。

后 记

这本名为《长歌行》的作品集，是我自 2013 年至今陆续所写的文章，每篇文章都凝结着自己的情愫。有的文章未曾动笔，就潸然泪下，有的文章反复修改，一定要让自己满意。虽然这不是古时候考场博取功名的文章，也不是为了感动某个窈窕淑女的情书，这就是写我思我想、我情我爱，越是这样的文章，就越不敢马虎。人容易哄过别人，偏偏就哄不过自己。

这些文章经我精心挑选和整理，形成了一定的篇幅规模。我并非职业的作家，写文章的初衷也不是为了发表出版，写文章纯粹是自我安妥心灵和表达思想的方式，就像每日吃饭、走路、读书、睡觉一样，完全成了一种生活方式。我曾和朋友开玩笑，说母鸡不下蛋就不舒服，下了蛋就捂紧了要孵出小鸡。写文章也是如此，有些许感悟、些许灵感就赶快记录，时间一久就害怕遗忘。

人来到世间，可能会对一两件事上瘾，写文章也是会上瘾的，写了就觉得舒服，不写就觉得憋屈。能把文章写了和朋友们分享，更是一种快活。人在世间总要有所寄托，总要有件排除功利心之后还愿意去做的事，这件事最接近人的灵魂。我不禁想到扬州八怪中的金农，到老年时妻亡无子，彳亍独行于世，他在家中写了副对联：“且与少年饮美酒，更窥上古开奇书。”金农的内心是多么孤寂，作为艺术家，一生坎坷却还要活出自我，他创作的书画也就奇绝脱俗，辟古开今。文学也好，艺术也好，都是表达自我的结果，用自己的情感包罗世界，世间万物都因我变得美妙起来。

这部散文集之所以起名“长歌行”，首先这是我从青少年到成人阶段的作品，有的作品写于上学的时候，有的作品写于刚工作时。这个阶段，对于人生而言，正是花看半开、酒饮微醺，好像是明白了，又似乎糊涂。在这期间，我的两位文学上的导师，陈忠实先生、霍松林先生先后驾鹤西游，撒手人寰。他们活着对我而言是精神上的巨大支持，他们离世我就不禁要加快脚步，顿时有了星夜赶科场的感觉。陈忠实先生临终前给我题写“文心”两字，这是他在人世间最后的墨宝，他交给我收藏留念，我的内心多么惶恐，生怕辜负先生的信任。当东方出版中心要出版我的散文集，我能想到且认为最合适的书名，就是“长歌行”了。

2018 年 10 月开始，我负责开办“小读者书馆”，专门做青少年的读书工作。我的办公地点搬到了止园，这里曾经是唐代政治中枢太极殿的所在地，是皇帝朝会群臣的地方，主导国家命运的大政方针均形成于此。明代初期，这里成为朱元璋次子秦王朱樉的王府。1930 年杨虎城将军东征凯旋，在此修建官邸，起名“紫园”，引用“紫气东来”之意。1935 年杨虎城将军为表达停止内战、一致抗日的愿望，改其名为“止园”，引用《左传》“止戈为武”之意。1936 年，杨虎城将军在此策划了震惊中外并且改变中国历史的“西安事变”，这座现存的三层中西合璧、斗拱飞檐的灰色小楼，让任何来客都不敢小觑。如今，止园成为政府的招待所，院内花木繁茂，绿影婆娑，旅客络绎不绝。我办公室的窗外便充溢着苍翠，繁盛的树木加上此起彼伏的鸟鸣，让人产生错觉，我们很难将这个闲适幽静之所和当年的“西安事变”扯上什么关系。我在止园整理着我的文稿，心情自然十分愉悦。当工作累了，走到窗边眺望那座灰色的建筑，不禁浮想联翩，思绪万千。

在止园，我接待了来自上海的朱荣所、曹荣、黄荣华先生，还有我文学上的导师、著名作家朱鸿先生。我们一起策划了包括这部文集在内的几本书，两次都是从晚饭开始讨论，一直到深夜结束。对于出书本身而言，这是极庄严神圣的事情，古人说“文字通神”，文章更是众神之神。我希望我的文章，能够给读者带来精神上的享受、思想上的启发、智慧上的提升，至少让读者觉得读后没有浪费时间。这对于我而言，就已是莫大的安慰了。

现在，这本书交给上海的东方出版中心去出版，我觉得是我写作的一个阶段的总结。就像丰收的庄稼告别土地进入粮仓，以后还会入锅做成馒头或者蛋糕。作为农夫，只是安心享受耕种时的愉快。播种了，收割了，再播种，再收割，在这一年的丰收里，就蕴藏着来年的种子。写作也是如此，普通亦平常，希望读者像享受美食那样享受文章，不必在意谁是作者。

亲爱的读者，我衷心希望这本文集能有幸被您翻开垂读。我们也许彼此陌生，但是通过这本文集，我们如亲人间倾诉一样敞开心扉，因为当你走进我的文字世界，就已经被我拥抱并祝福了。